Alles te verliezen

Van Esther Verhoef verscheen eveneens
bij uitgeverij Anthos

Rendez-vous
Wonen op vakantie
Close-up

Onder de naam Escober verscheen

Onrust
Onder druk
Ongenade
Chaos

Esther Verhoef

Alles te verliezen

Anthos | Amsterdam

Eerste druk november 2008
Tweede druk december 2008

ISBN 978 90 414 1057 3 (paperback)
ISBN 978 90 414 1417 5 (gebonden)

Omslagontwerp Roald Triebels, Amsterdam
Omslagillustratie © Allan Jenkins / Trevillion Images
Foto auteur © Merlijn Doomernik

Verspreiding voor België:
Veen Bosch & Keuning uitgevers n.v., Wommelgem

It's okay,
I got lost on the way

But I'm a supergirl
And supergirls don't cry

Supergirl – Reamonn

– FAMILIEBERICHTEN –

De mooiste bloemen worden het eerst geplukt

Intens bedroefd zijn wij, nu we volkomen onverwacht afscheid hebben moeten nemen van onze lieve mama, vrouw en dochter

CLAIRE VAN SANTFOORT-ANDIJK

1975-2008

Harald G. van Santfoort, makelaar

Fleur, Charlotte

Mw. Marian Andijk-Rutgers

De crematie heeft in besloten kring plaatsgevonden

Een maand eerder

1

'Sesam, open u!' Ik druk op de afstandsbediening van de poort, schakel naar de eerste versnelling en rijd stapvoets onze oprit op. In de achteruitkijkspiegel vang ik de reactie van mijn jongste dochter.

Charlotte zit op de achterbank en rekt haar hals uit zo ver ze kan, om maar niets te hoeven missen van het spektakel. Ze ziet het dagelijks voor haar ogen gebeuren, maar voor haar blijft het een wonder. En al kent haar moeder het technische principe van een automatische poort: ook ik ben er nog steeds niet aan gewend. Misschien went het wel nooit, en zal ik me de rest van mijn leven blijven verbazen over deuren die zomaar voor me opengaan.

'O, mama,' klinkt Charlottes stem vol ontzag, 'wanneer leer je me dit nou?'

'Als je groot bent,' reageer ik. 'Om te leren toveren moet je nu eenmaal minstens zeven zijn, schat. Net als je grote zus.'

Ze rolt met haar ogen. 'Dat duurt nog zo lang.'

Via de spiegel zoek ik oogcontact met Fleur. Ze is twee jaar ouder dan Charlotte en zit in het complot. Ik geef haar snel een knipoog. Fleur geeft me een onhandige knipoog terug, met scheve, openstaande mond en trillende oogleden. Ik moet er spontaan van grinniken.

Terwijl de poort zich langzaam achter ons sluit, zet ik

mijn terreinwagen stil voor de garage. Het is een voormalige schuur van ruw, zwartgebeitst hout met een oranje pannendak en witgeschilderde kozijnen. Hij is ruim genoeg om plaats te bieden aan vier auto's en talloze fietsen, maar meestal staat hij inhoudsloos mooi te wezen in de beschutting van een groep kastanjebomen. Alleen als het vriest zetten Harald en ik onze auto's binnen. De rest van het jaar eigenlijk niet. Sterker nog: we sluiten ze zelden af.

Dat hoeft ook niet. Er gebeurt hier nooit iets. De stad is ver weg en we kennen elkaar allemaal op ''t eiland', zoals ons gehucht door de plaatselijke bevolking wordt genoemd. Het is een duizend jaar oude nederzetting, gebouwd op moerassige kleigrond en aangekleed met rommelige bossen en heggen. Er staan zo'n twintig monumentale huizen en een kasteeltje, waarvan de ruïnes na de Tweede Wereldoorlog nog decennialang verscholen hebben gelegen tussen het verwilderde groen. Pas enkele jaren geleden is het gerenoveerd en zijn ook de struiken, slingerplanten en oude bomen weggekapt, die het historische gebouw aan het zicht onttrokken. Ik vond het jammer. Ik was gesteld geraakt op die geheimzinnige Doornroosje-ruïne en haar overwoekerde slotgracht. Die hoorde nu eenmaal bij het landschap.

Rondom de contouren van ons minuscule schiereiland krullen grote en kleine rivieren en hun zijtakken, geflankeerd door talloze slingerdijkjes waaraan nog meer dorpjes liggen. Dit hele gebied is dooraderd met waterwegen. Zonder bruggen en veren zouden we compleet van de buitenwereld zijn afgesloten.

Naar 't eiland loopt maar één geasfalteerde toegangsweg: een smal kronkelig weggetje. Daaraan liggen alle huizen, op ruime percelen die van elkaar zijn gescheiden door hoge beukenhagen en knoestige ligusterheggen, grillige fruitboompjes en dicht struikgewas. Sommige woningen doen denken aan koloniale herenhuizen, met hun withouten veranda's en parkachtige tuinen. Er zijn ook een paar typische jaren-dertigvilla's met bruine bakstenen, brede dakranden en glas-in-lood. Achter het bos, bij het kasteel en een stuk landbouwgrond waar ik Humbold regelmatig de sporen geef, liggen enkele woonboten aangemeerd. Maar de meeste huizen op 't eiland zijn voormalige boerderijen, zoals het onze.

Het is witgeschilderd, met kleine ramen en donkergroene luiken en een rieten dak. Harald woonde hier al toen ik hem leerde kennen. Als vrijgezel leefde hij in slechts enkele kamers van het huis, de rest was leeg en verpauperd. In de afgelopen negen, tien jaar is alles stap voor stap gerenoveerd, met de precisie waar Harald om bekendstaat. Alle eeuwenoude steentjes die uit de kromme muren kwamen, heeft hij schoongebikt en hergebruikt. Het smeedijzeren hang- en sluitwerk is met de hand gemaakt – *vervaardigd* noemt Harald dat – door een smid. Van buiten ziet ons huis eruit alsof je honderden jaren terug in de tijd bent, binnen is het volledig aangepast aan de eenentwintigste eeuw. We hebben een inloopdouche, een sauna en een moderne keuken inclusief kookeiland, maar de originele balken zijn op beide verdiepingen nog overal zichtbaar. Het voorhuis, waar Harald sliep toen hij alleen woonde, is veranderd in een indrukwekkende entree en de oorspronkelijke bedstee is nu in gebruik als garderobekast.

Ik ben eerst om Harald gaan geven, daarna van dit huis gaan houden. Vervolgens werd ik verliefd op 't eiland en nu wil ik hier nooit meer weg.

Ik zet de auto in zijn vrij, trek de handrem aan en stap uit. Hang mijn tas over mijn schouder en open het achterportier om de kinderen uit hun gordels te bevrijden.

Fleur klimt ongeduldig over haar zusje naar buiten. 'Ik

ga kijken of Reddy al jonkies heeft.'

Charlotte laat zich uit de auto zakken en zet het dan op een lopen, achter haar zus aan, naar de achterkant van het huis. Haar dunne, blonde vlechten zwiepen heen en weer.

'Passen jullie op?' roep ik uit gewoonte. 'Niet rennen!' En dan voeg ik er volledig overbodig aan toe: 'Straks vallen jullie nog.'

Ik til een kratje met boodschappen uit de achterbak en loop tussen de garage en het huis door naar achteren. Zachte wind cirkelt om mijn benen en de lucht is vol van talloze bloesemgeuren. Sinds vorige week bloeien de pruimenbomen volop en is het gras bezaaid met madeliefjes en paardenbloemen. Mei is veruit de mooiste maand van het jaar in deze streek.

Op het gazon achter het huis zit Reddy, met aan weerszijden mijn dochters die haar aaien en bemoedigend toespreken. Afgelopen herfst is ze komen aanlopen, als een uitgehongerd rood scharminkeltje van amper zes maanden oud. Niemand wist van wie ze was. Ze was niet als vermist opgegeven en daarom hebben wij ons maar over haar ontfermd. Nu woont ze in de stallen en tref ik haar 's ochtends soms slapend aan, opgekruld op een van de brede paardenruggen. Maar gezien haar angstwekkend toenemende buikomvang heeft onze poes haar activiteiten niet beperkt gehouden tot muizen vangen en slapen.

Mijn mobieltje gaat. Ik zet het kratje op de grond, rits mijn tas open en vind het na enig zoeken tussen de tissues en nog in te vullen schoolformulieren van Fleur. 'Hallo?'

'Claire? Met mij. Heb je het druk?'

'O, hoi... Eh, nee, niet echt.' Ik doe de achterdeur van het slot, klem de gsm tussen mijn oor en schouder en sjouw de boodschappen naar binnen. 'Ik heb net de kinderen opgehaald. We eten zo een boterham en dan breng ik ze weer naar school... Hoezo?'

'Ik heb een dossier in mijn werkkamer laten liggen. Zou je dat straks even langs willen brengen? Die klant komt tegen vieren.'

'Waar heb je het gelaten?'

'Volgens mij ligt het gewoon op mijn bureau. Groene map.'

Ik beloof Harald dat ik zijn dossier later zal langsbrengen, schuif de telefoon dicht en stop hem terug in mijn tas. Geroutineerd pak ik een zak brood uit de broodtrommel, zet hagelslag en pindakaas op tafel en haal halvarine en een verpakking met voorgesneden jonge kaas uit de koelkast.

'Komen jullie?' roep ik door het geopende raam naar buiten.

'Ik heb geen honger,' klaagt Charlotte.

'Je komt toch maar naar binnen.'

De kinderen komen mokkend in beweging. Reddy blijft alleen achter op het gazon en trippelt in de richting van de stallen. Van de achterkant ziet ze eruit alsof ze een meloen heeft ingeslikt.

Ik had haar op tijd moeten laten helpen, bedenk ik, terwijl ik de boodschappen begin in te ruimen en een pak melk en glazen op tafel zet. Maar het kwam er steeds niet van en als ik eerlijk ben, stond het me tegen om in een gezond, klein beestje te laten snijden. Het zou zo'n vaart niet lopen.

Ik, Claire van Santfoort, ben een meester in ontkenning.

2

De pont naar de vestingstad is een van de weinige die nog gratis varen. Vooral langzaam verkeer zoals tractoren, voetgangers en fietsers nemen de lawaaiige, geelgeschilderde kabelpont. Automobilisten rijden meestal een paar kilometer om en steken de rivier over via de verderop gelegen tuibrug. Dat kost minder tijd.

Ik neem liever het veer omdat ik graag op het water ben, maar ook omdat het nu eenmaal de kortste weg is naar Haralds kantoor.

De veerman zit hoog boven zijn vrachtje in zijn hok van glas en metaal en kijkt nors naar een naderend binnenvaartschip. Voor pleziervaartuigen stopt hij niet, weet ik, maar zware binnenschepen vol met zand of graan of kolen laat hij voorgaan.

Het vrachtschip veroorzaakt flinke golven. De achtersteven en zijn fel wapperende Nederlandse vlag zijn ons nog maar net voorbij, of de motor van het veer begint stampende en gierende geluiden te maken. De pont komt los van de kade en we gaan vooruit.

Ik stap uit mijn lichtgroene Freelander. Een paar meter van de andere passagiers vandaan, een ouder echtpaar op de fiets, grijp ik de koude metalen reling vast. Vanaf hier kun je de tuibrug in de verte zien, als vage grijze contouren in het overwegend groene landschap, waarna de rivier in een bocht uit het zicht verdwijnt. Ik knijp mijn ogen tot spleetjes tegen de schittering van de zon en haal diep adem. Zoals vrijwel altijd heb ik mijn geblondeerde haar opgestoken, maar de wind trekt plukken los. Ze dansen en springen over mijn gezicht. Even blijf ik zo staan, starend naar de brug en de oevers, de blauwe lucht met dunne bewolking, tot het veer bijna aan de overzijde is en vaart mindert.

Ik ga weer terug in de auto, zet mijn haar vast met extra spelden en diep een busje haarlak op uit mijn tas om alles te fixeren. De gassen benemen me de adem en prikken in mijn ogen. Ik laat het raam zakken om frisse lucht binnen te laten en wapper met Haralds dossier. Werk daarna mijn lippenstift en eyeliner bij en glimlach naar mijn spiegelbeeld. Klaar. Geen vegen, geen uitlopers.

De metalen klep van de pont wordt naar beneden gelaten en schuurt over de betonnen kade, waar een paar fietsers en een tractor staan te wachten voor de terugtocht. Als de hefboom zich opent, start ik de motor en rijd ik het polderweggetje op dat naar de stad leidt.

Haralds makelaarskantoor zit op de markt in de oude vestingstad. Het is een statig pand van drie verdiepingen, gebouwd met heel kleine baksteentjes en de gevel helt wat naar voren. Ik heb dat altijd een beetje griezelig gevonden, het lijkt alsof de muur het elk moment kan begeven, zodat het hele gebouw en de aangrenzende panden als een kaartenhuis in elkaar kunnen storten, maar volgens Harald kan dit 'op vlucht staan' geen kwaad. Het is zelfs normaal bij panden uit de zeventiende en vroeg achttiende eeuw, beweert hij, en ik geloof hem; bijzondere, eeuwenoude huizen zijn Haralds specialiteit.

Harald is geen doorsneemakelaar. Hij is een absolute expert op het gebied van oude huizen en hij merkt elk scheurtje of afwijking van het origineel op. Harald neemt uitsluitend panden in de verkoop waarin hij vertrouwen heeft en waar hij persoonlijk achter staat. Een 'te koop'-bord van Ravelijn in je tuin wordt in de regio beschouwd als een statussymbool. Haralds inbreng betekent ook dat je zo'n tien procent meer voor je woning kunt vragen dan bij een andere makelaar. Maar ook zonder die opslag behoren die huizen tot het soort waarbij in advertenties geen vraagprijs, maar 'hogere prijsklasse' of 'prijs op aanvraag' staat.

Vijf minuten nadat ik mijn auto bij de stadswallen heb geparkeerd, tikken mijn hakken op het getrommelde marmer in de ontvangsthal. Alles hierbinnen is roomwit; de vloeren, de wanden, de hoge plafonds en de paneeldeuren. Tegen de muur aan de rechterzijde van de hal staat een strakke, lage bank en op het glazen tafeltje ernaast liggen een paar woonbladen.

Een donkerharig meisje achter de balie springt nog net niet in de houding als ze me ziet binnenkomen. 'Mevrouw Van Santfoort,' zegt ze haastig, 'goedemiddag.'

Ik vang haar onzekere blik, maar kan met geen mogelijkheid op haar naam komen, dus knik ik alleen maar kort om aan te geven dat ik haar heb gehoord, mezelf een blunder besparend. Dan loop ik langs haar heen, een smalle gang in die leidt naar de serre aan de achterzijde.

Die is opgedeeld in een wachtgedeelte en een spreekkamer, met een glazen tussenwand. Haralds kantoor ligt hierboven, op de eerste etage. Voor ik de wenteltrap op loop, zie ik dat de spreekkamer bezet is.

Anton Luijten, de oudste medewerker van Harald, is in gesprek met een man die met zijn rug naar me toe zit. Anton is pas zestig geworden en hij doet me altijd denken aan John Cleese. Zodra hij me ziet heft hij zijn kin en lacht naar me.

Ik zie zijn lippen bewegen, hij zegt iets over mij tegen de bezoeker.

De klant legt een hand op de armleuning van zijn stoel, draait zijn lichaam en kijkt half over zijn schouder. Zodra hij me in het vizier krijgt, bevriest zijn glimlach.

Ik blijf stokstijf staan.

Prompt lijken alle geluiden om me heen vertraagd door te komen. Een telefoongesprek dat de receptioniste in de hal voert. Geratel van een printer op de eerste etage.

De ontzetting moet van mijn gezicht zijn af te lezen.

Donkere ogen in een gebruind, hard gezicht. Peper-en-zouthaar dat heel kort is geknipt, zoals een oud-militair het zou dragen. Een zonnebril achteloos op het voorhoofd geschoven.

Chris.

Tien jaar ouder dan de laatste keer dat ik hem zag, maar hij is het, onmiskenbaar.

Na een moment dat voor mijn gevoel wel een halfuur heeft geduurd, grijp ik de leuning van de wenteltrap beet en wend me van hem af. De smeedijzeren trap bewoog altijd al lichtjes mee onder je gewicht, maar lijkt nu wel heen en weer te zwiepen.

Bij de eerste draai van de trap sla ik mijn ogen neer om Chris niet aan te hoeven kijken, maar gluur onwillekeurig toch door mijn wimpers heen, verschrikt, heel kort maar, en ontmoeten onze blikken elkaar opnieuw.

In zijn oogopslag lijken nieuwsgierigheid en leedvermaak om voorrang te strijden. Buiten het blikveld van Anton trekt hij plotseling zijn mondhoeken op. Een onaangename, donkere grijns. Het voelt als een regelrechte aanranding.

Hij heeft me herkend.

3

'Oké. Nu jij,' zeg ik. 'Acht keer acht.'

Tegenover me aan de teakhouten tafel zit Fleur. Haar bleke gezichtje staat ernstig en ze fronst haar wenkbrauwen.

'Mag ik, mag ik?' dringt Charlotte aan. Ze staat naast me aan tafel.

Ik schud mijn hoofd en leg een wijsvinger tegen mijn lippen.

'Vierenzestig,' zegt Fleur, na enig nadenken.

'En nu vier keer acht.'

'Eh... tweeëndertig.'

'Goed zo. Zes keer acht.'

Er ontstaat een zorgelijk, verticaal streepje tussen Fleurs witblonde wenkbrauwen. Ze zegt niets.

'Vijf keer acht is veertig, zes keer acht is...?'

Hoopvol kijkt ze op. 'Achtenveertig?'

'Helemaal top.' Ik pak een blocnote met ruitjespapier en haal een pen uit Fleurs etui. Schuif ze beide over de tafel naar haar toe. 'Nou, lieverd. Ik wil dat je het nog één keertje opschrijft. De hele tafel van acht.'

Fleur is het overduidelijk oneens met mijn vooroorlogse lesmethoden. Ze kreunt en legt haar armen en bovenlijfje theatraal op het tafelblad.

Ik laat me niet vermurwen. Ik beschouw het als mijn taak

om het uiterste uit haar te halen. De capaciteiten die ze heeft, moet ze van Harald en mij gebruiken. 'Kom op, het is amper een minuutje werk, dan mag je daarna tv gaan kijken. Goed?'

Mokkend trekt ze pen en papier naar zich toe en begint rijtjes op te schrijven. Haar zusje is verder gelopen en zit nu tegen Harald aan op de bank. Hij drinkt een kop koffie en heeft een arm om haar heen geslagen.

Niets wijst erop dat Harald vandaag iets afschuwelijks heeft gehoord over zijn vrouw.

Tijdens het eten deed hij niet anders dan normaal. In het uur ervoor, waarin we samen in de woonkamer een glas chablis dronken, zat hij zelfs met een half oog tv te kijken. Na het eten las hij het *Financieele Dagblad*, nam vervolgens vluchtig het *Reformatorisch Dagblad* door – ook al zijn we niet gelovig, Haralds klanten uit de regio zijn dat vaak wel – en stoeide nog met Fleur en Charlotte op het grasveld achter het huis. Nee, Harald heeft vandaag geen schokkende feiten over zijn liefhebbende echtgenote vernomen. Niets wijst daarop.

Maar het zegt zo weinig.

Ik kan niet uitsluiten dat Chris iets heeft losgelaten aan Anton, en dat Anton nu thuis koortsachtig met zijn vrouw zit te overleggen of hij het nieuws wel of niet aan zijn baas moet mededelen. Want als het niet waar is, kan dat hem zomaar zijn baan kosten.

En als het wél waar is, net zo goed.

Er is ook een grote kans dat Chris helemaal niets heeft gezegd. Voorlopig niet althans, totdat hij heeft bedacht hoe hij er een slaatje uit kan slaan.

'Mam?'

Ik kijk op.

Fleur staart me aan, haar blauwe ogen wijd open, wenkbrauwen opgetrokken. 'Alles goed, mam?'

'Ja, ja, natuurlijk, liefje.' Ik leg mijn hand geruststellend over de hare. 'Laat eens kijken, ben je klaar?'

Ze schuift me haar werkje toe. 'Mag ik nou tv-kijken?'

'Ja, doe maar,' hoor ik mezelf zeggen. Dan kijk ik plichtsgetrouw naar het papier, waarop ze in haar priegelige handschrift de tafel van acht heeft opgeschreven.

Foutloos.

'Helemaal foutloos, Fleur!' roep ik, maar ze hoort me niet meer, is bij haar vader en zusje op de bank gekropen.

Ik sta op. Vouw het papier dubbel en loop ermee naar de keuken. Daar maak ik er een prop van en gooi die in de afvalbak. Zet mijn handen op het granieten aanrechtblad en kijk naar buiten. In de verte zie ik Reddy lopen. Nog verder, voorbij de struiken en fruitbomen, staan Humbold en Donky in de wei te grazen. Ze moeten nog naar binnen worden gehaald. Dat zal ik straks even doen, als de kinderen in bed liggen.

Sinds vanmiddag doe ik mijn uiterste best om me zo normaal mogelijk te gedragen, maar ik vermoed heel sterk dat ik daarin slechts ten dele slaag. Ik word gek van mijn eigen gedachten, die me steeds weer nieuwe mogelijkheden voorschotelen. De meeste daarvan zijn regelrechte doemscenario's, tikkende tijdbommen onder mijn leven en gezin.

Ik probeer die donkere gedachten te negeren, maar daardoor lijkt het juist alsmaar erger te worden. Ik voel me niet lekker. Misselijk, een dreinend gevoel in mijn maag, alsof ik iets verkeerds heb gegeten. Lichte hoofdpijn, trillerig. Mijn hart slaat sneller, als op dagen waarop ik meer dan zes koppen koffie heb gedronken.

Ik besef dat het angst is.

Pure paniek.

4

'Soms ben ik echt jaloers op jou.'

'Op mij?'

Natalie knikt. Ik kan me niet herinneren dat ze zich zoiets eerder heeft laten ontvallen. Maar ze heeft in mijn bijzijn ook nog nooit twee glazen champagne gedronken vóór het middaguur. Ze heeft vandaag extreem veel last van zelfmedelijden.

Ik heb het gehouden bij een espresso en een koud glas Perrier. 'Jaloers?' probeer ik. 'Waarop dan?'

'Waaróp?' Ze grinnikt. 'Geld als water, getrouwd met de koning Midas van de vastgoedbranche, mooie kinderen, het hele gezin misselijkmakend knap en gezond. Je woont op een moordplek, met die pruimenbomen en beukenhagen... Het is een wonder dat *Landleven* nog niet op je erf ligt te smeken of ze een reportage mogen maken.'

Ik schud mijn hoofd en begin gegeneerd te lachen. 'Je stelt je nou echt aan. Jij woont ook niet bepaald driehoog achter. En je hebt een prachtdochter, bent slank, hebt een vrij leven...'

'Maar mijn man is ervandoor. En dit jaar word ik veertig...' Haar stem stokt. Ze kijkt me bloedserieus aan en blijft een paar seconden stil. Dan buigt ze zich vertrouwelijk naar me toe. 'Er stond een artikel over in een of ander blad dat ik bij de kapper heb gelezen.'

'Waarover?'

'Over dat het volstrekt normaal is om vrouwen zoals jij te haten.'

'Vrouwen zoals ik?'

'Perfecte vriendinnen.'

'Perféct?' Ik verslik me bijna in het woord.

Ze geeft geen kik, kijkt me onbewogen aan.

'O, fijn is dat,' zeg ik. 'Sinds wanneer geloof jij die onzinblaadjes? En trouwens: is het wel eens in je opgekomen dat ik afschuwelijke huiduitslag kan hebben? Of slechte seks? Of helemáál geen seks?'

Misschien lig ik wel elke nacht klaarwakker, lieve Natalie, omdat de weerwolven uit mijn verleden loeiend aan mijn voordeur staan te krabben.

Het is vandaag bijna een week geleden dat ik Chris heb gezien bij Ravelijn. Zes dagen om precies te zijn. Het is me gelukt om de dagelijkse routine op te pakken en er zijn steeds meer momenten dat ik er niet aan hoef te denken, dat ik het bungelende zwaard boven mijn gezin niet eens opmerk – of mezelf wijsmaak dat het is verdwenen. Ik heb alleen nog moeite met slapen. Vanochtend stapte ik opnieuw gebroken uit bed. Mijn spieren voelden zwaar, mijn oogleden en hoofd eveneens, en ik schrok van mijn spiegelbeeld in de badkamer. Bleek en grauw, met wallen onder mijn ogen. Zorgelijke trekken rond mijn mond. Ik heb een dikke laag foundation aangebracht om het meeste grauw te maskeren.

Natalie woelt door haar schouderlange, donkerbruine krullen. Ik weet dat ze er niets aan hoeft te doen. Ze wast ze, laat ze aan de lucht drogen en klaar. Ik ben elke ochtend een halfuur in de weer met rollers en spelden en vooral met haarlak, voor ik voor mijn gevoel toonbaar ben. Als ik mijn haar los draag, zie ik er al snel uit als een zwerfster. Maar dat weet Natalie niet.

'Geen seks,' hoor ik haar zeggen. 'Tuurlijk. Dat zou ik ook zeggen in jouw geval. Alleen weet ik wel beter.'

Het duurt even voor ik het doorheb. Ze doelt op een nogal openhartig gesprek van enkele maanden geleden. Ik vermoed dat ik haar toen te veel informatie heb gegeven. 'Misschien lieg ik wel heel erg goed,' zeg ik, en ik vouw quasi-afwezig een zigzag-torentje van mijn suikerzakje.

'Dat jullie het twee keer per week doen? Dat Harald de vloer likt waar jij op loopt?' Ze zegt het net iets te hard. De mensen aan het tafeltje naast ons kijken nieuwsgierig op. Twee glazen alcohol op de vroege ochtend is voor Natalie duidelijk te veel van het goede.

De ober, een studentikoos type met kuiltjes in zijn wangen, komt naar ons tafeltje gelopen en pakt de glazen weg. 'Nog een glas champagne, mevrouw, koffie, iets anders?'

'Dank je. Ik hou het hier even bij,' zeg ik.

'We gaan binnen dekken voor de lunch, maar u kunt buiten blijven zitten als u dat liever wilt.'

Natalie tuurt over haar felrode montuur naar de jongen en verplaatst haar blik dan naar de hemel boven de oude gebouwen.

Ik kijk met haar mee. De lucht is nog steeds blauw, maar grijze wolken drijven gestaag deze richting op. Er is regen voorspeld voor vanmiddag. We worden nog steeds bekeken door de mensen naast ons.

Natalie zoekt mijn blik. 'Wat denk je?'

Ik sta op en pak mijn tas van de stoel naast me. 'We gaan naar binnen. Daar is het rustiger.'

In het etablissement zijn de tafels gedekt met roze tafelkleden. We worden naar een plaats bij het raam gebracht en krijgen de lunchkaart overhandigd, een eenvoudig geplastificeerd boekje. We komen hier vaker, ik hoef de kaart niet te zien om te weten wat ik ga bestellen.

Zodra Natalie tegenover me plaatsneemt, legt ze haar gemanicuurde hand op mijn onderarm en schudt haar hoofd. Haar krullen dansen mee. 'Sorry. Ik zat zojuist te zwetsen. Ik meende het niet, hoor. Ik zou mijn vrije leven écht niet willen opgeven, dat weet je toch? Zolang Flo de alimentatie betaalt en ik in het huis kan blijven wonen, wil ik met niemand ruilen. Zelfs niet met jou.'

Ik kijk haar nog eens aan en houd wijselijk mijn mond.

'Hoe is het trouwens met je moeder?'

Ik wil antwoorden, maar we worden onderbroken door de ober. Ik geef mijn vaste bestelling door: carpaccio van rund met extra sla en weinig kaas. Natalie neemt een dubbele portie garnalenkroketten met huisgemaakte wasabimayonaise en bestelt een derde glas champagne, want ze woont op loopafstand en hoeft vandaag niet meer te rijden. Mijn blik glijdt terloops over haar lichaam. Ze is tenger op een elegante manier en toch eet ze wat ze wil. Ik ben niet veel zwaarder, maar om op dat gewicht te blijven zijn er dagen dat ik minder kan eten dan Fleur of Charlotte.

'Ik ben vorige week bij haar langs geweest,' zeg ik, als de ober uit beeld is. 'Ze doet haar best, zoals altijd, maar vanwege haar leeftijd wordt het huis nu echt te groot om bij te kunnen houden. Het is een prachtig pand, hoor. Nog door Kromhout ontworpen. Je kent Kromhout toch?'

'Een architect, neem ik aan?'

'De beste. Panden zoals dat van mijn moeder zijn er niet veel meer in het oude centrum, de meeste zijn platgebombardeerd tijdens de oorlog. Maar ja. Mooi is één ding. Voor mensen op leeftijd begint de praktische kant toch ook mee te tellen.'

'Zo oud is je moeder toch nog niet?'

'Ze wordt dit jaar drieënzestig.'
'Is ze nog gezond?'
'Ze mag niet klagen. Alleen haar gewrichten zijn haar zwakke punt. Ze heeft steeds meer moeite met de trappen.'
'Heb je haar al ingeschreven voor een aanleunwoning, of een bejaardenhuis?'
Ik richt mijn hoofd op. 'Nee, zeg! Kom. Mijn moeder gaat niet naar een bejáárdenhuis. Het idee alleen al.'
'Wat dan?'
'Ik dacht dat je dat allang wist? Ze komt bij ons wonen.'
'Bij jullie? Echt waar?'
Ik knik bevestigend. 'Harald is druk bezig met de architect. Er komt een huisje rechts van de boerderij. Heel knus, in dezelfde stijl. Ik verwacht de tekeningen eind deze week.'
Natalie trekt een wenkbrauw op. 'Wacht even... jullie huis is toch een monument? Mag je daar zomaar iets naast bouwen? Nee toch?'
Ik glimlach alleen maar en zeg niets meer. Er zijn mensen achter ons gaan zitten en ik meen aan het accent te horen dat de man niet ver bij ons vandaan woont. Er wordt al genoeg gekletst.
'Dat zal Harald aardig wat aan leges gaan kosten,' reageert ze, na een korte stilte. 'Of moet ik zeggen: steekpenningen?'
Ik laat opnieuw een stilte vallen en hoop dat ze de hint begrijpt.
Dat doet ze. Natalie kijkt om zich heen en zegt dan, zachter: 'Ik denk niet dat ik het zou kunnen opbrengen als mijn ouders hulpbehoevend worden. Om ze in huis te nemen. Papa met zijn trombonelessen, mama met haar yogamanie... Het idee alleen al.'
'Ik neem haar niet ín huis, ze krijgt haar eigen optrekje. En ze heeft toch ook altijd voor mij gezorgd? Bovendien is

ze mijn enige nog levende familielid.'

'Kan zijn, maar voor mij ben je een held.'

Dat zegt meer over jou dan over mij, denk ik, en ik denk nog veel meer dat ik niet uitspreek. Ik zie de ober op ons af lopen met de bestelling en vouw mijn servet op mijn schoot open.

Als de carpaccio voor mijn neus wordt gezet, loopt het water me in de mond van de geur en aanblik van Natalies dubbele portie garnalenkroketjes.

De regen komt met bakken tegelijk uit de hemel vallen wanneer ik me dwars door de nieuwbouwwijk aan de rand van het dorp naar de school haast. De druppels veroorzaken miljoenen opspattende fonteintjes op het asfalt. Mijn ruitenwissers kunnen de hoeveelheid hemelwater amper aan.

Fleur en Charlotte zijn tussen de middag overgebleven. Er is een tijd geweest dat ik er niet eens over zou hebben gepeinsd om mijn kinderen aan de zorg van anderen over te laten. Maar nu ze vijf en zeven zijn, vind ik dat die een of twee keer per week dat ik hen laat overblijven echt geen kwaad kan. Ze vinden het zelfs leuk, hebben ze me verzekerd. Bovendien geeft het mij de mogelijkheid om mijn moeder wekelijks op te zoeken; dat red ik anders niet.

Bij de school is geen enkele vrije parkeerplaats. De eerste kinderen komen al naar buiten gelopen, ze springen op hun fietsjes en verdwijnen de wijk in, of rennen over het schoolplein naar de wachtende ouders bij de poort.

Pas twee straten verderop kan ik de auto kwijt op een woonerf. Ik parkeer hem strak tegen een rij coniferen aan. Het is nauwelijks een parkeerplek te noemen. De Freelander steekt aan de achterkant zeker een meter uit, zodat hij een oprit blokkeert.

Ik houd mijn paraplu – een donkergroene met beige logo's van Ravelijn Vastgoed – boven mijn hoofd en zet er stevig de pas in. Om me heen klettert de regen op de trottoirtegels en lopen en fietsen steeds meer kinderen met hun moeders en een enkele vader.

Fleur en Charlotte staan als twee blonde verzopen katjes bij de poort.

'Waar blééf je nou!' moppert Charlotte. Ze pakt zonder nadenken mijn uitgestoken hand vast.

Ik knijp er speels in. 'Sorry, lieverds, ik kon geen parkeerplaats vinden. De auto staat verderop. Kom, lopen.'

Ik knik naar een groepje moeders dat in de portiek bij de hoofdingang staat te schuilen, en draai me om.

In de hectiek van rennende kinderen en af en aan rijdende auto's en fietsen valt hij me eerst niet op. Hij houdt zich wat afzijdig van de rest, staat roerloos onder een boom, de handen in de zakken van een sportief, grijs jack. Een capuchon is ver over zijn hoofd getrokken.

Pas als ik hem ruim voorbij ben, treft de herkenning me als in een vertraagde reactie.

Ik kijk over mijn schouder, ongelovig, in feite om vast te stellen dat ik me heb vergist. Dat mijn overspannen geest een loopje met me neemt.

Maar dat is niet zo.

In zijn rechterhand houdt hij een sigaret vast op die voor hem zo typerende manier: met duim en wijsvinger, de overige vingers en zijn hand als afdakje gebruikend. Zijn donkere ogen staren me onafgebroken aan.

Dan duwt hij zich weg van de boom en maakt aanstalten om mijn kant op te lopen.

Ik hoor niets meer, voel de regen niet, merk amper dat ik in een plas stap. Het enige dat nog door me heen gaat is dat ik de kinderen in veiligheid moet brengen, zo snel mogelijk bij de auto moet zien te komen. Weg, weg, weg.

'Mam, kijk eens!' roept Fleur. Ze hinkelt meters verderop in de plassen, op één been, mijn kleine, tere poppetje. Dan draait ze zich om en dreigt nog verder van me weg te lopen.

'Blijf bij me!' schreeuw ik. 'Híér!'

Fleur verstart en kijkt me verschrikt aan. 'Wat is er, mama?'

Ik laat de paraplu vallen. Hij stuitert op de trottoirtegels en wordt door de wind gegrepen, buitelt in de goot.

Ik grijp Fleurs armpje vast en trek haar met me mee, ren zo snel als de meisjes me bij kunnen houden naar de auto toe. Daar aangekomen trek ik een achterportier open, pluk de kinderen een voor een van de straat en gooi ze zo'n beetje op de achterbank.

'Gordels om!' schreeuw ik, en ik smak het portier dicht.

Paniekerig kijk ik om me heen.

Geen Chris.

Was hij alleen?

Ik spring in de auto, vergeet zelf de gordel om te doen en rijd de wijk uit.

Op de achterbank zitten twee huilende kinderen.

Een

Ravelijn ~ (*Italiaans: rivellino*). Een drie- of vijfhoekig bouwwerk aan de buitenzijde van een vestingmuur met voornamelijk een strategische en beschermende functie.

De twee portretfoto's die zoveel voor me betekenen hangen naast elkaar in de hal, prominent tegen de hoge, witte muur achter de receptioniste. Het gezicht van mijn grootvader is gevangen in zwart-wit, in de officiële, statige stijl die in de jaren zestig zo populair was. Zijn donkere ogen kijken priemend de hal in en zijn streng omkaderd door een dikke hoornen bril. Zijn krullende haar is strak in een scheiding gekamd en wordt op zijn plaats gehouden met brillantine. Het haar lijkt zwart op de foto, maar ik weet dat hij oorspronkelijk donkerblond was.

Ernaast hangt een foto van hetzelfde formaat, maar dan in kleur en gemaakt midden jaren negentig. De invloed van mijn grootmoeder is slechts minimaal terug te vinden in mijn vaders gelaatstrekken. Van Santfoort-mannen lijken op elkaar. We zijn allemaal groot, hebben zachte lijnen in ons gezicht, krullen en bruine ogen.

Dit pand, een voormalige patriciërswoning, had al een rijke historie toen het door mijn grootvader in 1937 werd aangekocht. De begane grond nam hij in gebruik voor zijn nieuwe makelaarskantoor en op de andere verdiepingen ging hij zelf wonen, samen met zijn vrouw Aleida. En daar, op de eerste verdieping aan de achterzijde van het pand, in een vertrek met hoge ramen die uitzicht bieden over een deel van het oude stadje en de vestingmuur, werd mijn vader geboren. Zo ongeveer op de plek waar nu mijn bureau staat, heeft grootvader me verzekerd.

Mijn grootvader, Gerard Paul van Santfoort, heeft de naam Ravelijn Vastgoed bedacht. Het tekent hem, dat hij koos voor een bouwkundige, historische naam voor zijn makelaarskantoor. Dat hadden hij en ik gemeen, die onvoorwaardelijke liefde, passie zelfs, voor geschiedenis en voor ambachtelijke authenticiteit. Eerlijke materialen, vervaardigd in kleinschalige ateliers en bij voorkeur in een epoque waarin nog geen massafabricage bestond. Grootvader hield net als ik van huizen met een uniek karakter, waarvan je als vanzelf onder de indruk raakt. Huizen die je niet bezit, maar tijdelijk mag bewonen. Panden die je moet koesteren, onderhouden, restaureren, behouden voor het nageslacht, en die je in ruil daarvoor een onnoemelijk rijk en dankbaar gevoel geven, omdat jij deel mag uitmaken van hun lange historie.

Ze zijn er nu allebei niet meer, opa en papa. Ze liggen begraven op de begraafplaats net buiten de stad, waar ik hen veel te weinig bezoek. Hun geesten zijn echter onlosmakelijk verbonden met dit gebouw. Dat voel ik, elke seconde dat ik hier verblijf. Hun portretten horen dan ook nergens anders thuis dan hier, in Peperstraat 7, op een plaats waar niemand ze over het hoofd kan en mag zien.

Het zou me met trots moeten vervullen om een Van Santfoort te zijn. De meeste tijd gebeurt dat ook wel. Maar de laatste jaren lijken mijn voorvaderen me niet meer bemoedigend aan te kijken, eerder verwijtend.

Ze hebben er alle recht toe, meen ik. Ik weet alleen niet hoe ik het tij kan keren.

5

'Zeg, schat, had jij eigenlijk nog inkopen gedaan voor het weekend – ik hoor je er helemaal niet over?'

Ik kijk verstoord op. 'Het weekend? Hoezo?'

'Vertel me nu niet dat je het bent vergeten.'

Ik open mijn mond en doe hem weer dicht. Ik heb geen idee waar Harald het over heeft.

Harald kijkt me zwijgend aan. Licht verwijtend zelfs.

Ik sla mijn hand voor mijn mond. 'O, jee. Het is me echt ontschoten. Wat stom… Wie zijn er uitgenodigd?'

'Anton en Robertjan met hun vrouwen, wat mensen van de bank en van de gemeente. En een paar goede klanten.'

'Hoeveel?'

Harald vouwt zijn krant op en legt hem op de rand van de tafel. 'Reken voor de zekerheid maar op een man of achttien, dan zit je aan de veilige kant. Ik heb alleen Dennis van Gelder, die wethouder van ruimtelijke ordening, nog niet te pakken gekregen.'

'Twintig mensen dus,' zeg ik zacht, en ik voel een enorme weerzin opkomen. Het is donderdagavond en dat betekent dat ik alles morgen moet regelen. Normaal gesproken is dat geen punt: Harald nodigt wel vaker mensen bij ons thuis uit, het hoort bij zijn werk en ik ken het klappen van de zweep. Maar dit is niet het juiste moment om de perfecte gastvrouw te gaan spelen voor een stel humorloze gemeenteambtenaren en mensen van de bank. Ik weet niet of ik dat nu wel kan.

'Ik wilde morgen eigenlijk naar mijn moeder gaan,' zeg ik lauw.

'Nou, die loopt heus niet weg.'

Ik duw de vaatwasser dicht en druk op de startknop. Het apparaat begint meteen water te slurpen. Het klinkt gedempt achter de dikke deur van geborsteld staal. 'Harald, het komt me niet zo best uit, dit weekend. Kun je het niet opschuiven naar volgende maand?'

'Lijkt me niet verstandig. Er is goed weer voorspeld en de tuin is nu op z'n mooist. Volgende maand is de bloesem weg, dat geeft toch een heel ander gezicht.' Hij trekt een andere krant naar zich toe en vouwt hem open. 'Bovendien zit ik met die bouwvergunning. Guido heeft gebeld, hij denkt volgende week de tekeningen af te ronden. Ik kan niet vroeg genoeg beginnen die jongens van de gemeente te bewerken.'

'Ik heb al met haar afgesproken. Ze verwacht me.'

Harald kijkt niet op uit zijn krant. 'Dit hele feest draait zo'n beetje om jouw moeder, om die verdomde vergunning. Dat mag ze zich best realiseren, wat we hier allemaal voor haar doen.'

'Harald, ze wéét het niet eens, we hebben het haar nog niet verteld, weet je nog?' Ik doe mijn best om niet met de borden te gooien en hysterisch te gillen.

De praktische kant van het tuinfeest stelt me niet in het minst voor problemen: ik kan het eten en de drank door een traiteur laten bezorgen. Zo kan ik morgen toch naar mijn moeder en heb ik zaterdagochtend en -middag nog om de rest te regelen.

Alleen, daarmee is het niet gedaan. Er wordt van me verwacht dat ik me tussen de gasten meng, dat ik gesprekken op gang houd, en ervoor zorg dat iedereen het naar zijn zin heeft en met een goed, voldaan gevoel naar huis gaat. 'Een Van Santfoort-pet opzetten' noemt Harald dat.

Ik voel me momenteel tot weinig in staat. Ik wil nu helemaal geen feesten organiseren en ik wil zeker Anton niet zien, te bang voor wat ik in zijn ogen zal lezen. Liever zou ik wegkruipen in een donker hoekje waar niemand komt. Mezelf onzichtbaar maken.

Sinds ik Chris heb gezien, heb ik geen nacht doorgeslapen. En ook overdag gaat er geen moment voorbij zonder dat ik die misselijke grijns van hem op mijn netvlies zie. Ik voel een enorme hoofdpijn opkomen en wrijf met mijn vingertoppen over mijn voorhoofd.

Harald pikt mijn onrust niet op, bladert rustig zijn krant door en neemt een slok van zijn koffie. Hij heeft dan ook geen enkele reden om aan te nemen dat zijn wensen niet worden ingewilligd. 'Wil je nou dat je moeder hier komt wonen, of niet?'

Ik kijk op. 'Dat is flauw. Bah.'

'Claire, kom eens hier,' zegt hij ineens zacht, en hij schuift de krant opzij. 'Wat is er met je aan de hand? Je lijkt uit je doen de laatste dagen.'

Ik glimlach nerveus, loop op hem af en strijk hem door zijn donkere krullen. Buig me dan voorover en begraaf mijn neus erin. Kus zijn kruin. Harald heeft heerlijk haar, het grijst amper en het ruikt altijd lekker. 'Ik ben gewoon een beetje moe,' zeg ik zacht. 'Misschien is het voorjaarsmoeheid of zo.'

Harald laat zijn hand over mijn blote onderarmen gaan, zoekt mijn vingers, brengt ze naar zijn mond en kust ze een voor een. 'Hm... wat is dat toch met jou... Acht jaar samen en je bent nog steeds het mooiste, lekkerste, liefste...'

Ergens aan de rand van mijn bewustzijn hoor ik een auto aan komen rijden. Hij mindert vaart zodra hij ter hoogte van onze oprit komt. Stopt hij? Staat hij stil? We verwachten geen mensen. De motor loopt nu stationair. Of vergis ik me? De tv staat te hard, ik kan het niet goed horen.

Ik luister niet meer naar Harald, voel zijn strelingen niet, maar probeer een glimp op te vangen van wat er in het straatje voor het huis gebeurt. Het grote raam geeft zicht op de oprit en de struiken en bomen aan de voorzijde van ons perceel. Maar met al dat nieuwe blad is er niets te zien van wat er daarachter aan de hand is.

'... en je geur, mm.'

Vanaf Fleurs slaapkamer heb je wel zicht op de weg.

Ik maak me los van Harald. 'Ik... ik ga even naar boven.'

'Goed plan,' hoor ik Harald mompelen. 'Die twee zitten nou toch tv te kijken.'

Te laat besef ik dat er sprake is van miscommunicatie.

Terwijl ik de hal in loop kijk ik snel om, de woonkamer in, en zie ik onze dochters voor de flatscreen hangen. Charlotte ligt op haar buik op een rendiervel, met een duim in haar mond. Van Fleur zie ik alleen haar voeten. Twee roze sokjes steken wiebelend boven de rugleuning van de bank uit.

Harald staat achter me, knijpt zacht in mijn taille, laat zijn vingers over mijn buik zwerven. 'Nou, waar wacht je op?' fluistert hij ongeduldig. Kust mijn hals. 'Kom...'

Ik laat me de trap zo'n beetje op duwen, Haralds handen op mijn billen.

Eenmaal boven onttrek ik me aan hem en haast me naar Fleurs slaapkamer, werp snel een blik op de oprit en de weg. Niemand. Er is ook geen geluid meer. Wat of wie het ook was daarbuiten, het is nu weg. Ik trek de gordijnen dicht.

'Hier?' zegt Harald. Hij kijkt verbaasd om zich heen. 'Op de kinderkamer? Ik weet niet of–'

'Nee, gekkie, natuurlijk niet. Kom.' Ik pak Harald bij zijn hand en neem hem mee naar onze slaapkamer.

De cijfers op de wekkerradio lichten blauw op. Ik lig klaarwakker naast een diep slapende Harald en staar naar de grillige schaduwen op het plafond, afkomstig van de zacht heen en weer wiegende loofbomen. Ik geloof dat ik kikkers hoor kwaken in de poel bij de buren. Een hond hoor blaffen in de verte. Vanuit de stal hoor ik Humbold geruststellend briesen. Eén keer. Twee keer.

Een zwoele, rustige lentenacht op 't eiland.

6

Het is niet druk vanochtend in de wachtkamer van de huisarts. Er zit een stokoud echtpaar stuurs voor zich uit te kijken, en een moeder met een zuigeling op schoot. De baby is vermoedelijk ziek: waterige oogjes, rood gevlekte wangetjes en hij ligt lusteloos op een speen te sabbelen. Zijn moeder wiebelt ongeduldig met haar been, het kind wiebelt noodgedwongen mee.

Bij binnenkomst heb ik een tijdschrift van een tafeltje geplukt, maar ik heb er nog niet in gebladerd. Boven de hoofden van het echtpaar hangt een poster die mensen oproept om bloeddonor te worden. Daarnaast eentje van de Bond tegen het Vloeken, met een kleurige ara erop waaronder in zwarte drukletters staat: VLOEKEN IS AANGELEERD. WORD GEEN NAPRATER. In de hoek van de vierkante, lichtgeel geschilderde en raamloze wachtruimte staat een rekje met folders die in Jip-en-Janneke-taal uitleg geven over allerlei ziektes en kwalen.

De jonge moeder kijkt naar me. Om oogcontact te vermijden open ik het tijdschrift en doe alsof ik lees.

De minuten tikken weg.

Het is veel te warm in de wachtruimte, en er hangt een irritante, prikkende geur van centrale verwarming en van linoleum, oude verf en ontsmettingsmiddel. Maar al had het naar viooltjes geroken en had er een haardvuurtje gebrand, voor mij had het geen verschil gemaakt. Ik reageer overal prikkelbaar op. Mijn zenuwen zijn hypergevoelig.

De assistente verschijnt in de deuropening. Ze ziet altijd wat pips, omdat ze nooit make-up draagt en van nature lichte wimpers heeft, een effect dat nog wordt versterkt door de onbarmhartig felle lampen. Ze heeft haar lange, donkerblonde haar in een wrong op haar achterhoofd vastgezet en draagt een hooggesloten jurk die weinig doet voor haar figuur.

'Mevrouw Van Santfoort?' vraagt ze, met de rollende 'r' die zo typerend is voor deze streek, evenals de wat ouderwetse omgangsvormen. 'Komt u maar mee.'

Ik sta op, graai mijn handtas van de stoel naast me, leg het tijdschrift in het voorbijgaan terug op het tafeltje en knik kort naar de anderen, voor ik de assistente volg naar de spreekkamer.

Huisarts Vlier drukt me de hand en geeft me aan plaats te nemen in de stoel tegenover zijn bureau. Vervolgens kruipt hij achter zijn computer en is hij zeker drie minuten bezig mijn gegevens op te zoeken. Tenminste, dat neem ik aan, want hij zou net zo goed kunnen patiencen of zijn e-mail lezen. Ik heb vanaf hier geen zicht op de monitor.

Dan kijkt hij op. 'Mevrouw Van Santfoort. U hebt slaapproblemen?'

Ik knik. 'Inderdaad.'

'Hebt u moeite met in slaap komen of wordt u steeds wakker?'

'Beide.'

Dat antwoord lijkt niet goed te zijn. Hij trekt een moeilijk gezicht en boven zijn gouden montuur verschijnt een frons. 'Aha,' zegt hij alleen maar. Richt zich dan weer tot zijn computerscherm en begint met één wijsvinger tergend traag gegevens in te voeren.

‘Ik ben ook erg nerveus de laatste tijd. Prikkelbaar.’

Hij mompelt iets onverstaanbaars dat ik interpreteer als: ‘Dat hoort erbij.’ Daarna kijkt hij op en vraagt: ‘Hoe lang hebt u deze problemen met inslapen of dóórslapen al?’

Nu moet ik overdrijven, het erger maken dan het is. Ik ken deze man langer dan vandaag. Hij is in staat me naar huis te sturen met het advies om voor het slapen gaan een beker warme melk te drinken, na zevenen geen tv meer te kijken en pas een nieuwe afspraak te maken als er na een maand geen verbetering is opgetreden. Vlier is niet scheutig met het voorschrijven van medicijnen, alsof zijn inkomen wordt gekort met elk recept waarmee hij de aan zijn zorg en oordeel toevertrouwde dorpelingen naar de apotheek stuurt. ‘Twee weken, ongeveer.’

‘Drinkt u ’s avonds koffie, drinkt u cola?’

Ik schud mijn hoofd.

‘Rookt u? Hebt u lichamelijke klachten, pijn? Is er in uw omgeving iemand overleden?’

Ik schud opnieuw mijn hoofd.

‘Problemen met de kinderen, zaken waarover u piekert? Zijn er de laatste tijd dingen veranderd in uw omgeving of leefsituatie?’

Eindelijk.

Ik ga rechtop zitten. ‘Mijn moeder is hulpbehoevend aan het worden. Ze woont tachtig kilometer van hier en ik probeer zo vaak mogelijk naar haar toe te gaan, maar dat is niet makkelijk. We zijn bezig om een oplossing voor de situatie te vinden. Ik wil er niet over klagen, maar het is alles bij elkaar emotioneel nogal zwaar, met de zorg voor de kinderen erbij… En het wordt er niet beter op, omdat ik doodmoe ben.’

Sorry, mam.

Het medeleven dat ik achter de dunne brillenglazen van

huisarts Vlier denk te ontdekken, zal ik me waarschijnlijk wel inbeelden, maar toch waag ik het erop: 'Ik zou het zeer op prijs stellen wanneer u me slaapmiddelen en tranquillizers voorschreef. Al is het maar voor een paar weken.'

'Natuurlijk,' zegt hij, en hij richt zijn volle aandacht weer op zijn computer.

Van opluchting sluit ik even mijn ogen. Vannacht zal ik slapen. Niemand zal het nog voor elkaar krijgen me een nacht uit mijn slaap te houden.

De rest is van later zorg.

Twee

De teksten voor advertenties die we op internet en in de betere woonbladen laten plaatsen, schrijf ik graag zelf. Eigenlijk zou ik het kunnen overlaten aan Robertjan en Anton, maar ik hecht er nu eenmaal waarde aan om het zelf te doen.

Schrijven heb ik altijd leuk gevonden. Het is een vak op zich om een huis bondig, duidelijk en tegelijkertijd wervend te omschrijven, met woorden en in een stijl die het pand recht doen, en ik denk dat ik er best goed in ben. Ik krijg er regelmatig complimenten over van collega's in het veld, en ook van acquisiteurs en sommige redacteuren van de bladen waarin ik adverteer.

De keuze voor een bepaald huis heeft minder te maken met verstandige argumenten en harde feiten dan wordt gedacht. Het is voor het overgrote deel emotie. Je moet verliefd worden op een huis, het moet je raken, een huis moet je passen. Dan neem je voor lief dat het wat ver uit de dorpskern ligt, of aan een toch wel wat drukke weg. Liefde op het eerste gezicht kan al plaatsvinden bij het bekijken van foto's en het lezen van de advertentietekst. Die mogen dan ook nooit worden onderschat.

Om te beginnen is de woordkeus belangrijk. Het maakt nu eenmaal verschil of je refereert aan een bijgebouw of een koetshuis, en of je het woord 'groot' of 'royaal' gebruikt, ‘ouderslaapkamer’ of ‘master bedroom’, ‘gezellig’ of ‘sfeervol’.

Ik verkoop huizen in de hogere prijsklasse. Mijn cliënten hebben doorgaans een miljoen of meer te besteden en een verhoogd kwaliteitsbesef – ze zijn gewoon verwend, zou Claire zeggen. Hun oriëntatie is breed en ze zijn niet snel geïmponeerd. Wil een pand in de smaak vallen, dan moet het beschikken over een zekere meerwaarde.

Dus als een huis in de buurt ligt van een golfbaan of uitkijkt op een tot de verbeelding sprekend kasteel, dan mag dat niet onbelicht blijven. Stel dat het huis vaak is bezocht door een gerespecteerde en bekende persoon, dan hang ik daar de advertentietekst niet zelden in zijn geheel aan op. Want wie wil er niet wonen in een pand waar Van Gogh nog in de tuin heeft zitten schilderen? Of waar Juliana ooit heeft gelogeerd? Je moet de dingen altijd wat mooier maken dan ze in werkelijkheid zijn.

Om mijn doelgroep aan te spreken adverteer ik in landelijke woonbladen, met soms wel drie, vier pagina’s tegelijk. Het zijn kostbare advertenties, en hoewel de verkopende partij meebetaalt, is het budgettechnisch niet altijd de meest gelukkige keuze. Toch kan en wil ik die traditie niet verbreken. Advertenties van Ravelijn Vastgoed moeten met regelmaat te vinden zijn in bladen als *Residence.* Daarmee geven we op een stijlvolle manier het signaal af dat we al net zo succesvol zijn als onze clientèle.

Om onze regionale naamsbekendheid te consolideren, heb ik mezelf ertoe verplicht om wekelijks een halve pagina te adverteren in de regionale bladen. We plaatsen dan slechts één foto, met veel witruimte eromheen. Géén rommelige postzegelverzameling dus, we belichten slechts één bijzonder huis. Vanzelfsprekend sponsoren we sportclubs en verschillende goede doelen die belangrijk worden gevonden door de middenstand, het personeel van de plaatselijke banken en de gemeente. Want die mensen hebben we ook nodig.

Dit is de manier waarop er bij ons traditioneel wordt gewerkt. Zo heeft mijn vader het me geleerd en zo leerde hij het vak weer van zijn vader. Zij wisten wat goed was. Met hun visie en inzet en kennis hebben ze het bedrijf op hoog niveau getild. Dat niveau overstijgen is een utopie. In de huidige markt mag ik me gelukkig prijzen als ik Ravelijn redelijk gezond kan houden tot een van mijn dochters het wil overnemen.

Ravelijn en zijn uitstekende reputatie behouden voor mijn kinderen is mijn grootste zorg. Dat ben ik mijn vader en grootvader verplicht.

Ik zou weleens willen dat ik de verantwoordelijkheid wat minder zwaar op mijn schouders voelde drukken. Dat ik meer had van Claire, van haar onbevangenheid en openheid. Alleen vermoed ik dat als zij zou weten in wat voor positie Ravelijn al een paar jaar verkeert, ze stukken minder zorgeloos de wereld in zou kijken.

Dus zeg ik niets.

7

Bastide ~ Klein, voorlopig vestingwerk dat de bevolking in een omstreden gebied moest beschermen of als wijkplaats moest dienen.

Bron: *Bouwkundige termen*, Dr. E.J. Haslinghuis, 1986

'... en als laatste vijf stokbroden. Nee, wacht, doet u er maar zes.'

'Staat genoteerd, mevrouw Van Santfoort. Zullen we er voor de zekerheid twee extra flessen Taittinger bij doen? De ervaring leert dat er doorgaans meer champagne wordt gedronken dan, pak 'm beet, chablis.'

'Ja, doe maar.'

'Is uw bestelling dan zo compleet?'

Ik kijk op het briefje dat tegen het stuur aan ligt en streep in gedachten alles af: drank, vlees, vis, amuses, brood, salade, groente, fruit, desserts... 'Ja. Ik geloof het wel. Kunt u alles morgenmiddag bezorgen?'

'Daar gaan we ons best voor doen.'

'Dank u wel.' Ik verbreek de verbinding, prop de telefoon in mijn handtas en kijk om me heen.

De straat waar mijn moeder woont ligt niet ver van de

wijk waarin ik ben geboren en opgegroeid. Nadat ik het huis uitging is mijn moeder kleiner gaan wonen en dat deed ze tot mijn verbazing op een steenworp afstand van de flat waar ze mij ter wereld heeft gebracht. Ik had verwacht dat ze zou terugkeren naar haar geboorteplaats, maar ze is trouw gebleven aan de havenstad.

De reden is me een raadsel. Het valt me bij elk bezoek zwaarder om hier te zijn en ijkpunten van vroeger te ontdekken. Elke week is er weer een nieuwe, ingrijpende wijziging toegevoegd aan een sadistisch spelletje 'zoek de verschillen'. De buurtsuper is weg, de snackbar is een kebabtent geworden en een deel van de wijk is afgebroken en opnieuw opgebouwd, met huizen die Harald als sneue woonkazernes zou typeren.

Ik ontgrendel de portieren, pak mijn tasje en een plastic boodschappentas van de passagiersstoel en stap uit. Sluit meteen de auto weer af en duw mijn handtas stevig tegen me aan. Leg mijn hoofd in mijn nek.

Ik heb gelogen tegen Natalie. Mijn moeder woont in een driekamerappartementje op de eerste etage van een blok beton.

Ze heeft me al gezien en staat te zwaaien achter het dubbele vensterglas van de woonkamer. Dan duikt ze weg van de gedrapeerde gordijnen en gaat er een zoemer die aangeeft dat de deur open is.

In de hal sluit ik de deur zorgvuldig en neem de trappen naar haar verdieping. Er is geen lift in dit wooncomplex. De vloer ligt bezaaid met folders, een paar brievenbussen zijn zwartgeblakerd en de hele hal stinkt naar urine.

'Waarom bleef je in de auto zitten?' Mijn moeders stem klinkt hol in het trappenhuis. Haar geaffecteerde ABN klinkt ook een beetje uitheems in deze ambiance. Ze is waarschijnlijk de enige inwoonster van de stad wier tongval zich niet heeft aangepast aan het hardnekkige dialect, en die niet achter elke drie zinnen een ongelovig 'jóh!?' uitroept, en 'ik kom' standaard uitspreekt als *ik-kompt.*

Mijn moeder valt wel in meer opzichten uit de toon met haar omgeving. Maar zij is de laatste die daar last van heeft.

'Ik moest nog iemand bellen.' Ik omhels haar en kus haar op beide wangen. Ze is kleiner dan ik, en steviger, maar net als ik bleekt ze haar haren en draagt ze in een quasi-nonchalante wrong op haar achterhoofd. Haar ogen zijn zoals altijd opgemaakt met lichte en donkere oogschaduw in zilvertinten. Haar wenkbrauwen zijn dun geëpileerd en bijna zwart aangezet, en haar lippen lijken groter omdat ze zijn omlijnd met een donker lippotloodje. De lippenstift zelf is enigszins vervaagd.

Mijn moeder ruikt lekker fris, een verademing na de stank in de gemeenschappelijke hal. Ze heeft niets met parfum, dus ik vermoed dat het haar nieuwe wasmiddel is. Hoe arm we het soms ook hebben gehad, wassen deed mijn moeder steevast met dure A-merken. Die gewoonte is ze altijd trouw gebleven.

'Nou meid, kom binnen.' Ze duwt de deur achter me dicht, gebruikt een extra ketting en draait het cilinderslot om met een sleutel.

'Ben je bang dat ze je weghalen?' grap ik.

Ze schudt geërgerd haar hoofd en mompelt iets over 'de jeugd van tegenwoordig'. Dan neemt ze me de plastic tas uit handen en loopt ermee naar de keuken. 'Ga lekker zitten. Ik zet koffie voor je.'

Ik neem plaats op de tweezitsbank bij het raam. Bambi, een grijs bolletje hond met een zwart, nat dopneusje, ligt languit op het beige tapijt, laat haar buikje zien en kwispelt erbij. Ze knort zachtjes.

'O, dat is lekker,' klinkt het uit de keuken. Mijn moeder

heeft mijn cake ontdekt. 'Dat had je toch niet hoeven doen. Ik ben het bakken nog niet verleerd, hoor.'

Ik trek Bambi op schoot en kriebel de warme holtes achter haar oortjes. Kijk naar buiten.

Mijn moeder zit hier vaak. Hele dagen brengt ze door op deze blauwe stoffen bank, haar voeten op een bijpassende poef, kijkend naar tv-programma's of naar de mensen in de straat. Ze is niet ontevreden over haar uitzicht: de zijgevel van het appartementencomplex aan de overkant van de straat en een beveiligde metalen poort die toegang biedt tot de parkeerplaats die bij dat complex hoort. Links daarvan loopt een drukke weg. Vierbaans, stoplichten, fietsers, scooters, vrachtwagens, vierentwintig uur per dag leven.

'Er is altijd wat te zien,' zegt ze, alsof ze mijn gedachten raadt, en ze zet een kop koffie voor me neer. 'Duw Bambi maar van je schoot hoor, anders kom je niet aan je koffie toe.'

'Ik heb geen last van d'r.'

'Hoe is het met Fleur en Charlotte? Waarom neem je die lieverds nou nooit eens mee? Ik haal steeds lekkere dingen voor ze in huis, maar ik moet ze altijd weggooien. Zijn ze weer over de datum.'

Ik zucht een keer diep. 'Weet je... het is best ver rijden, mam. Een uur heen, een uur terug. Dat kan ik ze niet aandoen, Charlotte heeft al zo'n last van wagenziekte en... en ze hebben hier niets. Kom liever een keer naar ons toe.' Ik kijk op. 'Charlotte viert over twee weken haar zesde verjaardag. Zal ik je dan komen halen, misschien kun je dan zelfs een of twee nachtjes blijven? Of de hele week, als je wilt?'

Haar ogen lichten op. 'Natuurlijk! Maar weet je zeker dat ik niet in de weg loop?'

'Mam, nee, echt niet. Hoe kun je dat nou denken? Ik vind het juist gezellig, en Fleur en Charlotte ook.'

'En Harald?'

'Hij net zo goed. Dat weet je toch.' Harald heeft het nooit hardop uitgesproken tegen haar, maar ik weet dat ze hem dierbaar is. Hij ziet haar als zijn tweede moeder.

'Och, nou vergeet ik de cake.' Ze maakt aanstalten om op te staan, maar ik steek mijn hand uit om haar op haar plaats te houden.

'Blijf lekker zitten, ik pak hem wel.'

'Zeg, ik ben geen oude vrouw, hoor.'

'Nee, maar ook niet meer heel jong.'

Haar keuken is net zo groot als mijn kookeiland en bevat een vijftal witte kastjes met plastic grepen, gele tegeltjes tegen de muren en een oranje gemêleerd zeil op de vloer. Op het werkblad staat al een snijplank met de uitgepakte chocoladecake en een mes.

Er hangt een vreemde, weeïge geur in de beperkte ruimte. Onwillekeurig kijk ik om me heen, op zoek naar de bron ervan. Onder het aanrecht, op een plaats waar je een kastje zou verwachten, staat een plastic bak met een laag kranten erin. Er ligt een verse drol boven op het oude nieuws.

'Hè, bah,' roep ik. 'Wat is dit nou weer?'

'Bedoel je Bambi's toilet?' klinkt het uit de kamer.

'Bambi's toilét?'

Mijn moeder verschijnt in de deuropening. 'Bambi doet tegenwoordig bijna alles op de bak. Net als een kat. Slim hondje. Ze had het binnen twee dagen door. Wacht, ik ruim het meteen op.'

Bambi dribbelt druk kwispelend langs mijn moeder. Haar nageltjes tikken op het zeil. Ze komt naast me staan. Legt haar lang behaarde oortjes in haar nek, snuffelt aan haar eigen ontlasting en kijkt dan vrolijk naar me op. Haar tong heeft de kleur van een zuurstok.

Ik aai haar afwezig over haar zijdezachte haren. Ze vallen

in een scheiding op haar rug en er zijn geen klitten te ontdekken.

Mijn moeder tilt de bak op, zet hem op het aanrecht en vouwt de drol in de kranten alsof het een vis van de markt is. Gooit het pakketje dan in de vuilnisbak en pakt een nieuwe stapel kranten uit een doos.

'Waarom laat je die hond niet gewoon buiten zijn behoefte doen?' vraag ik.

Even blijft het stil. 'Ik durf 's avonds de deur niet meer uit,' klinkt het vervolgens, timide. Haar blik is naar binnen gekeerd en ze wrijft ongemakkelijk in haar handen. 'Er is hier vorige week iemand neergestoken, Claire. Een jongen van drieëntwintig. Het escaleerde helemaal uit de hand.'

Ik negeer haar verspreking en kijk gealarmeerd op. 'En dat vertel je me nu pas?'

Ze zet de bak terug op de grond en ontwijkt mijn blik. 'Ik wilde je niet ongerust maken.'

'Waar is het gebeurd?'

Ze maakt een armgebaar in de richting van de woonkamer. 'Hier schuin tegenover, bij de snackbar. Ik zat op de bank en heb het zien gebeuren.'

'Een junk?'

Ze haalt haar schouders op. Wast haar handen grondig, pakt dan de snijplank van het werkblad en loopt ermee de kamer in. 'Het ging om een tientje, Claire. Ze steken hier tegenwoordig mensen neer voor tien euro.'

Ik bijt zacht op mijn onderlip en volg haar de kamer in.

Het ligt op het puntje van mijn tong om haar te vertellen waar Harald en ik mee bezig zijn, maar ik weet de woorden op tijd binnen te houden. Harald kan er dan wel van overtuigd zijn dat het allemaal zó geregeld is, ik wil de mogelijkheid openhouden dat het hem deze keer niet lukt. Het laatste wat ik wil is mijn moeder valse hoop geven.

‘Nou, genoeg geklaagd,’ zegt ze. ‘De tijden veranderen nou eenmaal. De buurt takelt hard achteruit. Daar kun je niets aan doen.’ Ze schuift me een plak cake toe. ‘Maar ik durf verdorie de straat niet meer op vanwege dat tuig. Als je vader nog geleefd had, dan was dit niet gebeurd. Dan zou het er allemaal heel anders hebben uitgezien.’

Ik reageer niet. Liefde maakte mijn moeder niet alleen stekeblind, maar tastte ook haar realiteitszin aan. En over de doden niets dan goeds.

‘Neem nog een plakje cake.’ Ze schuift het plankje demonstratief naar me toe over het glimmende notenhouten salontafeltje. Bambi kijkt er likkebaardend naar, hopt dan als een volleerd circushondje op haar achterpootjes en houdt haar kopje scheef. Het is onmogelijk er weerstand aan te bieden. Als mijn moeder even niet oplet, stop ik haar een stukje cake toe.

‘Heb je van de week nog iemand van de familie gezien of gesproken?’ vraag ik, en ik besef dat ik die vraag alleen maar stel omdat ik gerustgesteld wil worden. De gedachte dat mijn moeder hier de dagen grotendeels alleen doorbrengt, is onverdraaglijk. Ik zou haar elke dag willen bellen, zowel ’s ochtends als ’s avonds, zodat ik weet dat ze gezond is opgestaan en veilig weer in bed stapt. Dat zou ik nog doen ook, als ze het zou toestaan.

‘Tante Magda belde me vorige week, maar ik heb niet zoveel met d’r op, zoals je weet. Het is met haar al net als met de rest: op onze leeftijd klagen ze alleen nog maar. Het gaat alsmaar over ziektes en pijntjes en andere ellende. Daar heb ik helemaal geen zin in, daar voel ik me nog veel te jong voor. Flauwekul allemaal.’ Ze kijkt op. ‘Nou doe ik er verdorie zelf ook al aan mee. Vertel me eens hoe het met die twee meiden gaat? Ik vind het echt niet leuk, Claire, dat je ze niet hebt meegenomen. Ik heb poppetjes voor ze gespaard, bij de supermarkt.' Ze maakt aanstalten om op te staan. 'Zal ik ze alvast aan je meegeven?'

'Geef ze liever zelf, over twee weken, dat vinden ze hartstikke leuk.'

Bij het afscheid omhels ik haar stevig en kus haar wang. Kijk haar aan en sla dan nog eens mijn armen om haar heen. 'Pas goed op jezelf, mam. Ik zou het niet aankunnen als er iets met je gebeurde.'

'Maak je niet druk om mij. Ik woon hier al zo lang.'

Terwijl ik de trap af loop, hoor ik hoe ze haar voordeur vergrendelt. Twee, drie sloten. Ze sluit haar woning hermetisch af van de buitenwereld, als een vesting.

Een stadsgevangenis.

Ik ga in mijn auto zitten en druk op een knop om alle portieren tegelijkertijd op slot te doen. Langzaam rijd ik de straat uit. In het voorbijgaan kijk ik naar de kebabtent.

Mijn moeder had gelijk. Als mijn vader nog had geleefd, had alles er anders uitgezien.

Maar ik betwijfel in alle eerlijkheid of het er béter had uitgezien.

8

Mijn moeder komt uit 't Gooi. Haar ouders hadden er een aantal kledingzaken, al heb ik dat alleen van horen zeggen, want ik ben er nooit geweest. Sinds mijn moeder begin jaren zeventig bij mijn vader in de havenstad ging wonen, kwam ze er nog maar zelden en ook haar familie wist ons huis slechts bij hoge uitzondering te vinden. Zij zeiden dat ze het te druk hadden met de winkels, de kinderen, de buurt, de duizend-en-een verplichtingen, maar in werkelijkheid was de weerzin gewoonweg te groot.

Mijn moeder is, heb ik altijd begrepen, zo'n beetje geboren met een zilveren lepel in haar mond en een etiquetteboek in haar handen. Pap had juist weinig op met omgangsvormen, hij kon het woord amper spellen. Hij was internationaal vrachtwagenchauffeur en reed in een enorme DAF-truck door heel Europa. Als hij thuis was, stond zijn truck pontificaal in de straat geparkeerd, zodat vrijwel niemand er nog zijn auto kwijt kon. Toch waren er maar weinig buurtbewoners die daar wat van kwamen zeggen.

Gelukkig voor de buurt was mijn vader veel en vooral lang van huis. Mijn moeder en ik hadden dan alleen te stellen met Billy, een cadeautje van mijn vader. Billy was een zwarte hond met vouwen en plooien in zijn gezicht en het formaat van een kleine pony – ik heb tot mijn vijfde verjaardag op zijn rug mogen paardjerijden. Hij zou ons moeten beschermen tegen inbrekers en kinderlokkers en vooral tegen deurwaarders, tot pap weer thuiskwam en alleen hijzelf ons nog voor beveiligingsvraagstukken stelde met zijn dronken buien en foute vrienden. Toen ik jong was, zag ik dat nog niet, maar in feite had mijn moeder twee kinderen: mij en haar eeuwig puberende echtgenoot. En ze hield zielsveel van allebei.

Mijn moeder gaat een uitdaging niet uit de weg – mijn strijdlust en vasthoudendheid heb ik van haar. Ze is iemand die niet graag terugkomt op een eenmaal genomen beslissing. Maar hoewel ik geloof dat ze het met een keurige, voorspelbare man niet zo lang zou hebben uitgehouden, denk ik toch dat ze andere keuzes zou hebben gemaakt als ze alles van tevoren had geweten.

Ook mijn leven had er dan heel anders uitgezien. Want indirect zijn het mijn vaders tekortkomingen geweest die hebben geleid tot een paar cruciale keuzes die ikzelf later zou maken.

Pap had er een handje van om een onverantwoord groot deel van zijn salaris op te maken aan rondjes geven in het café en aan allerlei luxe. Hij was dol op tv-kijken, kocht populaire films als eerste en we hadden de nieuwste techniek in huis. Ik had als elfjarige een splinternieuwe stereo-installatie en discolampen op mijn kamer en ik kan me herinneren dat Billy eens een handgemaakte halsband van Engels koperwerk droeg, die driehonderd gulden had gekost. Later hoorde ik dat zelfs de vakanties naar Spanje op de pof waren. Toen mijn vader een BKR-aantekening kreeg die hem nog meer lenen onmogelijk had moeten maken, veranderde er in wezen niets. Alles ging gewoon door, maar nu op mijn moeders naam.

Mijn vader was een stevige roker. Hij stierf aan longemfyseem toen ik zeventien was. We borgen hem voor eeuwig op tussen zes planken en lieten hem begraven op Hofwijk. Dat de karige begrafenis werd gedekt door de verzekering was de enige meevaller. Na zijn dood werd onze deur platgelopen door instanties als het GEB, de woningbouwvereniging en vooral postorderbedrijven die ons ooit met plezier een wasmachine, droger, tv, spelcomputer, videorecorder en stereo hadden geleverd, en daar tot in lengte van dagen maandelijks voor gecompenseerd wilden worden.

We waren eraan gewend dat er weleens een deurwaarder moeilijk kwam doen. Ik heb als kind vaak genoeg door de brievenbus geroepen dat mijn ouders niet thuis waren, terwijl mijn moeder in de keuken aardappels zat te schillen. Maar bij hoge nood had pap altijd wel ergens geld vandaan kunnen toveren, steeds net voldoende om de ergste branden te blussen. We wisten niet altijd waar dat geld vandaan kwam. Het was er gewoon ineens.

En toen was pap er niet meer.

Mam schreef alles op in een schriftje, keurig onder elkaar, in een wanhopige maar volwassen poging om onze problemen onder ogen te zien. Ze streepte er zo nu en dan iets van weg, maar onderaan werden nieuwe bedragen bijgeschreven. De lijst werd alsmaar langer.

'Waarom is iedereen tegen ons?' vroeg ik op een avond, toen mam met haar rug naar me toe aan de keukentafel zat.

Voor haar lagen aanmaningen op het blad, het schriftje lag er opengeslagen bij. Mam huilde geluidloos. Ze deed haar uiterste best om niet te laten blijken hoe zwaar ze het had, maar ik zag haar schouders schudden en ze ademde schoksgewijs in en uit.

'Je vader... Hij wilde zoveel meer uit het leven halen dan er voor hem in zat,' zei ze, uiteindelijk. 'En je weet wat ze zeggen: hoge bomen, lange planken.'

Mam werkte zich een slag in de rondte als schoonmaakster en ik stond veertig uur per week in een schoenenwinkel. We deden wat we konden, maar op deze manier zou het nog vele jaren gaan duren voor we paps erfenis te boven waren.

In datzelfde jaar ben ik Claudette tegengekomen, die mijn beste vriendin werd.

Met haar is alles pas echt begonnen.

9

'Ben je niet bang voor overstromingen?'

De vraag komt van een vrouw die zich heeft voorgesteld als Bianca van der Laar. Ze is meegekomen met Bernard Lely, directeur van de plaatselijke bank, en ze heeft me in het afgelopen halfuur meer vragen gesteld dan Charlotte en Fleur er samen in een dag kunnen bedenken. Bianca is een schoonheid, maar ze heeft duidelijk niet vooraan gestaan bij het uitdelen van herseninhoud. Wel is haar boezem indrukwekkend en voor het grootste deel zichtbaar.

Ik moet voorzichtig met haar omspringen. Harald hecht erg veel waarde aan een harmonieus contact met de bank, en zij is de nieuwe verovering van Lely. In stilte heb ik een vermoeden waar die kleurloze Bernard Lely een vrouw als Bianca heeft ontmoet. In elk geval niet in de kerk.

'Het is hier toch al eens een rampgebied geweest?'

'Nee,' reageer ik. 'Hier niet.' Ik kijk snel om me heen. Er hebben zich kleine groepjes gevormd, niemand staat apart. Iedereen lijkt zich te amuseren en druk in gesprek te zijn. Nog geen lege glazen.

'Ja, sorry dat ik erover begin,' hoor ik Bianca zeggen. 'Maar Bernard en ik hadden het er op weg hiernaartoe over en ik kom hier niet vandaan, zoals je weet. Ik heb het wel gevolgd destijds, op het nieuws. Wat een doffe ellende moet dat zijn geweest. Bernard vertelde me dat als de rivierdijken waren doorgebroken, het hele gebied onder water had gestaan. Acht meter hoog, zei hij.' Ze kijkt angstvallig langs me heen naar ons huis en dan naar het dak, alsof ze zich voorstelt wat er na een dijkbreuk nog boven het wateroppervlak zou uitsteken. Dan richt ze zich weer op mij. 'Al dat water om je heen. Vind je dat geen eng idee?'

'Ach. De dijken breken niet zo snel door.'

'Lig je daar niet wakker van?'

Ik schud mijn hoofd.

Niet van dijkdoorbraken, nee.

'Het ligt hier in principe toch onder de zeespiegel?' dringt ze aan.

'De bijna-overstroming van '93 had niets te maken met de zee.' Het lukt me nog nauwelijks om mijn ergernis te verbergen. 'Die ontstond door smeltwater uit de Alpen.'

Halftien. Het brood is op. Ik heb binnen nog een extra stokbrood liggen. En ik moet verschrikkelijk naar het toilet.

'Is het werkelijk waar dat die dijk hier bij jullie aan weerszijden nog maar zo'n beetje...' Bianca houdt haar handen een centimeter of tien boven elkaar, '... boven het water uitstak?'

'Ja. Zo ongeveer.'

Ze schudt meewarig haar hoofd. Klauwt dan met haar perzikkleurige nagels naar de amuses en stopt er eentje in haar mond. 'Ik vind het dapper dat jij en Harald hier durven wonen,' gaat ze verder met volle mond. 'Met het veranderende klimaat weet je het maar nooit. Als Bernard en ik gaan trouwen, dan zullen we nog een hartig woordje wisselen over waar we gaan wonen.' Ze pakt mijn arm even vast ten afscheid en draait zich dan abrupt van me weg.

Terwijl ik nog amper besef dat ik van mijn gesprekspartner ben verlost, klampt ze zich vast aan onze accountant, die een glas Taittinger staat in te schenken.

Dankbaar voor mijn hernieuwde vrijheid pak ik de lege manden en schaaltjes van de tafels en neem ze mee het huis in. Dat is vreemd leeg. De tv staat uit en er klinken geen kinderstemmen of het geluid van een spelcomputer. Fleur en Charlotte logeren vanavond allebei bij een vriendinnetje.

Ik zet de afwas in de vaatwasser en leg een stokbrood op een plank, snijd het in smalle stukken en verdeel ze over twee broodmanden. Dan loop ik de hal in. Op het toilet leg ik mijn onderarmen op mijn knieën en staar naar de zwarte en beige natuurstenen tegeltjes en naar de spitse punten van mijn open schoenen. Er zitten korte grassprietjes vast in het dunne leren vlechtwerk – Harald heeft het gazon vanochtend gemaaid. Ik peuter de sprietjes eruit en laat ze tussen mijn benen door in de toiletpot vallen.

Een glaasje wijn of, liever nog, champagne, zou me meer dan welkom zijn, maar ik durf geen druppel alcohol te drinken omdat ik aan het begin van de avond een kalmeringsmiddel heb geslikt. Ik heb moeite om mijn hoofd erbij te houden en wakker te blijven.

Terwijl ik mijn handen was en ze afdroog met een gastendoekje, denk ik terug aan '93 en de televisiebeelden van het stijgende water, de brandweer en het leger en de met zandzakken verstevigde dijken. Het was in het jaar dat pap stierf. Ik kan me de commotie rondom de overstromingen nog wel herinneren, de evacuaties en de stotterende woordvoerders, maar ze boeiden me niet in het minst. Er waren urgentere zaken die ik het hoofd moest bieden.

10

We zaten naast elkaar op bed en ik lakte mijn teennagels. Een nieuwe kleur van Revlon. Claudette had hem eerder die dag bij de Bijenkorf gekocht, samen met een batterij lippenstiften, oogschaduw en een peperdure foundation die beloofde niet te vlekken.

Het was een warme nazomer, laat in de middag. De zon stond laag en scheen met weinig kracht op de met zachtroze behang beklede muur boven Claudettes bed. Het zou een mooie namiddag zijn geweest als het raam niet wijd openstond, en de geluiden van optrekkende auto's en knetterende scooters op de drukke weg voor haar tweekamerwoning het ons onmogelijk maakten om op een normaal volume een gesprek te voeren. Als ik me concentreerde, hoorde ik zelfs het verkeersgeraas van de snelweg, en die lag zeker twee kilometer verderop.

Achteraf bezien besefte ik op die dag voor het eerst dat ik de stad beu was. Dat ik er niet langer meer wilde wonen. De smog. De herrie. Duizend-en-een buren van wie je de meesten niet kende – of niet eens wílde kennen. Tasjesdieven. Dronken gekken. Junks. De stank van uitlaatgassen.

Ik keek door het raam naar buiten, naar de blauwe lucht met oranje slierten, ver boven de daken van de stad, en ik probeerde me voor te stellen waar de zon nog meer op scheen dan alleen op deze stad. Op landerijen en vee en boerenschuren. Op rivieren waarop zwaarbeladen boten voeren en op houten molens waarvan de wieken langzaam draaiden; gebieden waar je alleen nog de wind hoorde. Weidevogels. Koeien en schapen. Zo nu en dan een blaffende hond.

Daar, in dat groene land, woonden óók mensen, en die kenden vast wél hun buren, en ze konden rondjes lopen rond hun eigen huis zonder dat ze werden lastiggevallen door junks of dronken idioten en ze hadden geen balkon vol met wasgoed en een satellietschotel, maar een erf en een omheind weitje met dwerggeitjes voor de kinderen en een bonte shetlander met rommelige manen...

Zo stelde ik het me voor, die middag, dat weet ik nog heel goed. En ook dat ik me triest voelde en wat moedeloos, op dat bed naast Claudette.

Haar appartement puilde uit met nieuwe merkspullen. Sinds ze in Luxuria werkte, droeg ze alleen nog maar kleding en sieraden die in de *Cosmopolitan* werden aangeprezen.

Ik wendde mijn blik af van de hemel boven de stad en concentreerde me op iets tastbaars: mijn voeten. Smeerde nog een dun laagje zachtroze over mijn nagels en deed mijn uiterste best om niet uit te schieten.

Claudettes vingernagels hadden dezelfde kleur. Zachtjes blies ze over haar vingertoppen en ze wapperde met haar handen, waardoor haar massief gouden armbanden rinkelende geluiden maakten.

'Denk je dat ik er geschikt voor ben?' vroeg ik.

Ze stopte met blazen. Ze stopte zelfs even met ademhalen en keek me aan alsof ze me nu pas voor het eerst zag. Liet haar lichtgroene ogen over me heen glijden, met een quasiprofessionele blik. 'Je hebt best wel mensenkennis, vind ik,' begon ze. 'Dat heb je nodig. Je moet die mannen goed kunnen aanvoelen.'

'Hoezo?'

'Wat ze willen, waarvoor ze komen. Want ze zijn allemaal anders. Je moet ze kunnen lezen, snap je?'

'Ik weet niet of ik dat kan. Ik bedoel, ik denk wel dat ik ze kan aanvoelen en zo, maar ik weet niet zeker of ik... Of ik met iedereen zomaar dát kan.'

Claudette bleef me aankijken, taxerend, afwachtend. 'Dat weet je pas als je ervoor staat. Ik kan je wel vertellen dat het geestelijk zwaarder is dan lichamelijk. De meesten denken dat het juist andersom is.'

'Ik ken de verhalen.'

'Je weet niet alles.'

Dat alarmeerde me. 'Wat heb je me niet verteld dan? Is het gevaarlijk?'

'In een club? Nee, nauwelijks. Het is meestal juist gezellig.' Ze bleef me onafgebroken observeren. 'Maar je maakt dingen mee, daar ontkom je niet aan. Het is geen baantje bij de supermarkt.'

'Daarom betaalt het ook beter.'

'Je denkt er serieus over? Of is dit een geintje?'

Ik haalde verontschuldigend mijn schouders op. Voelde me ongemakkelijk. 'Ik weet het niet... Ik vraag me af of ik er geschikt voor ben. Of ik het kan.'

'Kwestie van proberen, dan weet je het snel genoeg.'

'Probéren?'

'Ik kan je een keer meenemen. Vanavond al, als je wilt.'

Ik wist niet wat ik moest zeggen. Het idee alleen al zorgde ervoor dat ik sneller begon te ademen. 'Kan dat zomaar? Vinden ze dat wel goed?'

'Ben jij gek? Daar zijn ze juist alleen maar blij mee. Henk zit altijd te klagen dat hij te weinig meisjes heeft. En ik kan je vast vertellen dat je niet de eerste bent die uit nieuwsgierigheid meekomt en vervolgens een collega wordt.'

'Maar... dan hoef ik toch niet meteen... Of...?'

'Dat moet je zelf weten. Niemand dwingt je.'

Het werd nu wel heel concreet. Vanávond al.

Ik probeerde de dop op het flesje nagellak te draaien, maar merkte dat ik te hard trilde om niet te knoeien.

Claudette nam het van me over, draaide het potje kordaat dicht en zette het op een kastje naast het bed. Keek me daarna weer aan. 'Ben je er echt wel aan toe, Claire? Want weet je, het is dankbaar werk, ik zou niet anders willen, en het is best wel makkelijk verdiend, maar het gaat weleens mis. Kerels die doorslaan, die je van het ene op het andere moment beginnen uit te schelden, dat soort dingen. Je moet echt stevig in je schoenen staan. En ik weet niet of jij, nu je vader...'

'Maak je daar maar geen zorgen over,' loog ik. 'Ik zou alleen niet weten hoe ik zou moeten beginnen. Wat zeg je tegen zo'n man, wat doe je? Wat trek je eigenlijk aan? Kleren van jezelf?'

Claudette lachte hardop. 'Beginnen is het probleem niet. Echt niet, geloof me maar. Weet je wat het echte probleem is?'

Ik schudde dommig mijn hoofd.

'Het échte probleem is stoppen. Want je raakt overal aan gewend. Aan de aandacht van al die kerels, aan het ritme van 's avonds en 's nachts werken. Aan je collega's en de sfeer. Maar vooral aan het geld. Want voor je het weet werk je vier avonden in de week en pak je daarmee meer dan je in een maand als verkoopster kunt verdienen. Dat is het linke ervan. Maar geld is uiteindelijk relatief.'

Ik knikte alsof ik het begreep en hield mijn mening voor me.

Geld was helemaal niet relatief.

Geld was het allerbelangrijkste op de wereld.

'Bel je baas maar op,' zei ik langzaam. 'Ik ga vanavond mee.'

Claudette keek me verbaasd aan. 'Dat weet je écht zeker?'

'Ja. Dat weet ik zeker.'

11

Er is nog maar een handjevol mensen over van de achttien genodigden. De zondag is een verplichte rustdag voor het gelovige deel van onze gasten, en die begint strikt gezien zo meteen, om middernacht.

De champagne is op. De lege flessen staan op de grond naast de met wit damast gedekte dranktafel en ik zie er ook een paar half onder de tafelrokken in het gras liggen. Ik duw ze er iets verder onder, zodat ze aan het oog worden onttrokken. Het liefste zou ik alles nu meteen willen opruimen, maar daarmee moet ik wachten tot iedereen is vertrokken.

Het overgebleven groepje staat op het terras bij de openslaande deuren te praten. Binnen klinkt gedempt muziek van Jamiroquai en ik heb her en der kaarsen aangestoken die een zacht licht verspreiden.

Nu de avond er bijna op zit, voel ik me langzaam wat ontspannen. Mijn grootste bron van zorg was Anton, en die is al naar huis. Hij had het hoogste woord vanavond en ook behoorlijk wat gedronken. Waarschijnlijk ruim voldoende om uit de school te klappen. Maar hoe vaak hij ook aan het woord was, aan niets was te merken dat hij beschikte over compromitterende feiten betreffende de gastvrouw.

Een ander struikelblok werd gevormd door de *Stepford wives*, Henriëtte en Selma. Een stel trutten dat altijd naar me lijkt te loeren, op zoek naar scheurtjes in mijn presentatie, rafels waar ze hun valse klauwen achter kunnen zetten. Ze zijn de echtgenotes van Anton en Robertjan. Ik doe al jaren mijn uiterste best om niet bij hen uit de toon te vallen. Niet qua kleding, niet in mijn manier van bewegen – bedachtzaam, elegant – en al helemaal niet qua taalgebruik. Ik betrap mezelf erop dat ik in hun aanwezigheid nog sterker dan anders let op mijn uitspraak, met een hardere 'g' spreek dan normaal en mijn 'r' inslik – een gewoonte die ik me overigens al grotendeels eigen had gemaakt voordat ik Harald leerde kennen.

Maar ook Henriëtte en Selma zijn overwonnen. En voor zover ik het heb kunnen inschatten, is de avond foutloos verlopen. Geen onvertogen woord. Tevreden ogende gasten.

Met het wijnglas in mijn hand wandel ik terug naar het gezelschap. Harald torent ver boven de rest uit. Hij is één meter tweeënnegentig en hij gaat niet, zoals veel mannen van zijn lengte, met gebogen schouders door het leven, maar loopt rond als een trotse veldheer. Bij hem is alles groot en imponerend, zijn handen bijvoorbeeld, en zijn voeten. Hij heeft ook veel donker krullend haar, dat op een artistieke manier over zijn voorhoofd valt. Zijn ogen liggen diep onder licht overhangende oogleden en hij heeft flinke wenkbrauwen die perfect bij hem passen. Hij draagt vanavond zijn favoriete outfit: een beige fluwelen colbert met daaronder een lichtblauw overhemd en zijn McGregorbroek.

Terwijl ik me bij hen voeg valt me op hoezeer de gasten aan zijn lippen hangen. Ze kijken naar hem met oplichtende ogen, lachen als hij een grapje maakt, willen bij hem zijn. Het is bijna gênant. Je zou denken dat zo'n man schaamteloos gebruik zou maken van zijn charisma, maar ik ken hem beter.

Harald heeft zelf niet in de gaten welk effect hij op anderen heeft. Hij is te druk bezig zich een houding te geven en de juiste anekdotes op de juiste momenten op te dissen. Harald is niet helemaal zeker van zichzelf, maar voor mensen die hem niet zo goed kennen – en dat zijn de meesten – maakt hij een erudiete en dominante indruk. Met zijn ver dragende stemgeluid, gedistingeerde voorkomen en lengte heeft hij de helft van de strijd al gewonnen.

Die eigenschappen trokken ook mij meteen aan toen ik hem voor het eerst ontmoette. Ik vond hem knap en razend interessant. Hij straalde iets melancholisch uit, alsof hij emotionele pijn had, een diep, onvervuld verlangen met zich mee torste. Ik voelde instinctief een drang opkomen om hem op te vrolijken en voor hem te gaan zorgen. Daar mocht ik opvallend snel na onze eerste ontmoeting een begin mee maken.

Harald heeft nog weleens last van melancholische buien – ik weet dat hij zijn ouders en grootouders enorm mist, vooral rond de feestdagen en bij het nemen van zakelijke beslissingen. Hij is nu eenmaal complexer van karakter dan hij op het eerste gezicht lijkt en dat is wat mij betreft juist een van zijn pluspunten.

Ik ga naast hem staan en zoek zijn hand. Hij kijkt me zijdelings aan, knipoogt me vertrouwelijk toe en wrijft met zijn duim over mijn pols. Praat dan geanimeerd verder met de wethouder van ruimtelijke ordening, die hij me eerder vanavond heeft voorgesteld als Dennis van Gelder. Uit de manier waarop Harald de man benadert begrijp ik dat die zich positief heeft uitgelaten over onze bouwplannen.

Een klein uur later staan we aan de andere zijde van het huis, naast elkaar op het grind in het maanlicht. De rode achterlichten van de Citroën van onze accountant verdwijnen snel tussen het gebladerte, in de richting van de dijk.

Ik haal diep adem en ben met mijn gedachten alweer bij het opruimen van de rommel. Daar wil ik nu meteen mee beginnen, want niets is ontnuchterender dan 's ochtends te worden geconfronteerd met de rotzooi van de avond ervoor.

'Missie geslaagd,' hoor ik Harald naast me zeggen.

'Kan de bouw doorgaan?'

Hij kijkt in de verte met die veldherenblik. 'Dennis staat er positief tegenover. Hij moet de tekeningen nog zien natuurlijk, en er zijn nog wel meer haken en ogen, maar hij denkt dat hij die wel kan tackelen.'

'Het was wel een vrolijk type, hè?'

'Ja. Dat zou ik ook zijn in zijn geval. Ik heb hem en zijn vrouw een etentje bij Chalet beloofd. Voor alle moeite. Maar vooruit, het zit er weer op.' Hij draait zich naar me toe, slaat zijn armen om me heen. Buigt zich voorover en fluistert: 'Topavond, lief. Complimenten. Dat heb je uitstekend gedaan in zo'n korte tijd.' Hij kust mijn voorhoofd. 'Je bent van goud.'

'Ik zag je tegen elven nog met die... hoe heet ze... Bianca van de Laar of zo, praten. Wat vond jij van haar?'

'Wat ik van haar vind? Eerlijk?'

Ik knik.

'Ordinair. Ik begrijp eerlijk gezegd niet goed wat Bernard in haar ziet.'

Ik begrijp het heel goed, maar meen dat het nu beter is te zwijgen.

'Ze hoort niet in ons soort kringen,' gaat Harald door. 'Als hij eenmaal is uitgeneukt en zijn hersenen weer een beetje gaan functioneren, schaamt hij zich kapot. Zeker weten.'

Ons soort kringen...

Hij zei het echt. Letterlijk. En ik weet dat hij het nog meent ook, al zou hij het in onbeschonken toestand zeer zeker anders hebben verwoord. Vroeger zou ik spontaan over mijn nek zijn gegaan als iemand in mijn buurt zulke snobistische taal uitsloeg. Ik zou er letterlijk van gewalgd hebben. Nu niet. Ik begrijp waar het vandaan komt, en de bron is een plaats waar ik me nu thuis voel.

Harald is opgevoed in een niet zo extreem rigide, maar desalniettemin christelijke traditie. Fijngevoelig als hij is neemt hij aanstoot aan een lange rij gedragingen en zaken die ik vroeger als volstrekt normaal beschouwde: kauwgom kauwende vrouwen, slordige kleding, luid praten, het spuien van ongefundeerde meningen, grof taalgebruik en natuurlijk vloeken, tatoeages, piercings... En moderne woonwijken en kantoorgebouwen.

'Misschien is ze wel prostituee,' zeg ik. 'Heeft hij haar ontmoet in een niet zo beste club en is hij verliefd geworden.' Het is eruit voor ik er erg in heb, ik schrik er zelf van.

Harald houdt me een beetje van zich af en trekt zijn wenkbrauwen op. 'Wát zeg je nou? Bernard zou toch nooit een hóér meenemen naar míjn huis?'

'Grapje,' haast ik me te zeggen, en ik pers er een glimlach uit. Leg dan mijn hoofd in mijn nek, wip op mijn tenen en kus hem op zijn mond. Hij smaakt naar champagne en hij ruikt nog veel beter.

'Was jij nou van plan om de rotzooi vannacht nog op te ruimen?' fluistert hij tegen mijn lippen.

Ik kus hem opnieuw. 'Eigenlijk wel.'

'Kan ik je overhalen dat morgen te doen?'

'Hoe ga je dat proberen?'

Hij kijkt me alleen nog maar aan. Zegt niets. Ik voel zijn enorme handen om mijn taille. Zijn duimen glijden naar boven en raken mijn borsten, blijven daar masserende bewegingen maken, heel zacht, over mijn tepels die zich razendsnel samentrekken onder de glanzende stof van mijn avondjurk. 'Zo misschien?' zegt hij, glimlachend.

'Ik weet het niet...' kreun ik.

Voorzichtig, om niets kapot te maken, trekt hij de rits van mijn jurk een stukje open en dwaalt met één hand over mijn blote rug en verder naar beneden, tot net onder de rand van mijn kanten ondergoed.

'Ik wil met je vrijen,' hoor ik hem ademloos zeggen.

'Hier?' Ik kijk om me heen. Duisternis. Maanlicht. Ritselende bladeren.

Zonder verder nog iets te zeggen tilt hij me op en draagt me in zijn armen naar binnen, sluit de voordeur en loopt door naar de keuken. Daar zet hij me met mijn billen op het granieten blad van het kookeiland. Houdt me vast, zijn handen dwalend over mijn middenrif en hoger, kust me opnieuw, nu in mijn hals en mijn decolleté.

Hoewel Harald licht aangeschoten is, is daar weinig van te merken in zijn bewegingen. Die zijn gecontroleerd als altijd. Ik hoef bij Harald nooit bang te zijn dat hij al te enthousiast wordt en me pijn doet. Hij houdt instinctief rekening met ons verschil in grootte en kracht. Die ingehouden energie van hem is zo ongelooflijk sexy. De plaats delict ook, Harald en ik hebben het nog nooit in de keuken gedaan en nu hij daartoe het voortouw neemt, huiver ik van opwinding.

Ik wil dat hij voortmaakt. Ik wil dat enorme lichaam van hem over me, in me, ik wil volledig in hem opgaan, me in hem verliezen.

Ik houd zo verschrikkelijk veel van deze man.

'Wil je nu nog steeds opruimen?'

'Nee. Niet meer.'

'Mooi zo. Ik begon al te twijfelen aan mijn overredingskracht. En aan mijn mannelijkheid.'

Ik gesp zijn riem los en pluk aan de sluiting van zijn broek. 'Harald, één ding: als er iets is waaraan jij nooit, werkelijk nooit, hoeft te twijfelen, dan is het wel je mannelijkheid. Geloof me. Die is dik in orde.'

12

Het is maandagochtend, de kinderen zitten op school en Harald is op kantoor. Ik kom net terug van een rustige rit langs het water en breng Humbold aan zijn halster naar de wei, waar Donky, onze minishetlander, hem met opgeheven hoofd opwacht. Ik open het hek, haak de musketon los en klak met mijn tong. Elk ander paard zou nu de bodem onder zich laten dreunen door het op een rennen te zetten of ten minste één keer te bokken van vreugde, maar Humbold versnelt zijn pas niet eens. Hij kuiert in een onverstoorbaar tempo de wei in. Drie, vier stappen, en laat dan zijn snuit in het malse gras zakken: voor alles is hij dol op eten.

Met het halstertouw losjes in mijn hand blijf ik staan. Mijn onderarmen rusten op het hek en ik luister naar de malende geluiden die Humbolds kiezen maken. Ik kijk toe hoe de dieren met hun staarten vliegen en andere insecten van hun flanken verjagen.

Als kind ben ik nooit in aanraking geweest met paarden, behalve op de jaarlijkse kermis. Daar waren steevast weeïg ruikende, doods uit hun ogen kijkende pony'tjes te vinden, waarop je voor een gulden een rondje mocht rijden.

Ik ben pas paardrijlessen gaan nemen toen Harald op het idee kwam om Humbold aan te schaffen, een jaar na de geboorte van Fleur. Kort ervoor had hij het weiland achter het huis kunnen aankopen en daar hoorde natuurlijk vee in thuis. De verroeste hangar, waarin de vorige eigenaar kapotte werktuigen en andere rotzooi verzamelde, werd door een aannemer gesloopt. Er kwam een ruime stal voor in de plaats met een paddock, mesthoop en wasplaats. De stal is gemaakt van dezelfde soort donker gebeitste planken als onze schuur annex garage. Hij ligt zo'n twintig meter van de wei vandaan en op een paar honderd meter afstand van ons huis. Vanaf daar is de stal door de dichte bebossing vrijwel niet zichtbaar.

Ik ben vaak in en rond de stal te vinden, vooral op zonnige en windstille dagen. Tegen de stalmuur aan staat een houten bank met dunne, donkerrode kussens vanwaar ik zicht heb op de wei, de paardjes en het verderop gelegen water. Buiten zijn maakt me rustig en deze plek is misschien wel de mooiste en meest rustgevende van ons hele perceel, al is het alleen maar vanwege de ultieme luxe van zoveel ruimte en absolute privacy.

Als ik de stallen in loop, schiet een boerenzwaluw langs me heen naar buiten. Elk jaar zit er een nest in de nok. Ik hoor nog geen jongen piepen, maar die zullen wel niet lang meer op zich laten wachten.

Schuin boven me sluipt Reddy over de strobalen die op de paardenboxen liggen. Haar buik heeft nog steeds de omvang van een meloen, maar Red maakt niet bepaald de indruk dat ze op het punt staat om te bevallen. Ze kijkt me uitdagend aan vanuit haar hoge plek en miauwt naar me.

Ik maak een miauwend geluidje terug. Pak dan Humbolds hoofdstel van het zadel en loop ermee naar de spoelbak. Onder een harde straal water maak ik het glibberige bit schoon. Hang het tuig dan op zijn plaats – een spijker waarboven Fleur met zwarte stift 'Humbold' heeft geschreven –, en trek het sjabrak onder het zadel vandaan. Het voelt nog vochtig en warm van de rit en zit vol met lichtbruine haren. Ik klop ze er zoveel mogelijk van af en leg het sjabrak boven op het zadel, zodat het kan luchten en drogen.

Ik word er zo door in beslag genomen dat het even duurt voor ik in de gaten heb dat er iemand in de staldeuropening staat.

Van schrik maak ik een sprongetje naar achteren.

Dat bevalt hem. Tevreden glimlachend loopt hij naar binnen. Hij kijkt keurend om zich heen en slentert vervolgens quasi-achteloos op me af. 'Ik hou je al een poos in de gaten en het moet gezegd worden: je hebt het niet slecht voor elkaar.'

Ik deins terug. Ik wil minstens twee meter tussen ons in houden. Mijn ogen flitsen alle kanten op, maar er is niets dat ik als wapen kan gebruiken. Niet tegen iemand als Chris.

Zijn blauwe overhemd staat tot bijna halverwege open, zodat zijn gebruinde borst en een dunne gouden ketting zichtbaar zijn. Daaronder draagt hij een canvas broek en sneakers. Een zonnebril rust op zijn hoofd. Hij blijft staan met zijn armen over elkaar. 'Ben jij even met je neus in de boter gevallen... En niet eens een oude kerel hè, die Van Santfoort? Zelfs niet eens zo lelijk, zag ik. Goed gedaan.'

Ik bal mijn vuisten. 'Rot op!'

Hij grinnikt.

'Wat wil je van me?'

'Ík? Niets.' Hij kijkt nog eens goedkeurend rond en laat dan zijn hand over Humbolds zadel glijden. 'Marius wil met je praten.'

Marius.

Nu ik Chris zijn naam hoor uitspreken, schrik ik opnieuw. Mijn hele lichaam begint te rillen. Ik wrijf nerveus over mijn hals en kijk langs Chris heen naar buiten, bang dat Marius daar ergens is, dat hij elk moment naar binnen kan stappen.

Er is niemand.

De paardjes staan onverstoorbaar te grazen, hun staarten zwiepen rustig van de ene naar de andere flank. Als ik me inspan, kan ik hun kiezen horen malen. De zon schijnt. Er komt een gele vlinder voorbijgefladderd.

Waarom stormt en onweert het niet?

'Marius zit toch in de gevangenis?' vraag ik uiteindelijk. 'In Noorwegen?'

'Niet meer.'

'Waarom komt hij zelf niet?'

'Je kent hem toch? Het is niet zijn stijl om achter een vrouw aan te lopen.'

'Dus doe jij dat voor hem.'

Chris haalt zijn schouders op, graait dan naar een pakje Pall Mall in zijn binnenzak en klapt het open. Biedt me een sigaret aan.

Ik schud mijn hoofd.

Hij breekt de filter van zijn sigaret en steekt hem op. Kijkt me dan aan, door een wolk van grijze rook. 'Marius is altijd goed voor me geweest.'

'Dat zal wel.'

Zijn ogen vernauwen zich. 'Hij is ook altijd goed voor jou geweest, voor zover ik me kan herinneren.' Er klinkt absoluut verwijt door in zijn stem.

Ik knik toegevend. Nu me duidelijk is geworden dat Marius er niet bij is, ebt de paniek wat weg en maak ik me voornamelijk druk over Chris' aanwezigheid, en de kans dat de buren hem hebben gezien en erover gaan roddelen. Harald verwacht ik voorlopig niet thuis. Die had vandaag twee bezichtigingen, een afspraak met een architect en een taxatie.

De kinderen hoeven pas over anderhalf uur van school te worden opgehaald voor het middageten, en ik heb geen afspraken.

'Ben je met de auto?'

Hij trekt een wenkbrauw op. 'Hoezo?'

'Mensen praten hier nogal makkelijk. Waar staat-ie?'

'Pal voor de deur, mop. Nou goed?'

Ik kijk hem zwijgend aan.

Hij wijst in de richting van het bos. 'Daarachter. Op dat karrenspoor.'

Reddy springt van de strobalen af, trippelt over de houten rand boven de stallen en zet dan haar voetjes op de houten ladder. Begint aan de afdaling.

'Hoe kan het dat Marius vrij is?' vraag ik. 'Hij zou toch nog...'

'Strafvermindering wegens goed gedrag.'

Ik kijk met afgrijzen toe hoe Reddy onze richting op komt lopen. Ze dribbelt met opgeheven staart naar Chris toe, neemt een sprongetje en landt naast hem op het muurtje. Kijkt hem geïnteresseerd aan en vraagt nadrukkelijk om zijn aandacht.

Chris negeert haar.

'Wat wil hij?'

Chris snuift, haalt luidruchtig zijn neus op en neemt een trek van zijn sigaret. Kijkt de rook na. Dan zegt hij langzaam: 'Jou, Claire. Hij wil jou.'

Drie

In mijn achteruitkijkspiegel zie ik Carel Kapteijns steeds kleiner worden. Hij staat met een uitgestreken gezicht over de dijk uit te kijken en is me waarschijnlijk nu alweer vergeten. Wat een goedkope kruidenier is die kerel gebleken, wat een naar klein mannetje. Vreselijk.

En wat een misrekening heb ik gemaakt. Ik dacht toch zeker te weten dat ik zijn monumentale molen deze week in de verkoop zou krijgen. Ik had er zelfs al een serieuze gegadigde voor, een arts die zich uitstekend in die ambiance thuis gevoeld zou hebben, die zelfs al een poos op zoek was naar een dergelijk uniek object.

Maar van mij zal hij er niets over horen. Ik bijt nog liever mijn tong af.

Ik schakel nijdig door naar de derde versnelling en ontwijk een fietser. Verdomme. Ravelijn is het enige geschikte makelaarskantoor in de verre omtrek voor de verkoop van die molen. Dat wist Kapteijns, en toch besliste hij anders. Puur een geldkwestie. Hij probeerde het niet eens te verbloemen, leek er juist lol in te hebben me dat in te wrijven.

Het stoort me enorm dat makelaar al enige tijd geen beschermd beroep meer is. Als gevolg daarvan zijn er in een noodtempo ontstellend veel collegae bijgekomen. Dat zijn helaas vooral lieden die de arrogantie bezitten zich makelaar te noemen terwijl ze het vak niet eens beheersen. En erger: niet eens genegen zijn zich erin te verdiepen.

Maar of ze nou wel of geen kennis hebben, het is nu eenmaal een pijnlijk feit dat we allemaal staan te dringen bij dezelfde trog. Tegelijkertijd komen er steeds minder mooie, oude objecten op toplocaties op de markt, eenvoudigweg omdat ze niet meer worden gemaakt.

Voor de verkoop hoeft in wezen geen makelaar meer te worden ingeschakeld. Want waarom zou je iemand voor tienduizenden euro's opdracht geven jouw huis te verkopen als zo'n zichzelf makelaar noemend sukkeltje het voor een fractie van de prijs zegt te kunnen? Of als je het zelf vlot onderhands kunt overdoen aan een vriend of zakenrelatie? De notaris regelt de rest wel.

Ik ben dan enkel nog goed voor een betrouwbare taxatie.

Carel Kapteijns heeft me dat zojuist weer even ingewreven door zijn kostbare molen toch maar bij een van die snelle, holle marketingjongens onder te brengen.

Kosten. Daar ging het hem om. Prijs. Courtage.

De kwal.

Kapteijns is dwalende. Hij zal zichzelf echt nog tegenkomen, heel binnenkort, en dan zorg ik er wel voor dat ik geen tijd meer voor hém heb. Niet vergeten om Angela te zeggen dat als die vent belt, ik er niet voor hem ben. Ze schuift hem maar door naar Anton of Robertjan.

Gelukkig zijn er nog steeds mensen die kwaliteit voorstaan. Die het wél belangrijk vinden dat hun geliefde pand in goede, betrouwbare handen komt en op stijlvolle wijze aan de man wordt gebracht. En die daarvoor graag wat meer willen betalen.

Dat zijn mijn klanten. Die help ik graag. En zij komen graag bij mij, want mijn reputatie is smetteloos.

Op dat gebied heb ik uiteraard veel te danken aan mijn

vader en grootvader. Zij hebben de weg voor me gebaand, ik hoef hem alleen maar te onderhouden. Dat me dat redelijk vlot afgaat, komt vooral door Claires steun en inzet.

Zonder haar zou ik niet zijn waar ik nu ben.

13

‘Ik ben niet meer beschikbaar. Zeg hem dat maar.’ Mijn hart pompt als een bezetene achter mijn ribben, de slagen moeten bijna hoorbaar zijn, maar mijn stem klinkt tot mijn eigen verbazing beheerst en laag.

Chris tuit zijn lippen nadenkend en schudt dan langzaam zijn hoofd. ‘*No way*... Ik heb instructies om te blijven tot ik je mobiele nummer heb.’

‘Mijn telefoonnummer?’

‘Ja,’ zegt Chris droog. ‘Dan kan hij je bellen.’

Ik verhef mijn stem. ‘Denk je nou echt dat ik dat aan je geef? Ik wil helemaal niet dat hij me belt.’

‘Je hebt anders niet veel keus, mop.’

Reddy staat bij Chris en geeft hem kopjes. Ik houd haar angstvallig in de gaten. Ze is zo kwetsbaar met die dikke buik en ik weet waartoe Chris in staat is. Ik kan me een verhaal herinneren dat hij vertelde toen we met een groep op vakantie waren op Ibiza.

Ik moet tweeëntwintig zijn geweest, Chris en Marius begin dertig, en ik voelde me toen al minder op mijn gemak in hun omgeving. We vertelden elkaar over vakantiebaantjes. Marius had nooit voor een baas gewerkt, die was al heel jong creatief gaan ondernemen, zoals hij dat noemde. Chris leunde loom achterover en vertelde trots dat hij zijn eerste vakantiegeld bij elkaar had gemoord.

Het was veelzeggend dat wij hem ademloos zaten aan te staren en meteen het allerergste vermoedden. Na een lange, ongemakkelijke stilte was Chris in lachen uitgebarsten en begonnen over zijn werk in het slachthuis. Drie zomers lang had hij er gewerkt voor vijf gulden per uur. Met een scherpe bijl hakte hij kippen de kop af. Honderden per dag, letterlijk lopendebandwerk. Heel soms werd er een 'konijnenochtend' ingelast, en een enkele keer werd de band stilgezet voor een dozijn jonge bokjes.

Wij hoorden zijn gedetailleerde, enthousiaste slachtverhalen met stijgende weerzin aan. Chris had toen al geen enkele sympathie voor dieren en ik heb hem later dingen zien doen die demonstreerden dat hij mensen niet veel hoger had zitten.

Reddy staat naast Chris op een strobaal en schurkt haar onhandig dikke lijfje tegen zijn knie. Duwt haar kop tegen zijn bovenbeen en kijkt hem verliefd aan.

'Hij kan natuurlijk je vaste nummer bellen,' zegt Chris. 'Want dat hebben we al. Dan belt-ie je vanavond even, rond een uurtje of zes. Komt dat uit? Als jullie allemaal gezellig aan tafel zitten? Of misschien een uurtje vroeger, als je aan je dagelijkse wijntje zit met die kerel van je.'

Ik voel me steeds lichter worden, alsof mijn lichaam niet meer in contact staat met de aarde, maar erboven zweeft. Het is de angst, besef ik. En ik besef nog veel meer. Al die keren in de afgelopen tijd dat ik vermoedde dat ik werd geobserveerd, gebeurde dat ook daadwerkelijk.

'Dus...' gaat Chris verder. Hij laat zijn hand zakken en krabbelt Reddy achteloos tussen haar oortjes. Ze spint luidruchtig, klapt haar ielige staartje bijna dubbel over haar rug naar voren toe. 'Marius schatte zo in dat je hem liever je mobiele nummer geeft.'

Uiterlijk doe ik mijn best om koel te blijven, maar inwendig schreeuw ik, krijs ik het uit. Ik wil niet dat Marius me belt, niet op ons vaste nummer en niet op mijn mobiele. Want dan geef ik hem de teugels in handen en stuurt hij mij en mijn gezin precies die kant op die hij wil. Dan ben ik de controle over mijn eigen leven kwijt.

Waar ben je?
Wie hoor ik daar op de achtergrond?
Waarom laat je de telefoon zo lang overgaan?
Wat ben je aan het doen?
Ik kom je halen.
Je bent van mij.
Van mij!

Ik haal diep adem, sla mijn armen over elkaar en kijk Chris recht aan. 'We gaan het omdraaien,' zeg ik, zacht. 'Jij geeft me zijn nummer. Ik bel hém.'

Chris schudt zijn hoofd. 'Nee, nee, mop. Wie denk je dat je voor je hebt? Een of andere eikel?'

'Ik beloof het. Geef me zijn nummer en ik bel hem binnen...' *Nooit, ik wil hem niet bellen, nooit, nooit, nóóit!* '... binnen een week. Dat beloof ik echt. Goed?'

'Nee,' zegt hij beslist, en zijn donkere ogen boren zich in de mijne. 'Vandaag. Je belt hem vandaag nog. En haal het niet in je kop om me te besodemieteren, griet...' In een snelle beweging pakt hij Reddy bij haar nekvel en tilt haar van de strobaal. Haar lichaampje is extreem zwaar door haar gezwollen buik en ze hangt hulpeloos in haar eigen vel. Haar hoektanden en oogwit zijn zichtbaar, haar pootjes maaien onhandig in het rond, klauwen in het luchtledige, en haar strakgespannen buik zwaait heen en weer.

'Laat die kat los!' roep ik angstig. 'Verdomme, laat dat

beest los, klootzak! Ze is hartstikke zwanger!'

De tijd lijkt stil te staan terwijl hij een spartelende Reddy blijft vasthouden, maar mij recht aankijkt. In die blik van hem ligt ijskoude berekening besloten. Dat, en plezier. Chris geniet hiervan.

Reddy maakt een diep brommend geluid en probeert naar hem uit te halen, maar ze is te log en Chris heeft haar te stevig beet. Ze is geen partij voor hem.

Plotseling geeft hij haar een slinger. Ze belandt meters verderop met een plof op de betonnen vloer en glijdt paniekerig, al krabbelend, door tot ze tegen de staldeur tot stilstand komt. Wild blazend – het klinkt als spugen – maakt ze zich uit de voeten.

Buiten hoor ik Humbold gealarmeerd hinniken.

'Was dat nou nodig?' hijg ik. 'Je had verd–'

'Zes-zes-drie-acht-drie-acht-negen-nul.'

'Zes... Wát?'

'Zes-zes-drie, acht-drie-acht, negen-nul,' herhaalt hij. 'Bel hem voor twaalf uur vannacht of ik kom gezellig terug. Morgen, of overmorgen...'

Hij geeft een kus in de lucht, grinnikt en loopt de stal uit. Net voor hij door de deuropening stapt, gooit hij zijn brandende peuk in de voorraad hooi.

Ik ren ernaartoe, speur gejaagd de balen af, maar zie hem nergens. Hijgend begin ik tussen het hooi te zoeken, pak plukken in beide armen beet en gooi ze in het gangpad, draai me weer om voor de volgende, scan koortsachtig elke centimeter af, maar de peuk lijkt te zijn opgeslokt door het hooi. Ik kan dit niet negeren, ik moet doorgaan tot ik hem heb gevonden. De stal is van hout en ligt vol met stro en hooi. Er hoeft maar één minuscuul vonkje te zijn, dat wordt gevoed door de wind, en de ramp is niet meer te overzien. Mijn hart hamert nu als een waanzinnige in mijn borst, plukken haar zijn losgekomen uit de lage wrong op mijn achterhoofd en ik hijg met open mond. Ik blijf stug doorwerken, steeds weer hooi verplaatsen, kijken, bukken, weer een nieuwe bundel pakken, de verwarde, dunne stengels uit elkaar trekken. Ik zit onder het stof dat prikt in mijn ogen en kietelt in mijn neusgaten en ik moet hoesten, en uiteindelijk zie ik vanuit mijn ooghoek iets wits uit het hooi vallen. Het is de peuk en hij smeult nog steeds. Ik trap hem uit met de hak van mijn rijlaars, zet mijn hele gewicht erop en draai heen en weer tot hij volledig is verpulverd. Kijk dan om me heen.

Het droge hooi smeult niet, ik ruik ook niets, maar dat zegt niet alles. Voor de zekerheid werk ik al het hooi naar buiten. Ik pak steeds zoveel als er op de riek past, gooi het in de kruiwagen tot er een flinke kop op zit en breng de kruiwagens naar de mesthoop. Die ligt voldoende ver van de stal af en heeft een betonnen ondergrond en hoge zijkanten. Ik ben bijna een halfuur bezig om de hele voorraad naar buiten te brengen.

Als ik opkijk, zie ik Donky en Humbold midden in de wei staan. Hun halzen zijn gestrekt en hun oren gespitst, de staarten licht opgeheven. Humbold hinnikt opnieuw.

Ik heb ze nooit eerder zo gespannen gezien.

'Rustig maar,' roep ik, met trillende stem. 'Het is goed, jongens. Het is al goed.'

Donky's oren draaien van voren naar achteren. Humbold blijft stokstijf staan. Dan, als ik ze nogmaals geruststellend toeroep, laat hij eindelijk zijn hoofd zakken en zet zijn tanden in het gras. Rukt er stukken uit en kauwt er luidruchtig op.

Achter me hoor ik een mannenstem grinniken.

Ik draai me met een ruk om, verwachtend dat Chris is gebleven, dat hij alleen maar heeft gedaan alsof hij wegging. Dat hij bij de stal staat, met zijn armen over elkaar en zijn zonnebril op zijn neus geschoven, en zich vrolijk maakt om mijn angst.

Maar hij staat er niet.

Met mijn hand boven mijn ogen kijk ik naar de stal en de bebossing, en tuur ik naar het pad dat naar het huis leidt, tussen de struiken en boompjes door.

Er is niemand.

14

Natuurlijk had ik bij mijn moeder thuis kunnen weggaan. Die optie is echt wel in me opgekomen. De schulden die pap op zijn eigen naam, en de laatste jaren nog op die van mijn moeder had gemaakt, waren immers haar probleem. Niet het mijne. Ik stond daar formeel gezien volledig buiten.

Ik was net achttien geworden, volwassen voor de wet. Met mijn fulltime baan als schoenenverkoopster verdiende ik dan wel niet veel, het was voldoende om op mezelf te kunnen wonen. Als ik een goedkope flat of kamer kon vinden en zuinig leefde, dan moest dat lukken. En mocht ik een beter betaalde baan of een bijbaantje als serveerster of iets dergelijks kunnen krijgen, dan zou ik zelfs nog wat geld kunnen sparen. Want als ik iets had geleerd, dan was het dat ik nooit in zo'n situatie als die van mijn moeder terecht wilde komen. Daar paste ik voor.

Toch ging ik niet weg. Nog niet. Ik kon het niet over mijn hart verkrijgen om mijn moeder achter te laten met al die rekeningen en aanmaningen en andere narigheid, in de flat waarin we samen zoveel hadden meegemaakt, waar we alleen elkaar hadden gehad om op terug te vallen als pap weer eens wekenlang in het buitenland was en niets van zich liet horen.

Mijn vader had haar talloze keren in de steek gelaten. Haar

Gooise familie had haar min of meer de rug toegekeerd, omdat ze pap niet mochten.

Mijn moeder was er altijd voor mij als ik haar nodig had.

Nu zou ik er voor haar zijn.

15

Ik zit op mijn hurken in een felverlichte winkel met schreeuwerige reclameborden, en bekijk het testmodel van alle kanten. Een kleine Sagem met een prepaid-kaart van twintig euro. Het is exact wat ik zoek: onopvallend en lichtgewicht. Ik kan het makkelijk onder in mijn handtas meenemen.

Ik pak een doos uit het schap en leg hem in mijn winkelmandje. Loop dan langs de stellingen en neem een bijpassende autolader mee. Er staat een bescheiden rij voor de kassa. Tot mijn grote opluchting niemand die ik ken. Als een volleerde crimineel betaal ik contant – betaling via de bank of met een van de creditcards zou Harald kunnen opvallen tijdens een van zijn administratieavonden.

In de auto maak ik de verpakking open, blader door de handleiding en volg de instructies. SIM-kaart, batterij, pincode. Ik sluit het apparaat aan op de accu via de auto-oplader en stel tijd en datum in. Zet in één moeite door het enige telefoonnummer in het geheugen waarmee ik met dit apparaat ooit contact zal opnemen.

Alles werkt. De batterij is bezig zich op te laden en ik heb vier streepjes bereik.

Dan stap ik uit, graai de verpakkingsmaterialen en de aankoopbon bij elkaar en gooi alles weg in een van de vele containers die langs de parkeerplaatsen achter het winkelcentrum staan.

Terug in de auto zucht ik een keer diep. Klaar. Het zit erop. Nog geen vier uur nadat Chris me overviel bij de stallen heb ik mijn nieuwe, geheime toestel, met Marius' mobiele telefoonnummer erin geprogrammeerd.

Hoewel ik echt wel weet dat ik mezelf ermee voor de gek houd, geeft dit stomme plastic mobieltje me toch het gevoel dat ik tenminste niet de complete regie uit handen heb gegeven. Ik kan het naar believen aan- en uitzetten. Alle telefoontjes met Harald en mijn moeder, de school en vriendinnen lopen via mijn reguliere mobiele telefoon.

Deze slag heb ik gewonnen.

De glimlach verdwijnt al snel van mijn gezicht als ik merk hoezeer ik achter het stuur zit te trillen. Ik voel me alsof ik ziek word: koortsig en misselijk.

Ik kijk op mijn horloge. Over een halfuur moet ik de kinderen van school halen. Het is beter als ik Marius nu meteen bel.

De misselijkheid neemt toe.

Somber staar ik voor me uit, naar een vrachtwagen die op een meter of twintig afstand staat en waarvan de goederen worden gelost. Naar de jonge boompjes die langs de parkeervakken zijn geplant, vastgesjord aan palen met zwarte kunststof riemen. Ten slotte leg ik mijn hoofd tegen het glas en kijk naar de hemel die zich uitstrekt boven de glazen koepel van het winkelcentrum. Blauw.

Ik moet hem nu bellen. Wachten is zinloos.

Ik durf niet.

Ik leg mijn hoofd tegen de hoofdsteun en tuur naar het beige plafond van mijn auto. Kijk dan weer voor me. Haal nog eens diep adem en pak het mobieltje stevig beet.

Mijn vingers zijn een beetje klam als ik de toetsen indruk en het apparaat tegen mijn oor zet. De telefoon gaat drie keer over. Dan een klik.

'Hallo?' probeer ik. 'Marius?'

'Claire,' klinkt het zacht, een glimlach hoorbaar in zijn stem.

Dat stemgeluid voert me ter plekke terug naar tien jaar geleden. Ineens, onaangekondigd, dringen zich beelden aan me op, gevoelens, geuren, flarden van gesprekken. Muziek. Ik weet acuut weer waarom ik jarenlang aan Marius ben blijven hangen, ondanks alles. Het was niet alleen omdat hij mij niet los kon laten. Ik kon net zo goed niet zonder hém. 'With or Without You' leek voor ons te zijn geschreven. Hij zong het voor me, met die krakerige, lome stem van hem, fluisterde het in mijn oor, in het donker, ritselende lakens om ons heen. Of soms in zijn Mercedes, bij het licht van het dashboard, dan hijgde hij de woorden in mijn oor, haperende zinnen, in het ritme waarop hij me nam.

Marius was dol op muziek. Kende alle songteksten uit zijn hoofd. Hij wees me op sleutelzinnen, en hoe ze overeenkwamen met ons leven. Knipoogde dan naar me.

Hoor je dat?
Dit gaat over jou.
Over mij.
Over ons.

Marius kon erg goed zingen. Hij kon feitelijk heel veel erg goed. Maar wat me vooral in hem aantrok was de bijna buitenaardse combinatie van gevaar en intimiteit. Hij kon de gruwelijkste dingen zeggen terwijl zijn ogen bleven lachen, zijn mondhoeken omhoog krulden. En ik wist dat ik bij hem veilig was, wat er ook zou gebeuren.

Hij genoot van het leven, van zijn verworvenheden en de manier waarop mensen op hem reageerden – vol ontzag meestal, of opgewonden nieuwsgierigheid.

Hij genoot van mij.

En ik van hem.

Zolang we samen waren, zou mij niets overkomen.

'Twee dochters,' zegt hij.

Ik slik.

'Daar kan er in elk geval niet één van mij bij zitten.'

'Nee.'

'Van die makelaar dus.'

'Ja.'

'Echt?'

'Ja. Echt.'

Even is het stil. Dan zegt hij: 'Hoe lang is het geleden, Claire? Tien jaar en twee maanden?'

'Zoiets.'

Ik hoor hem opnieuw glimlachen. De rimpels rond zijn ogen zullen dieper zijn geworden, vermoed ik. Zal hij nu grijs zijn, of kalend? Hij is niet veel jonger dan Chris, en diens militaire coupe was toch flink met grijs doortrokken. Hoe zal zijn lichaam eruitzien, tien jaar ouder?

Waarom vraag ik me dat af, hoe Marius eruitziet?

Ben ik wel goed bij mijn hoofd?

'Wat wil je?' vraag ik.

'Herinneringen ophalen.'

'Daar heb ik geen behoefte aan. Ik heb een ander leven nu.'

'Dat heb ik gehoord, ja. Ik wil je spreken.'

'Je spreekt me al.'

Weer die minzame glimlach in zijn stem. 'In *real life*, poes.'

Poes. Plotseling breekt het zweet me uit. Het is maar een woord, zeg ik tegen mezelf. Alleen maar een woord.

Ja, poes.

Op je knieën.

'Ik heb liever niet dat je me zo noemt.'

'Hoe?' vraagt hij plagerig.

Ik laat me niet verleiden het woord uit te spreken.

Weer hoor ik hem grinniken. 'Wil je niet weten waar ik ben?'

'Nee.'

'Ik zit op een boot. Mooi ding. Motorjacht.'

'Fijn voor je.'

'Het is niet van mij. Ik mag het lenen. Het is best fijn om na jarenlang opgesloten te hebben gezeten, erachter te komen dat je überhaupt nog vrienden hebt...'

Hij zwijgt en ik zeg evengoed niets. Zijn boodschap is duidelijk.

'Wil je niet weten waar die boot ligt, poes?'

Ik krimp nog net niet in elkaar.

Het doet maar even zeer, poes.
Dit ene stukje van jou, hier... ja, dit ja... dat is van mij.
Van niemand anders, poes.
Van jou en van mij.
Van ons.

'Nou?'

'Nee, Marius, het interesseert me niet waar die boot van je ligt.'

'Het is hier net zo'n Anton Pieck-schilderij,' gaat hij onverstoorbaar verder, op vertrouwelijke toon, alsof die tien jaar verwijdering nooit hebben bestaan en we elkaar gisteren nog hebben gesproken. 'Ophaalbruggetje, oude huisjes, molens. Een fucking kanón... Schattig haventje. Werkelijk. Heel schattig. Wacht even, ik loop naar buiten...'

Ik hoor zijn voetstappen door het luidsprekertje. Ze bonken op een trap of vloer. Ik hoor een heleboel gekraak en zijn ademhaling.

'Weet je wat ik zie, als ik bovendeks sta? Een soort van grachtenpandje met zo'n glimmende donkergroene deur en koperen letters op de gevel. Nou, dan weet jij genoeg toch?'

Onwillekeurig sluit ik mijn ogen. Marius zit op een boot in de binnenhaven van de vestingstad, op nog geen tien minuten van mijn huis. Hij kijkt uit op de gevel van Ravelijn Vastgoed.

'Ik wil dat je hiernaartoe komt.'

'Je weet dat dat niet kan,' zeg ik schor.

'Nee, dat weet ik niet. Leg uit.'

'Ik ken daar de helft van de mensen. En die kennen mij ook.'

'Waar?'

'Waar jij nu bent, Marius. Bij Ravelijn kijken ze uit over de binnenhaven. Er zijn daar restaurantjes, cafés...'

'Ja, en?' Zijn stem klinkt al minder vertrouwelijk en vriendelijk. 'Heb je die lui niets over mij verteld, dan?'

Ik kan niet op woorden komen. Natuurlijk weet niemand in de verre omtrek ook maar iets af van mijn verleden. Harald al zeker niet.

'Dat zou je misschien beter wel doen,' gaat hij door, 'want ik blijf hier voorlopig liggen. Goede restaurants, inderdaad. Wel een beetje koude kak, maar voor de rest bevalt het me wel.'

'Ze weten niets, Marius,' sis ik. 'Helemaal niets. En dat moet zo blijven.'

'Ah... enneh... Hoe heet-ie ook alweer? Die makelaar van je... Harald van Santfoort?' Hij spreekt Haralds naam spottend uit, met een belachelijk bekakt accent, alsof het allemaal één grote grap is. 'Wat weet hij van mij?'

'Niets,' piep ik.

Hij klakt met zijn tong. 'Reden te meer om te zorgen dat je zo snel mogelijk met je reet hiernaartoe komt.'

'Nee, niet daar,' probeer ik. 'Kun je niet naar een andere plek varen? Ik heb echt geen –'

'Geen gelul, Claire. Kom morgenavond naar de haven. Halfnegen. En laat me niet wachten, want daar heb ik een schijthekel aan.'

Er valt een korte stilte, terwijl ik had verwacht dat hij de verbinding zou verbreken. Dat doet hij niet. De seconden tikken voorbij.

'Morgenvroeg,' stoot ik ineens uit. 'Morgenvroeg halftien.'

Voor hij kan protesteren, druk ik de verbinding weg. Dat niet alleen; ik duw met mijn duim de rode toets in om het mobieltje uit te zetten. Prop het weg, onder in mijn handtas, en rits de tas demonstratief dicht. Kijk vervolgens naar het met bont bezette leer alsof het een tijdbom is waarvan de timer zojuist is geactiveerd en begonnen met aftellen.

Als ik trillerig en nerveus de parkeerplaats van het winkelcentrum af rijd, besef ik dat die vergelijking vermoedelijk niet eens zover van de werkelijkheid vandaan ligt.

16

'Harald, lieverd, het is halftwaalf. Ik ga naar bed, kom je ook zo?'

Mijn man zit achter zijn bureau in zijn werkkamer. Daar zit hij de hele avond al. Op zijn laptop zie ik de site van de Rabobank en voor hem op het glanzend gepoetste wortelnoten hout liggen stapeltjes rekeningen en brieven.

Toen ik Harald leerde kennen, kreeg ik al snel door dat hij graag alles volgens vaste patronen doet. Harald is een planner. Een avond per week is gereserveerd voor de administratie. Dan controleert hij de bankrekeningen en afschriften, doet de betalingen en bergt brieven op. Op zulke avonden is er geen contact met hem te krijgen en stoor ik hem liever niet.

Het heeft even geduurd voor ik de hoofdlijnen van Haralds unieke gebruiksaanwijzing kende. Buiten zijn werkkamer is hij zijn gedreven, zachtaardige en flamboyante zelf. Maar binnen in dat met lichte lambrisering beklede hol verandert hij in een verbeten boekhouder. Zo een die mappen op kleur opbergt, alles minutieus ordent op alfabetische volgorde en zich tot diep in de nacht druk kan maken over al dan niet kloppende cijfers achter een komma.

In onze begintijd ergerde ik me er weleens aan. Ik vond het niet bepaald een sexy eigenschap. Ik kon moeilijk geloven dat die man van de wereld, die charismatische boom van een vent zo pietluttig kon zijn.

Geen enkele andere man die ik heb gekend was zo bezig met structureren, cijfertjes en feitjes. Maar in de loop van de jaren ben ik gaan inzien dat de mannen die ik heb gekend ook geen van allen uitzonderlijk goed *husband material* waren, zoals de Amerikanen dat zo treffend noemen. Harald is dat wel. Dat bewijst hij al bijna acht jaar lang elke dag opnieuw.

Dus neem ik zijn geëmmer over cijfers voor en achter de komma, mappen, tabellen en spreadsheets voor lief en laat ik hem zoveel mogelijk met rust als hij werkt. Maar nu maakt hij het wel erg bont, ik heb hem na thuiskomst amper gesproken.

'Harald...?'

Verstoord kijkt hij op, laat zijn leesbril zakken en kijkt me aan. Zacht licht van de Engelse wandlamp valt op één kant van zijn gezicht. 'Zeg, heb jij nou toch de traiteur laten komen voor afgelopen zaterdag?'

'Ja. Hoezo?'

'Waarom?'

'Ik had te weinig tijd om het allemaal zelf te regelen. Ik had afgesproken naar mijn moeder te gaan, weet je nog?'

Hij graait naar een stapel post en trekt er wat geagiteerd een A4'tje tussenuit. Zet dan de bril weer op zijn plek, heft zijn kin. 'Lieve schat, ik heb hier een rekening van meer dan tweeduizend euro. Eenentwintighonderdvijftig euro om precies te zijn.' Hij haalt zijn bril met een nijdig gebaar van zijn neus en kijkt me verhit aan. 'Een beetje aan de hoge kant, vind je niet, voor een avondje voor twintig man. Is die Kees de Boer helemaal van de pot gerukt?'

Ik hef mijn handen. 'Sorry. Mijn schuld. Het komt, denk ik, door de Taittinger en de blauwvintonijn. Of die amuses...'

'Ja, vast wel. Heb je van tevoren bij die goede man geïnformeerd wat het ongeveer zou gaan kosten?'

Ik schud mijn hoofd en sla mijn ogen neer. Het is niet eens in me opgekomen om een prijsopgaaf te vragen, maar dat ga ik zeker niet tegen Harald zeggen. De Boer verzorgt wel vaker de catering als ik weinig tijd heb, of me onzeker voel en ik geen risico wil lopen. Deze keer heb ik me duidelijk te veel laten aansmeren door die gladde aal.

'Ik zal er de volgende keer op letten.'

'Je hebt die De Boer helemaal niet nodig. Je kunt het zo ontzettend goed zelf,' zegt hij zacht. In zijn stem ligt de teleurstelling van een ouder die zijn kind betrapt op stiekem roken. Dan steekt hij de factuur terug in de stapel.

Even blijf ik staan, weifelend, half en half wachtend op een onvermijdelijke slotconclusie, maar blijkbaar heeft hij die zojuist al gegeven.

'Nou, ik ga naar bed,' zeg ik, en ik loop terug de hal in en de trap op.

Harald kan soms een verschrikkelijke kruidenier zijn. En wispelturig bovendien: de ene keer hoor ik hem niet over een dure aankoop, en dan ineens kan hij tekeergaan en mokken over een bedrag van honderd of tweehonderd euro. Morgen is dit al geen issue meer.

En ik heb momenteel wel grotere zorgen dan zo'n stomme rekening.

In de inloopkast die grenst aan onze slaapkamer trek ik mijn kleding uit en gooi mijn panty en ondergoed in de wasmand. Mijn rok hang ik terug op het hangertje en de blouse leg ik in een plastic krat die naast de kluis op de zachtgroene vloerbedekking staat. Die begint al aardig vol te raken, zie ik. Een indicatie dat ik een bezoek aan de stomerij niet te lang mag uitstellen.

Ik pluk een lang, grijs T-shirt van een plank en trek het

aan. Het is oerlelijk, maar niets slaapt beter dan frisgewassen katoen. Ik heb wel tien satijnen nachthemden, in verschillende kleuren en lengtes. Harald koopt ze voor me, maar ik draag ze zelden. Ze doen me denken aan vroeger. Ze horen niet thuis in deze slaapkamer, niet in dit leven en al helemaal niet in dit huwelijk.

Harald is in de overtuiging dat ik er niet van houd om me in de slaapkamer al te expliciet uit te dossen. De spanning en ontlading zijn des te heviger als ik het eens in de zoveel tijd wél doe.

En het moet gezegd: voor een kerel met boekhoudkundige dwangneuroses en een leesbril kan hij verrassend creatief uit de hoek komen. Daarbij blijft hij binnen gezonde kaders en heeft hij me, zonder dat te beseffen, geleerd dat er een verschil is tussen seks en lichamelijke liefde. Een wereld van verschil. Harald heeft dan zo zijn gebruiksaanwijzing, ik ben ervan overtuigd dat ik het niet beter had kunnen treffen.

Maar vannacht wil ik slapen. Ik slik twee tabletten weg met wat water, kruip tussen de koele lakens en knip het licht uit.

17

Ik zie er belachelijk uit, in een crèmekleurige, gewatteerde jas die tot aan mijn knieën reikt. Ik heb hem gisteren gekocht in een winkel met partijgoed, samen met de rest van mijn merkwaardige combinatie. Het onding heeft dwarse stiknaden, zodat zelfs de slankste vrouw die zich erin vertoont associaties zal oproepen met een Frans merk autobanden. Het is eigenlijk meer een waterafstotend dekbed met mouwen, bedenk ik zuur, als ik mijn reflectie in een winkelruit vang. Een lange rok van spijkerstof piept onder de stijve jaspanden uit en mijn voeten steken in een paar stevige beige stappers. Ze zijn zo plat en het voetbed is zo zacht dat hierop vooruitkomen me meer inspanning kost dan lopen op hoge hakken. Ik heb het gevoel bij elke stap achterover te vallen en compenseer dat door iets naar voren te hellen, alsof ik last heb van tegenwind.

Om mijn hals zit een sjaaltje met hoefijzerdessin geknoopt en ik draag een gebreid hoedje met een dunne rand. Mijn haar is gewoonlijk rommelig opgestoken, maar heb ik nu strak naar achteren gekamd en op mijn rug samengebonden in een korte, dikke vlecht van gemêleerd blond haar.

In een winkelruit aan de overkant van de straat zie ik mezelf opnieuw lopen. Thuis dacht ik dat ik op deze manier prima kon doorgaan voor een vrome provinciaal uit een van de omliggende dorpjes. Nu ben ik bang dat ik er juist belachelijk uitzie, als iemand die zojuist is vrijgelaten uit een inrichting.

De kleding geeft wellicht niet helemaal het effect dat ik ermee wilde bereiken, de uitwerking blijft hetzelfde. Mocht een bekende me zien, en weet ik oogcontact te vermijden, dan is de kans behoorlijk groot dat ik niet word herkend. Waarschijnlijk herkent zelfs Marius me niet.

Het Sagem-mobieltje zit in een van mijn jaszakken. Vanochtend, nadat ik de kinderen naar school had gebracht, heb ik het pas weer aangezet. Ik ging er half en half van uit dat er minstens tien onbeantwoorde oproepen in zouden staan, of talloze boze sms'jes, maar nadat het apparaat zich met een melodieus pingelgeluid had aangemeld bij de provider, gebeurde er helemaal niets. Ik hield rekening met een vertraging, hij had immers langer uit- dan aangestaan, maar ook een halfuur later was er nog niets veranderd op het schermpje. En dat bleef zo.

Marius heeft niet geprobeerd contact met me op te nemen.

De stadshaven ligt enkele meters onder het straatniveau, slechts van de markt afgeschermd door een hoge, oude muur en een eeuwenoud gebouw met een toog in het midden. Er is een wijnhandel in gevestigd waar Harald kind aan huis is. Vanaf de markt zie je de kleine haven dan ook amper, alleen wat masten van zeiljachten, antennes en vlaggetjes verraden de ligging.

Ik loop langs de vestingmuren naar de haven toe. Zo vermijd ik de markt, waar restaurants en cafés zijn, en hoef ik niet langs Ravelijn Vastgoed. Even voel ik spijt dat ik een afspraak op dit vroege tijdstip heb afgedwongen, maar dan bedenk ik dat de horeca om deze tijd nog niet open is en de meeste winkels ook nog gesloten zijn, in elk geval tot tien uur. 's Avonds is het hier vele malen drukker, zeker in de zomermaanden.

Naast een lantaarnpaal staat een donkergroen geschilderde bank met de rug naar de markt toe. Ik neem erop plaats. Sla mijn benen over elkaar, bedenk dan dat die houding mogelijk te frivool is voor een vrouw in een waterafstotend dekbed en op gezondheidsschoenen, en plaats mijn voeten onwennig naast elkaar op de keien.

Marius heeft niet gezegd hoe de boot heet. De enige informatie die hij gaf was dat het een motorjacht is, en dat hij uitzicht heeft op Haralds kantoor. Dat laatste is bluf geweest, want de boten liggen laag ten opzichte van de markt. Te laag om zicht te kunnen bieden op het oude centrum. Ze kijken hooguit uit op de kleine witte ophaalbrug en de omliggende huizenblokken die langs de haven, haaks op de rivier zijn gebouwd: stuk voor stuk sprookjesachtige panden met oranje dakpannen, brede witte daklijsten, donkergroene deuren en witte ramen in vakverdeling.

Langs de kade ligt een twintigtal boten afgemeerd. De houten sloepen vallen af als Marius-vaartuig, evenals de zeiljachtjes en een roestig kajuitbootje. Er blijven zes motorjachten over, waarvan slechts twee eruitzien alsof ze de goedkeuring van Marius zouden kunnen wegdragen: agressief ogende, nautische strijkijzers met donkergetinte ramen. De andere lijken me niet zijn stijl, maar dan herinner ik me dat hij vertelde dat het jacht was geleend.

Op schoot vlechten mijn vingers zich in elkaar terwijl ik de vaartuigen stuk voor stuk bekijk. Ik zie Marius nergens en ik weet niet goed wat ik nu moet doen. Ik haal het mobieltje uit mijn zak. Vol bereik, vijf streepjes. Geen gemiste oproep, geen ontvangen sms. Het is vijf over halftien.

Zal ik hem bellen om te vragen of...? Nee.

Ik duw het mobieltje terug en sta op. Loop, mijn gezicht

zoveel mogelijk van de markt afgewend, naar de stenen trap die naar het lagergelegen water leidt. Voorzichtig daal ik af en kom op een met kinderkopjes bestrate kade terecht. Aarzelend blijf ik staan.

Een echtpaar van in de zestig met blauw-wit gestreepte overhemden is druk bezig met afmeren. Ze roepen naar elkaar en de motor van hun kleine zeiljacht maakt sputterende geluiden en veroorzaakt rookpluimen.

In een rustig wandeltempo loop ik langs de aangemeerde boten. Het eerste motorjacht heeft slordig dichtgetrokken verschoten gordijntjes, het maakt een indruk alsof er al maanden niemand naar heeft omgekeken. Op het dek van zijn buurman, een zwartgeschilderde motorboot met een houten opbouw, ligt een jachthondje te soezen in de ochtendzon. Hij kijkt me door licht toegeknepen oogleden aan. De kajuitdeur staat wijd open. Ik ruik koffie en hoor ergens daarbinnen zacht een radio spelen. In de kajuit is beweging. Een kale man met een enorme baard staat te telefoneren terwijl hij zich ongegeneerd aan zijn kruis krabt.

Ik loop door. Op motorboot nummer drie zijn de gordijnen dicht. Het jacht daarnaast ligt evenals de rest met de flank langs de kade. Ik kan onmogelijk zeggen of er iemand op aanwezig is; de smalle ramen zijn geblindeerd. Bij de vijfde geven de compacte, ovale kajuitraampjes ook al niets prijs van wat zich daarbinnen bevindt. Het laatste motorjacht ligt helemaal achteraan, vlak bij de ophaalbrug. Dichterbij gekomen denk ik iemand te zien bewegen, maar het blijkt een stuk afdekzeil te zijn, dat zachtjes heen en weer flappert in de wind.

In mijn jaszak omklemt een zweterige hand mijn mobieltje. Waarom belt Marius me niet? Als hij op een van deze boten is, dan moet hij me kunnen zien lopen. Ik haal mijn gsm uit mijn zak en kijk op het schermpje. Bijna tien voor tien.

Wat moet ik doen? Heen en weer blijven lopen tot hij me opmerkt en mijn aandacht trekt? Dan wordt me gegarandeerd binnen de kortste keren gevraagd of ik naar iets of iemand op zoek ben. Ik kan hier niet veel langer blijven rondhangen.

Het motorgesputter klinkt luider dan zojuist. Het oudere echtpaar staat op het achterdek van hun kleine zeilboot, de mast ligt plat over de kajuit heen. Ze varen voorzichtig onder de ophaalbrug door in de richting van de rivier.

Ik beklim de stenen trap en ga op het bankje zitten, het Marius-mobieltje in mijn vochtige handen.

Misschien is er iets tussen gekomen. Misschien moest hij onverwacht weg en is hij mijn nummer kwijtgeraakt, zodat hij het niet kon laten weten.

Misschien is hij kwaad omdat ik zijn commando heb overruled, en pakt hij me nu genadeloos terug door niets van zich te laten horen.

Drie minuten voor tien. Ik sta op en loop met mijn handen in mijn zakken en gebogen hoofd terug naar het pad bij de vestingmuur.

Zonder een bekende te hebben gezien, kom ik aan bij de parkeerstrook en ga in mijn auto zitten. Ik trek het sjaaltje los en bevrijd mijn haar uit de vlecht. Rommel met mijn vingers door mijn haar en zet het met een paar spelden vast. Rits dan de dikke jas open en trek hem uit. Dat gaat niet echt handig.

Net als ik me uit de mouwen heb geworsteld en de jas naast me op de passagiersstoel leg, wordt het achterportier opengetrokken en gaat er iemand op de achterbank zitten.

Ik schiet rechtop achter het stuur.

Via de binnenspiegel zit ik oog in oog met Marius.

18

Onze klantenkring bestond voornamelijk uit mannen die redelijk wat te verteren hadden, veelal zakenmensen die een avondje uit waren of bij ons een businessdeal wilden beklinken. Het waren qua fysiek gewone mannen die Luxuria bezochten. Veertigers en vijftigers vooral, geen verschil met kerels die je in bars en cafés tegen het lijf loopt. Op één ding na: ze kwamen allemaal met hetzelfde doel.

Nadat ze zich in het rode leer hadden laten zakken, begonnen hun ogen koortsachtig rond te speuren. Op de schaars verlichte vijftig vierkante meter waar elke avond Sade's 'You're Love is King' uit de luidsprekers kabbelde, mocht het vlees ongegeneerd worden gekeurd, bekeken, bevoeld en tegen betaling in gebruik genomen. Tijdens de kennismakingen, die we op rustige avonden zoveel mogelijk probeerden te rekken om de drankrekening op te voeren, konden de klanten zich uitbundig gedragen of juist verlegen, zich geïnteresseerd opstellen of zelfingenomen, ze konden filosofisch zijn of ronduit geil en platvloers. Eenmaal apart met zo'n man kan hij zich totaal anders gedragen dan onder toeziend oog van zijn vrienden of zakenrelaties.

In dit vak ontwikkelde je razendsnel voelsprieten, en die begonnen die avond spontaan te trillen toen Marius binnen kwam lopen. Mannen zoals Marius maakten vrouwen zoals wij nerveus. Zijn komst zorgde ervoor dat we elkaar peilend aankeken: wie durft het aan? Vrijwilligers?

Ik was niet in een roekeloze stemming. Ik had de dag ervoor een lichte verkoudheid opgelopen en wilde eigenlijk naar huis. Natasha had ruzie gehad met haar vriend en ze was niet te genieten. Anneke was de enige die verder nog vrij was. Negentien jaar, even oud als ik, maar zij had pas twee weken ervaring.

De manier waarop hij naar de bar liep en uit zijn ogen keek bevestigde wat ik al meteen vermoedde: problemen. Hij droeg een fout Italiaans pak dat hem bijzonder goed stond, maar hij maakte de indruk dat hij er in een T-shirt al net zo intimiderend uitzag. Zijn gezelschap, twee pezige mannen, vormde niet meer dan een achtergrondkoor in zijn schaduw. Hij was de ster van de avond, alle spots waren als vanzelf op hem gericht; een eeuwige grijns op zijn iets te volle, bijna vrouwelijke lippen, en kille, diepliggende ogen die geamuseerd en tegelijkertijd op hun hoede zijn wereld in keken.

'Gevalletje Grieks,' mompelde Natasha naast me, en ze stak een sigaret aan. 'Wedden om een geeltje?'

'Ik wed nergens om,' antwoordde ik, afwezig.

Ik nam hem nieuwsgierig op. Even ontmoetten onze blikken elkaar en hoewel ik tot dat moment steeds had gedacht dat ik heel wat gewend was, schrok ik terug van de intensiteit waarmee hij me opnam. Er waren veel tegenstrijdigheden in die ogen te lezen: geruststelling, gevaar, plezier, duistere afgronden.

'Grieks of iets anders dat zeer doet, of te smerig is voor woorden,' ging Natasha door, en ze nam een trek van haar sigaret. Blies de rook langzaam uit en vormde een rookgordijn om haar rode krullen. 'Hoe dan ook: ik pas.'

Natasha had drie jaar langer werkervaring dan ik en de

kans dat ze gelijk had was tien tegen één. Gezegend met zo'n intrigerend uiterlijk als Marius kreeg je in het vrije veld continu aanbiedingen, gratis en voor niets. Dus als zulke mannen er al geld voor neerlegden, mocht het niet eens lijken op een gangbare wip.

Hoe rijker, jonger en knapper, hoe extremer de eisen. Dat was nooit anders geweest en er was geen enkele reden om aan te nemen dat het deze keer beter zou zijn.

'Echt waar?' vroeg Anneke – ze heette Sheila voor klanten.

Ik knikte. 'Natasha heeft gelijk. Niet aan beginnen. Niks voor jou.' Ik stond op, schikte mijn decolleté en liep in een rechte lijn op hem af.

'Je bent veranderd,' zegt hij.

'Dank je.'

'Op dat bankje leek je net zo'n verwaaid tassenvrouwtje.'

Binnen een paar seconden heeft hij me alweer op de kast, alsof er niet tien jaar verstreken zijn, maar slechts een dag. Ik wil me omdraaien en tegen hem uitvallen, maar de rillingen die door mijn lijf trekken zijn niet alleen van nijd en frustratie. Dus houd ik me koest.

Hij ziet er anders uit, ouder, maar niet minder aantrekkelijk. De lachrimpels rond zijn ogen, destijds oppervlakkig en nauwelijks zichtbaar, zijn nu dieper aangezet en waaieren uit naar zijn slapen. De schaduwen rond zijn ogen zijn donkerder geworden, waardoor de irissen lichter blauw lijken. Bijna zilvergrijs. Zijn lippen zijn niet veranderd. Er ligt nog steeds die eeuwige glimlach op bestorven. Marius heeft me ooit verteld dat hij is geboren met een lichte afwijking aan zijn bovenlip, die in zijn jeugd is gecorrigeerd – maar niet zorgvuldig.

Ik ruk mijn blik los van de binnenspiegel. De auto staat aan de rand van het stadje geparkeerd. Ik kan het risico niet lopen dat een bekende me ziet zitten met een vreemde man op mijn achterbank.

'We moeten ergens anders praten,' zeg ik.

'Best. Rij maar ergens naartoe. Ik heb de tijd.'

Tijd. Snel kijk ik op het klokje van het dashboard. Tien over tien. De school gaat uit om kwart over twaalf. 'Je hebt een uur.'

'Net als vroeger,' grinnikt hij. En voegt er dan aan toe, half grappend, half serieus: 'Zelfde tarief nog?'

Mijn vingers blijven als bevroren om de contactsleutel liggen en onbewust wacht ik tot hij zich verontschuldigt. Het blijft echter ijzig stil.

Beledigd start ik de auto en laat de eeuwenoude vestingmuren achter me, rijd het uitgestrekte boerenlandschap in. Mijn hart roffelt onrustig en mijn handelingen zijn tot mijn ergernis ongecontroleerd. Tot twee keer toe maakt de motor een hysterisch, gierend geluid als ik schakel. Ik verwacht telkens een reactie in de vorm van een rake opmerking of gegniffel, maar het blijft stil. Marius bekijkt me zwijgend via de achteruitkijkspiegel.

Op de rotonde rijd ik de weg naar de pont voorbij en sla ik rechts af, de vlakke polders in. Langs de weg liggen weilanden met zwartbonte koeien. Hier en daar doemt een boerderij op, met een rij populieren langs de oprit of een dichtbegroeide houtwal om het erf. Erboven is de lucht blauw, en er trekken schapenwolken voorbij.

Ik zoek even zijn blik via de spiegel en kijk dan weer strak voor me. 'Waarom...' Mijn stem klinkt irritant hoog, ik kuch een paar keer nerveus. 'Waarom was je niet op de boot?'

'Ik was van gedachten veranderd.'

Flauwekul. Hij was vroeger al behoorlijk paranoïde, jarenlange opsluiting in een Noorse gevangenis zal daar echt geen verbetering in hebben gebracht. 'Nog altijd op je hoede dus,' zeg ik afgemeten, en ik vraag me ineens af of de hele boot gelogen is. Dat zou me niet eens verbazen.

'Hoe heb je me gevonden?'

'Wilde je niet gevonden worden, dan?'

Voorzichtig zeg ik: 'Ik heb een nieuw leven.'

'Dat was me al duidelijk.' Dan, met een lichte irritatie in zijn stem: 'Zeg, stop eens ergens.'

Ik speur de weg af naar een zijweggetje of inham. Deze omgeving ken ik onder normale omstandigheden goed, maar op een of andere manier komt alles me nu uitheems en onbekend voor. Ik besef dat ik mijn woonomgeving zie door de ogen van Marius. En ik denk dat hij zijn oordeel al heeft gevormd. Saai. Hij vindt het vast vreselijk saai. Marius is een stadsmens. Hij wordt onrustig van uitgestrekte vlakten en natuur.

'Ik vroeg je iets.'

'Rustig even,' zeg ik. 'Ik ben bezig.' Ik rijd een smalle weg op die langs een bosperceel loopt en zet de auto stil bij een elektriciteitsmast, die als een armoedige eiffeltoren het landschap ontsiert.

Zodra ik de motor afzet, is het stil. Ik durf me niet om te draaien, maar kijk naar hem via de binnenspiegel. Die zorgt voor een kunstmatige afstand die ik nodig heb.

Zijn haar is nog steeds kort en heel donker, subtiel doorschoten met grijs, dusdanig dat het amper opvalt. Lichte inhammen. De vlezige trekken die vroeger de scherpe hoeken van zijn jukbeenderen en kaak verzachtten, zijn verdwenen. Zijn huid ligt strakker rond zijn schedel. Het geeft hem een hardere uitstraling.

Ik weet dat het onverstandig is om hem op deze manier te bekijken. Ik weet echt wel dat ik dat beter niet kan doen, maar ik kom er niet onderuit dat Marius behoort tot die selecte groep mannen die met het klimmen van de jaren alsmaar mooier en interessanter worden.

Persoonlijke hygiëne staat nog steeds hoog in het vaandel, dat zie ik en ruik ik. Shampoo, fris. Glad geschoren. Gebleekte tanden, licht tandvlees.

Ik ruk mijn blik los van de zijne en staar naar het groene Land Rover-logo op het stuur.

Hou je hoofd erbij, Claire.

De stilte duurt alles bij elkaar nog geen halve minuut, maar het lijkt veel langer en ik merk dat hij me met evenveel interesse opneemt, vergelijkingen trekt: Claire vroeger en Claire nu.

Ik wil dat het oordeel positief uitvalt en tegelijkertijd haat ik mezelf erom, dat ik zoiets denk. Het is dwaas. Op schoot drukken mijn gemanicuurde nagels hard in mijn handpalmen.

Dan besef ik weer wie hij is en wie ik ben, en hoe het komt dat we hier nu samen in mijn auto zitten, op een doodlopend pad, hemelsbreed nog geen vijftien kilometer van mijn huis. 'Waarom heb je Chris op me af gestuurd?'

'Het kwam zo uit.'

'Hij spoort niet.'

'Dat valt wel mee.'

'Dat valt helemaal niet mee,' snauw ik. 'Chris is een psychopaat. Het had niet veel gescheeld of Reddy was dood geweest.'

Marius trekt een wenkbrauw op en er verschijnen rimpels in zijn voorhoofd. '*Ready*?'

'Reddy. Onze kat. Ze is verdomme hoogzwanger. Of wás, want hij –'

'O, een kát...' Marius schudt wat meewarig zijn hoofd. Dan schuift hij het raam open en steekt een filtersigaret op. De rook vult meteen de cabine.

'Er wordt niet gerookt in deze auto,' zeg ik bits.

'Nu wel.'

'Verdómme, Marius! Hoe moet ik die stank verklaren aan de kinderen, en aan Harald?'

Het is jaren geleden dat ik hardop heb gevloekt. Onder sociale druk van de streng gelovigen in onze regio heb ik mijn woordgebruik snel leren aanpassen. Tegenover Marius flap ik er de ene na de andere verwensing uit, alsof ik nooit op 't eiland heb gewoond.

'Joh, maak je niet zo druk.' Hij schuift het raam open tot het niet meer verder kan en houdt zijn arm buitenboord. Flarden rook zweven desondanks naar binnen. 'Chris zit trouwens allang niet meer in Nederland.'

'Alláng? Gisteren stond-ie nog bij ons in de stal.'

Hij zwijgt. Dan zegt hij, langzaam: 'Ik dacht dat wij iets hadden, Claire. Dat dacht ik echt.'

'Daar hadden we het niet over.'

'Daar had jij het niet over. Ik wel. Zeik niet over Chris.'

Ik draai me om. Grijp de hoofdsteun stevig beet. 'Chris is gestoord! Dat weet jij net zo goed als ik. Hij stond ineens in de stal voor mijn neus, mishandelt onze kat en gooit een brandende peuk in het hooi. Hij had ons weet ik wat kunnen aandoen.'

Tijdens mijn tirade zakken mijn ogen onwillekeurig af naar zijn lichaam. Marius was altijd al goed in vorm, maar zijn lijf is nu gewoonweg imponerend. Flarden van Amerikaanse tv-series schieten door mijn hoofd, beelden van gevangenen die op een binnenplaats de hele dag door met gewichten in de weer zijn en hun betonnen spieren verder afharden. Zo te zien heeft de gevangenis in Oslo ook zulke faciliteiten.

Zijn mondhoeken trekken geleidelijk omhoog, de rimpels bij zijn ogen worden dieper. Hij steekt zijn sigaret tussen zijn lippen en knipoogt geamuseerd.

Met een ruk draai ik me weer om en zak terug in de stoel achter het stuur.

'Chris is vanochtend vroeg vertrokken naar Spanje,' hoor ik hem achter me zeggen. 'Die is helemaal niet geïnteresseerd in jou of in die kat van je. Hij heeft het voor mij gedaan, omdat hij zich schuldig voelde over dat gedoe in Noorwegen. Hij wilde iets voor me terugdoen.'

En óf Chris zich schuldig mocht voelen ten opzichte van zijn beste vriend, gaat het door me heen. 'Door mij de stuipen op het lijf te jagen?' vraag ik.

Ik hoor hem een stevige haal van zijn sigaret nemen. De rook trekt naar voren, krult langs mijn gezicht. 'Het kwam zo uit.'

'Wat deed hij bij Ravelijn, Marius? Ik hoop niet dat hij hier wil komen wonen?'

'*Chill*... Hij was daar niet voor zaken. We waren je al een paar weken op het spoor.' Marius neemt opnieuw een trek van zijn sigaret, blaast de rook geagiteerd uit het raam. 'Het was niet mijn bedoeling je bang te maken.'

'Je kletst.'

'Luister, schat. Tien jaar geleden waren we een stel. Klopt dat?'

Ik knik stompzinnig.

'Je hebt er waarschijnlijk geen idee van hoe kut het is als je wordt opgepakt. Ben blij. Je wordt van alles en iedereen afgesneden en hebt nergens grip meer op... Het ergste is nog dat jij via Chris wist waar ik zat. Toch? En ook voor hoe lang?'

Ik knik opnieuw, nauwelijks waarneembaar. 'Zo ongeveer.'

'Maar je neemt geen contact op. Stuurt me geeneens een kaartje, niets. Je verdwijnt gewoon en begint een nieuw leven met een andere vent... Uit het oog, uit het hart.'

'Je zat in een buitenlandse gevangenis,' zeg ik, alsof dat alles verklaart.

'Ja, en?'

'Ik moest verder.'

Hij maakt een geërgerd armgebaar. 'Misschien ben ik dan een eikel, maar ik dacht toch echt dat we samen iets hadden. Iets... iets wat verdomd bijzonder was.'

'Dat was het ook,' reageer ik. 'Maar het was iets wat...' Ik pers mijn lippen op elkaar en begin rusteloos met mijn duim over mijn vingers te strijken.

Hoe kan ik onder woorden brengen wat ik bedoel zonder hem te kwetsen, hem wellicht zelfs kwaad te maken? *Wil* ik het eigenlijk wel onder woorden brengen? Is het wel nodig?

Marius heeft een punt. We hadden iets samen, alleen werd zijn leven tien jaar lang stilgelegd in een Noorse cel en ging het mijne gewoon door. En het ontwikkelde zich in een heel andere richting. Als ik hem gewoonweg vertel dat tien jaar te lang voor me was om op hem te wachten, dan moet hij dat toch kunnen begrijpen.

Tegelijkertijd kan hij het als een aanmoediging zien. Het zou hem hoop geven: zijn straf zit er immers op, en hij heeft me gevonden. We zouden de draad vandaag nog kunnen oppakken... Verdomme, nee. Wat moet ik zeggen? De waarheid? Dat ik ben veranderd, en ook dat ik al lang voor hij werd gearresteerd wist dat onze relatie geen stand kon houden, ongeacht of hij zijn turbulente levensstijl zou voortzetten of niet?

Zijn gevangenisstraf betekende mijn vrijheid.

'Ben je gelukkig met die vent?'

Ik knik. 'Ja.'

'Echt?'

'Ja, echt. Daar hoef je niet aan te twijfelen.'

'Een goede vader voor je kinderen,' zegt hij, smalend. 'Geld, status... Goede vangst hoor, doortrapt *gold diggertje*.'

'Zo zit het niet.'

'Tuurlijk niet,' hoont hij. 'Maar toch. Het zal wel hebben geholpen zo alles bij elkaar, dat geld en dat mooie huis. Rest mij de vraag: is het genoeg, Claire? Is het genoeg voor jou?'

Denk ik het alleen maar, of voel ik werkelijk iets kriebelen in mijn nek? Ik verstar. Nee, ik vergis me niet. De aanrakingen zijn teder, heel zacht, maar ze dragen een elektrische lading die mijn lijf lichtjes laat schokken. Ik maak een abrupte, afwerende beweging met mijn schouder.

Marius trekt zijn hand terug. 'Rustig maar, poes.' Dan, met een stem die bijna breekbaar klinkt: 'Is het met hem net zo... net zo als met ons? Jij en ik?'

Ik probeer te slikken, maar het lukt niet. 'Was dat wat je wilde weten, Marius? Wilde je me daarom spreken? Om te vragen hoe het met me gaat, of ik gelukkig ben?'

'Misschien.'

'Ik ben gelukkig, nu. Heel erg gelukkig.'

'O, echt?'

Ik wil zijn vragen niet beantwoorden, dat ben ik hem niet verplicht. Zonder hem aan te kijken, zeg ik: 'Sorry dat ik je niet heb opgezocht in Oslo. Ik had je minstens een brief kunnen sturen om het je uit te leggen. Dat had ik moeten doen, maar ik vond het te moeilijk, het was makkelijker om –'

'Te doen alsof ik niet meer bestond.'

Ik staar naar het asfalt voor de neus van de auto. 'Er was sprake van vijftien jaar cel, dat zei Chris toen. Dat is lang, Marius, ik was pas tweeëntwintig.'

'En nu?'

'Nu heb ik kinderen, verantwoordelijkheid. Ze rekenen thuis op me. Ik ben... ik ben gewoon echt gelukkig. Het is lullig dat het zo is ge–'

'Jammer.' Hij schiet de sigarettenpeuk weg en schuift het raam dicht.

Ik draai mijn hoofd naar links en zie het ding nagloeien op het asfalt. Dan rolt het naar de kant en blijft liggen in de harde klei van de berm. De peuk doet me denken aan Chris en mijn woede komt terug. 'Je uur is bijna om,' zeg ik, zo koel mogelijk.

'Best. Rij maar terug dan.'

Ik onderdruk een zucht van opluchting. Start de motor en rijd naar de hoofdweg.

Nog een paar minuten, denk ik, dan stapt hij uit mijn auto en uit mijn leven, voor altijd. Dan neem ik de pont naar 't eiland en smijt ik dat klotemobieltje over de reling, in het diepste deel van de rivier.

Dan ben ik vrij. Dan is het pas echt afgelopen.

Over en sluiten.

Er wordt geen woord meer gesproken, totdat ik de auto met stationair draaiende motor stilzet op de plek waar Marius daarnet is ingestapt.

Ik zoek oogcontact via de spiegel.

Hij kijkt me aan op een manier die ik niet kan interpreteren. Dan stapt hij uit. Gaat naast de auto staan en maakt een dwingend kingebaar.

Ik schuif het raam gehoorzaam open. De straat is leeg. Ik zie geen nieuwsgierige gezichten achter de ramen. Als hij een afscheidszoen wil, besluit ik ter plekke, dan kan hij die krijgen. Maar dan moet hij weggaan. En beloven nooit, nooit meer terug te komen.

Hij buigt voorover en pakt mijn onderarm vast. Zijn hand sluit om mijn pols en hij brengt zijn hoofd dicht bij mijn wang. 'Hou dat mobieltje van je maar binnen handbereik, poes. Ik bel je binnenkort.'

Vier

Aan mijn moeder heb ik te weinig herinneringen. Ze was er steeds, als een stille, ondersteunende factor voor mijn vader en mij, haar enige kind. Ze had graag een hele kinderschaar voortgebracht, maar werd daarin flink tegengewerkt door haar lichaam. Hoewel er niet expliciet over is gesproken, vermoed ik dat ze zowel voor als na mijn geboorte een miskraam heeft gehad. Ik was de foetus die het wel heeft gered, eentje die tegen alle kansen in sterk genoeg heeft mogen worden, geboren werd, en mijn ouders trots mocht maken. Ik betwijfel sterk of me dat is gelukt.

Toen ik achttien was werd mijn moeder in het ziekenhuis opgenomen. Er was iets mis met haar baarmoeder, die zou moeten worden verwijderd. Het was volgens de chirurg een routineoperatie waarover we ons allerminst zorgen hoefden te maken. Dus ging ik gewoon op zeilkamp, in de volle overtuiging dat mijn moeder er zou zijn als ik terugkwam. Maar de dienstdoende verpleegster vergat een tromboseprik te geven.

Er zijn dagen dat ik er niet aan denk. Tijd heelt alle wonden, zeggen ze weleens. Maar ze zeggen wel meer. Ik geloof niet dat ik mijn moeders dood ooit te boven ben gekomen.

Ik zat in de zesde klas van het vwo toen het gebeurde. Ik stortte me op mijn studie en ruim een jaar later begon ik aan mijn propedeuse Bouwkunde in Eindhoven. Daar leerde ik vooral dat nieuwbouw me treurig maakte. Dat ik helemaal niet geïnteresseerd was in moderne architectuur en het bedenken van nieuwe bouwtechnieken. Dat constructies van staal en glas weerzin in me opwekten, en gesloten airconditioningsystemen nog veel meer. Het vak vastgoedbeheer vond ik ook al matig boeiend, terwijl me dat toch meer dan gemiddeld moest interesseren, als aankomend makelaar.

Ik heb mijn eerste jaar niet afgemaakt en werd daarmee de eerste Van Santfoort zonder universitaire graad. Al heeft mijn vader het niet met zoveel woorden gezegd, de afkeuring en teleurstelling lagen overduidelijk in zijn blik en in elk woord dat hij vanaf toen tegen me sprak.

Ik probeerde mijn uitglijer te compenseren met zelfstudie en koos een eigen richting. Avonden lang zat ik over boeken gebogen, las ik over vroegere architectuur en bouwgeschiedenis. Ik verdiepte me ook in thema's als hoe mensen leefden en werkten vóór 1900, met name in de Gouden Eeuw. Dat plaatste de gebruikte bouwmethoden en materialen uit die tijd in context. Omdat ik aan zelfstudie deed, kon ik heel gericht leren. Ik nam de tijd om alles wat me boeide tot in detail uit te zoeken. Ik bezocht musea, belde soms zomaar aan bij interessante huizen en kreeg verbazend vaak een enthousiaste rondleiding, ik sprak met deskundigen, was niet bang om vragen te stellen en merkte na verloop van tijd dat ik als gesprekspartner steeds serieuzer werd genomen.

Vervolgens deed ik op aandringen van mijn vader een opleiding tot makelaar/taxateur. Ik slaagde met gemiddelde cijfers, waarna mijn vader me in dienst nam.

Ik vraag me nog regelmatig af of hij dat deed omdat hij zich ertoe verplicht voelde vanwege de bloedband.

Ik heb nooit voldoende moed bij elkaar kunnen rapen

om het hem te vragen. Hij stierf een klein jaar voor ik Claire leerde kennen. Zijn secretaresse trof hem dood aan achter zijn bureau. Een hartstilstand, bleek later. Mijn vader is gestorven in het harnas.

Hij liet me achter met een bedrijf met veertien werknemers, een schuldgevoel en heel veel onbeantwoorde vragen.

19

Sinds Chris er zijn gebruinde, criminele kop heeft laten zien, heeft Basisschool De Klimop een totaal andere lading voor me gekregen. Voorheen ging ik er steeds met plezier naartoe – met een 'licht hart' zou mijn moeder zeggen, maar van luchthartigheid is geen sprake meer. Die zorgeloosheid heeft Chris voor eens en altijd vermoord.

De Klimop is de enige openbare basisschool in de verre omtrek. Het is een modern, gezellig schooltje dat plaats biedt aan zo'n tweehonderd leerlingen. Die ken ik vrijwel allemaal van gezicht, omdat ik regelmatig diensten draai als hulpouder. Ik heb me van begin af aan thuis gevoeld op dat dorpsschooltje, geborgen zelfs.

In al die jaren dat ik Fleur en Charlotte aan de zorg van leraren, stagiaires en hulpouders overliet, is het geen seconde in me opgekomen dat ze er niet veilig zouden zijn.

Nu ben ik elke dag weer opgelucht als ik mijn dochters ongedeerd over het schoolplein naar de poort zie lopen.

Ik haat die klootzak erom.

Ik hoop dat Marius de waarheid sprak, dat Chris hem een vriendendienst wilde verlenen en dat hij nu inderdaad in het buitenland is.

'Kom maar gauw, schat, geef je gymspullen maar hier.' Ik pak Fleurs tas aan en open het achterportier.

Charlotte kruipt achter haar aan naar binnen, maar Fleur maakt geen plaats voor haar. Waarschijnlijk wil ze weer in het midden zitten. Dat wil ze altijd, maar ze weet net zo goed als ik dat de middelste gordel al een poos kapot is.

'Nou, vooruit, Fleur, schuif even door, doe niet zo flauw. Je zusje moet er ook nog bij.'

'Dat gaat niet,' klinkt het.

'Hoezo niet?' Ik hoor iemand naar me roepen, kijk op en zie de moeder van Sam en Sanne op de fiets voorbijkomen.

'Lekker weer, hè?' roept ze. 'De zomer is nu echt begonnen.'

Ik knik vriendelijk, strijk een pluk haar uit mijn gezicht en richt me weer op mijn dochters. Charlotte hangt nog steeds half buitenboord.

'Ik begin nu mijn geduld te verliezen, Fleur!'

'Maar mám! Ik krijg die tás hier niet weg.'

'Tas?'

'Die… stomme… tás!' klinkt het, verstikt en boos.

Ik kijk langs Charlotte naar Fleur. Ze heeft een zwart hengsel vast van een tas die ik niet ken.

'Afblijven!' schreeuw ik.

Fleur en Charlotte verstijven. Ze kijken verschrikt naar me op.

'Stap maar uit,' besluit ik. 'Dan haalt mama die tas even weg, goed? Dan krijgen jullie meer plaats.'

Mokkend komen Charlotte en Fleur uit de auto gekropen en gaan naast me op het trottoir staan. Mijn ontzetting ontgaat hun grotendeels, misschien wel volledig. En dat is maar goed ook.

Het is een sporttas van middelgroot formaat, er past met gemak een complete voetbaluitrusting in, inclusief bal.

Uit ervaring weet ik wat er nog meer in past, iets wat stukken minder onschuldig is. Het is tien jaar geleden dat ik die ontdekking deed. Het was zo'n model tas, in elk geval van dit merk – Puma – en in deze kleurstelling: zwart met witte stiksels en logo's.

Voorzichtig pak ik hem beet. Een van de hengsels zit vast aan een gordelsluiting, dat was de reden waarom Fleur hem niet van zijn plaats kreeg. Ik maak hem los en haal hem naar me toe. Trek de rits open, controleer de zijvakken. Inspecteer alles snel, maar zo grondig mogelijk.

De tas is leeg. Maar de hint is duidelijk.

Mijn mond is droog geworden van de spanning en ik merk dat ik hijgerig ademhaal.

'Ma-hám!' klinkt Fleurs stem jengelend achter me. 'Wat doe je nou?'

'Niks, schat.' Ik haal de tas van de achterbank en maak plaats voor mijn dochters. 'Stap maar gauw in.'

Een meter of tien verderop is een afvalbak, een afgeplat ding op twee paaltjes, met een gleuf aan de bovenkant. Zou de tas daarin passen?

Er komt weer iemand voorbij die me begroet. Deze keer in een auto. Ik steek afwezig mijn hand op en bedenk plots dat het vreemd kan overkomen als ik op klaarlichte dag bij school een nieuwe sporttas in een vuilnisbak probeer te proppen. Ik trek de achterklep open en zet de tas naast een kratje met statiegeldflessen.

Als ik achter het stuur plaatsneem en de weg op draai, zegt Charlotte: 'Getverdemme, mam. Je auto stinkt helemaal.'

'Ja,' valt Fleur haar bij, overdreven kuchend. 'Naar vieze stinksigaretten.'

'Dat kan niet,' zeg ik, 'jullie vergissen je.' Maar ik doe mijn raam een stuk open en zet de blazers in de allerhoogste stand.

20

Harald zit aan de eettafel in de woonkamer en wappert met een aan hem geadresseerde grote envelop, die ik eerder vandaag in de brievenbus aantrof.

'De tekeningen?' raad ik.

Harald maakt de envelop open en kijkt erin. 'Ja. Grootmoeders huisje.'

Ik ga achter hem staan met mijn handen op zijn schouders, mijn kin rust op zijn hoofd.

Hij schuift een vaas opzij om meer plaats te maken op het teakhouten blad en vouwt de papieren open.

Het bovenste vel laat een nauwgezette plattegrond zien. Een vierkante woonkamer met een soort erker, vermoedelijk een open keuken, en daaraan vast een slaapkamertje met badkamer en suite, inclusief ligbad. Er zijn een paar kleinere ruimtes ingetekend, die aangeduid worden als 'hal' en 'bergruimte'.

'Dat ziet er gezellig uit,' zeg ik. 'En alles gelijkvloers.'

'Het is alleen wat klein, dertig vierkante meter. Groter krijg ik er nooit doorheen gedrukt. We gaan wel een beetje smokkelen natuurlijk, maar in grote lijnen is dit het wel.' Hij haalt een tweede tekening onder de bovenste vandaan en strijkt hem glad. 'Zo worden de gevels. Zelfde stijl als de schuur, dan hebben alle bijgebouwen hetzelfde aanzien. De muren worden gecementeerd in grijs en het houthok aan de rechterzijgevel gepotdekseld, met zwart gebeitste schaaldelen.'

Harald strooit met meer termen die me niet zo heel veel zeggen, maar ik heb wel vaker bouwtekeningen gezien en geleerd ze te interpreteren. Het gaat een lief huisje worden, met een flauw aflopend pannendak. Het heeft kleine raampjes in vakverdeling en ouderwetse luiken. De architect heeft er een boom naast getekend en een Mercedes, om de schaal aan te geven.

'Wat voor kleur worden de dakpannen?' Onwillekeurig begin ik zijn nek te masseren.

'Oranje, net als die van de schuur. We proberen trouwens zoveel mogelijk oude materialen erbij te zoeken, en daar waar dat niet lukt, materiaal dat authentiek lijkt. Op die manier krijg ik het er waarschijnlijk wel door bij de gemeente.'

'Dat had je toch al geregeld op het tuinfeest?'

'Dennis is bewerkt, ja, maar dat wil niet zeggen dat ik zomaar mijn gang kan gaan. Hij moet het ook kunnen verantwoorden aan de rest, en kunnen onderbouwen.'

'Ik weet zeker dat mam het geweldig zal vinden. Ik kan niet wachten om het haar te vertellen. Ze zit daar echt niet goed meer, in die flat.'

'Heb je het haar nog steeds niet verteld?'

'Ik wil nog even wachten, tenminste tot de bouw is begonnen. Anders maakt ze zich wellicht blij om niets.' Mijn duimen zakken verder af en voeren druk uit aan weerszijden van zijn ruggengraat.

Harald bromt zacht, legt zijn hoofd in zijn nek en zoekt mijn blik. 'Als de kinderen straks naar bed zijn,' zegt hij met gedempte stem, 'mag je hier eens serieus werk van gaan maken, lieverd.'

Ik grinnik en geef een kus op zijn neus. Kijk dan naar Fleur en Charlotte.

Ze liggen op en voor de bank en kijken Jetix of iets soortgelijks. Het geluid staat zacht. Mijn dochters weten dat ik niet wil dat ze na het avondeten nog naar schreeuwerige tekenfilms kijken. Maar als ze de kans zien, grijpen ze die meteen.

'Fleur, Charlotte?' roep ik, met enige autoriteit in mijn stem. 'Die zender gaat nu uit, hè? Het is wel weer mooi geweest voor vandaag.'

Er komt geen reactie uit de zithoek.

Harald staat op en verheft zijn stem. 'Dames? Luister naar je moeder. Papa wil zo meteen het nieuws zien.'

Nu klinken er zwakke protesten. Het beeld van de tv verspringt echter braaf naar een publieke omroep.

Vijf minuten later zitten Fleur en Charlotte op de bank tegen Harald aan, die zijn tweede kop koffie drinkt en het journaal voor zijn dochters van commentaar voorziet.

Achter hen langs sluip ik naar de hal, mijn tas tegen me aan geklemd. Het Marius-mobieltje heeft de hele middag uitgestaan. Hoe futiel en triviaal dat kleine beetje verzet ook is, het helpt om me iets beter over mezelf te voelen. Of iets minder slecht. Ik wil onder geen beding Marius' marionet zijn.

Ik pak het mobieltje uit mijn tas en loop ermee naar het toilet. Draai de deur achter me op slot en zet het toestel aan. Tik de code in, ga op de toiletbril zitten. Staar zwijgend naar het schermpje. Al wachtende bijt ik minuscule velletjes van mijn onderlip.

Het duurt een eeuwigheid voor het mobieltje op het netwerk is aangemeld en alles naar behoren werkt. Prompt begint het nijdig te zoemen.

Ik laat het bijna uit mijn hand vallen.

Twee berichten.

Het eerste is van vanmiddag halfvijf. Ik druk op 'tonen'. Op het schermpje staat:

KOM HIERHEEN

Ik druk het bericht weg en open het tweede. Dat is van zeven uur, nog geen uur geleden:

NU

Het lijkt erop dat hij zich kwaad heeft gemaakt. Toen ik na zijn eerste bericht niet reageerde, moet hij zich hebben zitten opfokken. Tweeënhalf uur lang.

Ongerust recht ik mijn rug en spits mijn oren. In de woonkamer lijkt alles in zijn normale doen. De tv speelt nog steeds, ik hoor Harald iets tegen de kinderen zeggen, gedempt door de deuren van het toilet en de woonkamer. Ook buiten lijkt alles rustig. Ik heb al een eeuwigheid geen auto's meer voorbij horen rijden.

Snel typ ik een antwoord, een beetje trillerig:

SORRY, LEES JE BERICHT NU PAS.
KAN NU NIET WEG. LATER DEZE WEEK?

De tweeledigheid van mijn bericht ontgaat me niet. Ik kan niet weg van mijn gezin, maar ik kan ook niet weg van het toilet zolang ik Marius niet tot bedaren heb gebracht.

Ik wacht. Eén minuut.

Twee.

Vier.

Ik leg het mobieltje bij mijn voeten en staar ernaar. Kijk dan weer voor me, naar de verjaardagskalender. Het is er een van Ravelijn en hij bevat foto's van de twaalf mooiste huizen die Harald in de verkoop heeft gehad. Juni is de maand van een vrijstaande villa, ontworpen door een architect van de Bossche School, de enige 'moderne' architectonische stroming die Harald kan waarderen. Onder de foto staan in Fleurs kinderhandschrift allerlei namen van jarigen neergepend. Over twee weken is Charlotte jarig. Dan wordt ze zes, weer een jaartje dichter bij de minimumleeftijd voor het leren van toverkunst.

Mijn mobieltje begint te zoemen, het schokt bibberig heen en weer op de natuurstenen vloer. Ik pak het op en lees het bericht.

GELUL.

BEN IN DE HAVEN. TOT ZO

Ik weet niet of ik opgelucht moet zijn of nog heviger gealarmeerd. Het is goed nieuws dat hij blijkbaar nog in de haven is, en niet onderweg naar hier. Maar hij lijkt vastbesloten. Zojuist dacht ik nog dat ik hem wel kon overtuigen. Nu weet ik dat niet meer zo zeker. Met mijn duimnagel typ ik een reactie:

IK KAN ECHT NIET WEG!!!!

Ik speel met het idee om er een krachtterm aan toe te voegen, maar besluit om dat niet te doen. Hopelijk is vier uitroeptekens duidelijk genoeg.

Ik druk op 'verzenden' en laat dan mijn duim op de uittoets rusten. De verleiding is groot om het mobieltje simpelweg weer uit te zetten. *See no evil, hear no evil.* Ik knijp het apparaat bijna fijn. Verdomme, Marius zal toch ook wel kunnen begrijpen dat ik niet zomaar van mijn gezin weg kan lopen?

Het mobieltje trilt bescheiden in mijn handpalm. Gejaagd druk ik een paar toetsen in.

DAN KOM IK TOCH NAAR JOU?

Juist. Ik sluit mijn ogen in wanhoop. 'Klootzak,' fluister ik voor me uit. 'Klootzak, klootzak, vuile egoïstische klootzak.'

Dan toets ik in:

NIET DOEN! IK KOM ERAAN.
DOE MIJN BEST

Ik verzend het bericht en daarna houd ik de rode toets net zo lang ingedrukt tot het mobieltje is uitgeschakeld. Maak de toiletdeur open, loop naar de bedstee/garderobekast en laat het apparaat in de zak van mijn groene trenchcoat glijden.

Dan haast ik me de trap op en de inloopkast in. Marius kickte op rokjes, die konden hem niet kort genoeg zijn, en ik vermoed dat daarin geen verandering is gekomen. Het relatief korte omslaggevalletje dat ik nu draag, is dus ongeschikt voor een ontmoeting.

Ik laat het zijden ding op mijn enkels zakken, stap eruit en leg het in de stomerijmand. Gris dan een jeans uit het schap. Trek een paar dunne sokken aan en twijfel over sneakers. Nee, toch beter van niet. Die draag ik alleen als ik ga sporten. De jeans is al een grensgeval.

De keuze valt uiteindelijk op een paar korte laarsjes met plompe neuzen en een halfhoge hak. Daarna een lichtblauwe blouse met gesteven boord en een dun vestje. Ten slotte werk ik mijn make-up en haar bij in de spiegel van de badkamer, zoals ik altijd doe voor ik de deur uit ga, en loop ik weer naar beneden.

Ik tref Harald alleen aan in de woonkamer. Hij kijkt nog steeds naar het journaal en heeft zijn voeten naast zich op de bank getrokken.

'Gerda belde net,' zeg ik.

'Wat had ze?'

'Crisis. Ik had haar beloofd dat ik mee zou helpen de bibliotheekboeken te inventariseren...' Ik zwijg even en kijk Harald dan recht aan. '... en dat was ik dus helemaal vergeten.'

'Wanneer moet dat dan?'

Ik zwijg en trek er een spijtig, veelbetekenend gezicht bij. Loop dan naar de hal, haal mijn trenchcoat uit de garderobekast en trek hem aan.

Terug in de woonkamer zeg ik: 'Ik vind het erg ongezellig om jullie alleen te laten, maar...'

'Je hoeft je voor mij niet te verontschuldigen. Als je het hebt beloofd, moet je het doen. Anders krijg je er alleen maar scheve gezichten van.'

'Mijn idee.' Ik kus Harald op zijn kruin terwijl ik de ceintuur van mijn jas strik. 'Wil jij die twee in bed leggen?'

'*Consider it done, darling.* Zorg je wel dat je voor elven terug bent? Ik moet er morgen vroeg uit voor een taxatie.'

'Waarschijnlijk ben ik al veel eerder terug,' hoor ik mezelf zeggen. 'Tot straks!'

'Mam, ga je weg?' Fleur staat in de keuken. Ze houdt een limonadeglas tegen de ijsmaker in de koelkast. Het apparaat ratelt en spuwt ijsklontjes uit, die rinkelend in haar glas vallen.

'Ja, ik moet even weg. Papa brengt jullie naar bed.' In de haast om weg te komen, vergeet ik haar en Charlotte een kus te geven.

Buiten zit Reddy in het gras tussen de paardenbloemen. Ze volgt mijn bewegingen met half toegeknepen ogen. Ze heeft nog steeds geen jongen, maar ze gedraagt zich al een paar dagen anders dan normaal. Rustiger, afstandelijker. Misschien is het hormonaal en maakt ze zich op voor de naderende bevalling. Dieren zijn zoveel instinctmatiger dan mensen. Maar ik wil niet uitsluiten dat er bij haar vanbinnen iets is misgegaan toen Chris haar zo wreed tegen het beton smeet.

Als ze aan het eind van de week nog niet is bevallen, neem ik me voor, dan zal ik de dierenarts erbij halen. Ik moet er echt mee ophouden om mijn kop in het zand te steken.

Ik stap in de auto, start de motor en duw op de afstandsbediening van de poort, die langzaam opengaat. Pas aan het eind van de straat haal ik het Marius-mobieltje uit mijn jaszak, zet het aan en leg het tussen mijn benen op de zitting.

De dekbedjas ligt achter in de auto, stevig opgerold in Marius' sporttas, samen met het hoedje, de sjaal en de gezondheidsschoenen. Ik moet proberen om nog voor ik de vestingstad in rijd een rustige plek te zoeken, waar ik snel en ongezien de jas kan aantrekken en het hoedje opzetten.

Ik heb de sporttas met opzet niet weggegooid. Bij nader inzien leek het me beter hem in de auto te laten staan en er mijn vermomming in te bewaren. Mocht Harald de spullen in mijn auto aantreffen en er vragen over stellen, dan zal ik hem met een stalen gezicht vertellen dat zowel de tas als de kleding op school is achtergebleven. Dat de directie ze wilde weggooien en het mij beter leek ze naar een kledinginzamelpunt te brengen.

Ik ben het zelf al bijna gaan geloven.

Als ik op korte afstand van de tuibrug voor een rood stoplicht sta te wachten, begint het mobieltje plotseling te zoemen. Het getril trekt door mijn huid en spieren en het lijkt alsof Marius zelf me aanraakt.

Nijdig graai ik het apparaatje tussen mijn dijen vandaan en toets door naar 'ontvangen berichten'.

GOED ZO, POES!

'Klootzak,' zeg ik hardop. 'Gore, vuile klootzak. Ik wou dat je dood was.'

Vijf

Façadearchitectuur ~ Er is sprake van façadearchitectuur wanneer de (pronk)voorgevel een dominante rol heeft in een ontwerp. Van binnen is het gebouw doorgaans (veel) eenvoudiger dan de gevel doet vermoeden.

Ik woon in letterlijke zin dan wel op een eiland, waar Claire en ik kunnen doen alsof de wereld om ons heen er niet toe doet; in mijn metier bestaan zulke eilandjes niet. De makelaardij hangt aan elkaar van netwerken. Je zorgt er eenvoudigweg voor dat je op de goede plekken komt en de juiste mensen spreekt, en vanzelfsprekend staan zowel je sociale als zakelijke antennes de hele dag op 'ontvangen'. Doe je dat goed, dan kun je net even iets sneller op de hoogte zijn van een ophanden zijnde verkoop, en daarmee je concurrenten voor zijn. Ik laat mijn neus dan ook op veel plaatsen zien, zelfs daar waar ik op het eerste gezicht niets te zoeken heb.

Ik hoef er tegenwoordig minder moeite voor te doen dan vroeger. Als er in de regio een opening is, een receptie of wat voor gelegenheid dan ook waar mensen met geld, smaak en hoge eisen te vinden zijn, dan sta ik doorgaans op de lijst van genodigden. Voor mijn business zijn dat soort invitaties van levensbelang.

Ik heb op alle fronten hard gewerkt om op dergelijke lijsten terecht te komen en dat niveau van respect te bereiken.

Toen mijn vader nog leefde, ging ik vanzelfsprekend met hem mee naar alle feesten en recepties. Dat was onderdeel van mijn opleiding, die mijn vader heel serieus nam. Na zijn dood bekoelden die relaties in een gênant rap tempo. Ik was nog erg jong, stond er ineens alleen voor en ik vermoed dat ze eerst eens de kat uit de boom wilden kijken. Afwachten hoe lang het zou duren voor dat over het paard getilde rijkeluiszoontje, dat niet eens een universitaire graad kon halen, de zaak van zijn vader en grootvader naar de verdommenis zou helpen.

In een ideale wereld staan er altijd mensen klaar om je op te vangen, maar in deze regio was het vangnet ver te zoeken. Ze zagen me liever vallen, zo hard en zo ongenadig mogelijk, verheugden zich er wellicht op. Die indruk is me althans sterk bijgebleven.

Mijn vader was deskundig en dominant aanwezig, niemand kon om hem heen. Ik kan niet uitsluiten dat hij hier en daar eens gevoelig op iemands tenen is gaan staan en er daarbij ego's zijn beschadigd. Dus wat zou een mooiere genoegdoening zijn dan zijn enige zoon hopeloos te zien falen?

Ik mag zo niet denken van Claire. Ik zie het veel te somber, vindt ze, en ze heeft zich zelfs hardop afgevraagd of die vijandigheden enkel in mijn hoofd bestaan, dus heb ik het er met haar niet meer over. Maar ik denk er wel degelijk over na. Ook op zo'n tuinfeest met mensen van de bank en de gemeente hangt het besef dat een deel van hen me liever kapot had zien gaan bijna voelbaar in de lucht.

Ik ben me rot geschrokken van de factuur van Kees de Boer, het is een bedrag dat ik eigenlijk niet kan missen. Het had voor de helft gekund. Maar als ik het geld even buiten beschouwing laat, heeft Claire uitstekend gehandeld. In wezen doet ze dat altijd. Ze voelt die dingen aan. Ik zeg het waarschijnlijk niet vaak genoeg tegen haar, maar ze is écht van goud.

Claire zorgde voor Taittinger, amuses en blauwvintonijn. Geen derderangs bubbels en ordinaire supermarkthapjes bij Van Santfoort. Met ons gaat het – inderdaad – buitengewoon goed, dank je.

21

De boot bestaat. Het is een opzichtig, hagelwit flybridge motorjacht van een meter of veertien lang en het heet Esmeralda. Ik heb me er een poos in verdiept en ik schat dat een jacht als dit tweedehands nog een half miljoen euro kost, of zelfs wel meer, want de staat van het interieur is onberispelijk. Het beige leer van de banken voelt zacht en ruikt als nieuw en de lichtblauwe vloerbedekking is smetteloos, alsof die pas vorige week is gelegd. De wanden en kastjes zijn van kersenhout, dat zacht glanst in de schemer. De kajuit is deels verduisterd: aan de kant van het water zijn de gordijnen dichtgetrokken.

Boven me klinken Marius' voetstappen op het dek en ik hoor hem gedempt praten in zijn mobieltje. Ongeduldig trek ik mijn jas uit, vouw hem op en leg hem naast me neer. Kijk nerveus om me heen.

Volgens Marius is Esmeralda van een vriend. Hij is onduidelijk over wie dat dan is, en waarom die hem zomaar zo'n kostbaar vaartuig toevertrouwt. Dat is Marius ten voeten uit. Liegen en draaien als tweede natuur. Hij bleef altijd met opzet vaag over mensen die hij kende, vertelde vrijwel nooit waar hij naartoe ging of waar hij was geweest, waarom en met wie. Daarin is hij blijkbaar niet veranderd.

De boot ligt niet in de binnenhaven bij de markt, maar

dobbert een dikke kilometer verderop, in een slaperig haventje net buiten de vestingmuren. Marius belde me op toen ik door de stadspoorten reed, alsof hij telepathisch was, om me zijn locatie door te geven.

Nadat hij me in de kajuit had gelaten ging zijn telefoon en verdween hij bovendeks. Dat is alweer vijf, zes minuten geleden en ik geloof niet dat hij enige haast maakt om het gesprek te beëindigen. Zijn voetstappen dreunen nog steeds boven mijn hoofd en zijn stem klinkt zacht, ik kan geen woord volgen van wat hij zegt.

Ik sta op van de leren bank en loop onrustig door de ruimte. Laat mijn vingertoppen over de houten wanden gaan en bekijk de meters en de radio zonder al te veel interesse.

Opeens herinner ik me dat dit Marius zijn toekomstdroom was. Een jacht als dit, maar dan groter. Op een dag zou hij stoppen met zijn hachelijke bezigheden en gaan rentenieren. Dan wilde hij geen vast adres meer hebben, maar zou hij met een zeewaardig jacht langs de Europese kustlijn en over de Middellandse Zee gaan rondzwerven. Om die droom te voeden kocht hij zo nu en dan advertentieblaadjes van tweedehands boten en daarin bladerde hij als hij in bad lag of op het toilet zat. Marius hield sowieso van tijdschriften. Ze lagen door het hele huis verspreid.

Misschien heeft hij in de gevangenis zoveel tijd gehad om te lezen dat het hem is gaan tegenstaan, of bewaart hij zijn leesvoer in een slaapcabine, want ik zie er geen. Wel ligt er een sleutelbos op het aanrecht, er slingert een paar redelijk nieuw uitziende, witte K-Swiss – maat Marius – midden in de kajuit en er ligt een vest van Hilfiger over de rug van de bank. Naast het trapje naar het dek staat een plastic zak met wasgoed.

Vroeger deed ik de was voor Marius. Als hij bij me kwam, kookte ik ook voor hem, dekte de tafel en ruimde die weer af. Zette koffie, schonk zijn Bacardi-cola in. Liet zijn bad vollopen. Knipte en vijlde zijn nagels. Masseerde zijn rug en schouders, nek, voeten...

Ik deed het graag. Die stoere man zien genieten was de mooiste beloning. Het gaf me een goed gevoel over mezelf.

Van dat gevoel kan ik momenteel weinig terughalen. Terwijl ik luister naar zijn voetstappen en onduidelijke gebabbel, word ik met de seconde ongeduriger. Ik moet enorm mijn best doen om niet te gaan schreeuwen. Hij weet hoe moeilijk dit voor me is – *dat moet hij weten* – maar het interesseert hem niet.

Ik laat me weer vallen in het zachte leer van de U-vormige bank en sla mijn benen over elkaar. Somber kijk ik door de ovale patrijspoortjes naar buiten. Veel is er niet te zien: de onderkant van de steiger waarop zich allerlei mosachtige waterplantjes hebben vastgezet, en grijsgrauw rivierwater dat tegen de steigerpalen en de kade klotst.

In een opwelling draai ik me op mijn knieën en begin alle gordijntjes aan de rivierzijde stuk voor stuk open te trekken. Zacht avondlicht stroomt naar binnen. Esmeralda is de laatste boot aan de steiger en de raampjes bieden een vrijwel onbelemmerd uitzicht over de Maas, die vanaf hier wel een meer lijkt, zo breed. Aan de overkant ligt de dijk waarop ik zojuist nog heb gereden, het stuk tussen de pont en de tuibrug in.

Ik knijp mijn oogleden samen en zoek naar herkenningspunten. Al snel vallen me de drie even grote, dicht bij elkaar staande bomen op. Ze staan niet ver van ons huis. Aan de rechterzijde van die bomenrij kun je van de dijk af en draait de weg in een bocht naar beneden, ons gehucht in.

Het is rustig op de dijk. Ik zie alleen een fietser. Er loopt een lichtgekleurde windhond naast, met wijde, elegante passen. Van deze afstand zijn slechts de contouren van het dier zichtbaar, maar ik herken de vorm en bewegingen uit duizenden. Zijn bazin heeft opvallend, vlammend oranje haar. Ze zit licht voorovergebogen en trapt zo te zien stevig door. Het is Ellen Overeem, een kunstenares van 't eiland. Ze woont alleen met haar hond, geiten en katten in een herenhuis vlak bij het kasteel en ze geeft schilderlessen.

Terwijl ik naar haar kijk, dringt het tot me door dat deze ligplaats geen toeval is. Geen toeval kán zijn. Vanaf hier kan Marius 's ochtends Harald de dijk op zien komen rijden, en hem helemaal volgen tot hij bijna bij de tuibrug is. Tien, vijftien minuten later kan hij mij op hetzelfde punt omhoog zien komen met Fleur en Charlotte op de achterbank, en de andere kant op zien rijden, in de richting van de school. Marius hoeft er bij wijze van spreken niet eens zijn bed voor uit om ons gezin te bespieden, om te weten of Harald en ik thuis zijn.

Hij heeft vast ergens een verrekijker liggen.

Ik kijk snel voor me als Marius de trap afdaalt en de kajuit in komt. Onwillekeurig trek ik de panden van mijn vest om me heen.

Marius merkt de open gordijnen meteen op, maar hij zegt er niets van. Dan trekt hij zijn trainingsjack uit, hangt het aan een haak tegen de wand naast het trapje en loopt naar het keukenblok. Zijn hagelwitte poloshirt spant om zijn bovenarmen. Het is net iets te klein, maar het staat hem goed. Te goed.

'Sorry,' mompelt hij. 'Dat moest even. Iets drinken?'

'Nee.'

'Zeker weten?' Even kruisen onze blikken elkaar en op dat moment besef ik dat ik niet écht zou willen dat hij dood was. Ik zou alleen maar willen dat *mijn gevoel voor hem* dood was.

Maar dat is het niet. Integendeel. Het is springlevend en

het bruist door mijn bloed als koolzuurbelletjes, die om elkaar heen wervelen en opgewonden fluisteren, giechelen, me zorgeloos aanmoedigen het verleden te herontdekken.

‘Ik heb geen dorst,’ zeg ik stug.

Marius trekt een inbouwkoelkast open en pakt er een blik cola uit. Komt tegenover me zitten, op het andere uiteinde van de U-vorm, en duwt het lipje terug. Zet het blik aan zijn lippen en neemt een paar slokken.

Ik trek mijn ogen van hem los en richt me op de steigerpalen. Het maakt geen verschil. Marius’ aura vult de hele ruimte, alles ruikt naar hem en ademt zijn aanwezigheid. De deining van het water maakt me duizelig.

Op weg hierheen heb ik mijn uiterste best gedaan om zoveel mogelijk rotherinneringen aan hem op te diepen. Dat was niet zo’n ingewikkelde opgave, er is een ruime voorraad van.

Over alles van betekenis waren we het oneens. Standaard. Hoe belangrijker het onderwerp, hoe vaker we bijna als vijanden tegenover elkaar stonden. Kinderen krijgen, wonen, vrienden, geld, inrichting, politiek, en met stip bovenaan: zijn ‘creatief ondernemerschap’. Ik wilde dat hij stopte voordat die onontkoombare neerwaartse spiraal vat zou gaan krijgen op zijn, en dus ons, leven.

Nog een jaartje, poes, dan kap ik ermee. Echt.
Nog één keer. Ik ben het zelf ook al even beu, dat weet je toch?

In het begin dacht ik dat hij het meende. Na verloop van tijd ben ik gaan begrijpen dat hij me voor de gek hield. Pappen en nathouden. Hij zou er echt niet mee stoppen, in geen duizend jaar, niet uit zichzelf. Dat kon hij niet meer. Hij had nog nooit normaal werk gedaan, zijn business was zijn hele wereld.

Wrang genoeg begreep ik hem tot op zekere hoogte. Ook ik had steeds gedacht, precies zoals Claudette had voorspeld: nog een week, nog een maand. Maar die maand waren er vanzelf twee, drie, vier geworden en ze hadden zich aaneengeregen tot jaren.

Daarmee houdt de vergelijking wat mij betreft wel op. Marius opereerde volledig in de illegaliteit, en ook al zei hij dat het allemaal best meeviel; het kon niet anders of hij bewoog zich in uiterst gevaarlijke kringen. Zijn leven was hoe dan ook stukken risicovoller dan het mijne. Iedereen met gezond verstand kon zien dat het slechts een kwestie van tijd was voor dingen uit de hand zouden lopen.

Ik wist het, maar ik wilde het niet zien. Ik ontkende alles gewoon voor mezelf. Ik ben er een ware meester in: mijn ogen sluiten voor onaangename dingen. Maar naïef kun je me niet noemen. Ik wist wat ik deed. Omgaan met Marius was als spelen met vuur. Al net zo fascinerend en levensgevaarlijk.

En dat is het nog steeds, besef ik.

Nee. Het is nu juist gevaarlijker. Omdat ik zoveel meer te verliezen heb. Alles, eigenlijk.

Onze blikken lijken elektrisch geladen. Zwijgend trekt hij zijn poloshirt uit, werpt het van zich af op de grond en komt op me af gelopen. Het is me duidelijk dat hij in de gevangenis niet gezapig op zijn bed is blijven liggen. Hij heeft het lichaam van een afgetrainde kickbokser. Eentje uit de zwaargewichtklasse. En de blik in zijn ogen is al even verhit.

Ga weg, Claire!

Hij komt naast me zitten, rolt zijn hoofd van links naar rechts over zijn schouders en mompelt: 'Doe je mijn nek even, poes? Die zit al dagen vast.'

Bij elke andere man zou ik nu zijn gaan gillen van de lach, of had ik een bijdehante opmerking gemaakt.

Niet bij Marius. Er valt niets te lachen.

Mijn verstand heeft geen zeggenschap meer over mijn lichaam, dat functioneert geheel los daarvan. Als geprogrammeerd ga ik verzitten en leg mijn handen op zijn schouders. Op zijn linkerschouder prijkt een grote, blauwige tatoeage die het midden houdt tussen een tribal en een soort zon, met grillige stralen. Ik was vergeten dat hij die had. Mijn vingertoppen volgen de grillige lijnen, bijna bliksemflitsen.

Nee, Marius is geen husband material. Maar er was wel degelijk iets wat ons verbond. Het was zo ongelooflijk sterk dat we onze felle ruzies erdoor vergaten, de harde woorden, de onoverbrugbare verschillen, en dat was de chemie tussen onze lichamen. Die speelde vanaf het begin een glanzende hoofdrol in onze relatie, en ze neemt het ook nu weer over.

Ik laat mijn vingertoppen langs de contouren van zijn spieren glijden, omhoog naar zijn nek en duw mijn duimen in zijn vel, dat soepel is en licht gebruind.

Hij kreunt zacht en laat zijn hoofd hangen. Ontspant zich voelbaar onder mijn handen. In een smalle wandspiegel vang ik dat beeld op. Marius lijkt op Reddy als die gekroeld wordt, hij heeft zo'n zelfde gelukzalige uitdrukking op zijn gezicht, diezelfde licht omhoog krullende lippen.

Marius is een grote, gevaarlijke versie van Reddy.

Opstaan, omdraaien, weglopen!

Ik blijf hem strelen en kneden, buig me dan voorover, open mijn lippen en druk mijn tong tegen zijn huid. Die smaakt een beetje zout en voelt warm en glad. Langzaam lik ik langs zijn schouder naar boven, naar zijn nek en hals en dan naar zijn oor.

Hij kreunt nu luider, legt zijn hoofd in zijn nek, houdt zijn ogen gesloten. Mompelt iets onverstaanbaars. Zijn handen liggen open in zijn schoot en als ik snel een blik over zijn schouder werp, is zijn opwinding zichtbaar achter zijn jeans.

Rennen!

'Ga door, Claire,' fluistert hij. 'Fuck, ik heb dit gemist.'

Ren, ren, ren!

'Ik... ik ben nu geloof ik heel domme dingen aan het doen,' hoor ik mezelf fluisteren. Er zit een bizarre jubeltoon in mijn stem, die ik amper nog herken als de mijne.

'Klinkt me als muziek in de oren, poes.'

22

Krap twee maanden nadat Claudette me in de club van Jack en Sylvia Rijnders had geïntroduceerd, hield ze zelf op met werken. Ze had zich uiteindelijk weten los te weken van de dagelijkse aanwas van briefjes van honderd. Met haar vriend vertrok ze naar de Antillen om duiklessen te geven aan toeristen. Ik nam hun huurhuis over, een gemeubileerde eengezinswoning met een carport in een rustige, lommerrijke jaren-tachtigwoonwijk, zo een waarvan de plattegrond deed denken aan een doolhof.

Bij haar afscheid nodigde Claudette me uit om een keer bij hen langs te komen. Ik antwoordde dat ik dat zou doen, maar we wisten beiden dat het niet zou gaan gebeuren.

Wel bleef ik werken in Luxuria. Dat zou ik blijven doen totdat alle schulden waren afbetaald. Dan zou ik stoppen.

Resoluut.

Het was fijn dat ik nu een eigen optrek had, ver genoeg uit het centrum en dus redelijk anoniem. Ik was het continue draaien en spitsroeden lopen van de afgelopen maanden meer dan zat. In mijn nieuwe huis kon ik komen en gaan wanneer ik wilde en hoefde ik aan niemand mijn werktijden en werkkleding te verantwoorden. Maar het belangrijkste was: ik hoefde mijn moeder nu niet meer dagelijks voor te liegen. Ik heb haar nooit iets verteld. Niets over Marius, en al helemaal niets over Luxuria, zelfs niet toen ik me afschuwelijk voelde en er niemand meer over was om naartoe te gaan. Ik wilde haar er niet mee belasten en ze zou het nooit hebben goedgekeurd.

Natuurlijk heeft ze vreemd opgekeken toen ik haar geld begon toe te stoppen waarmee ze de schuldeisers kon betalen. Maar ze heeft me nooit gevraagd hoe ik aan dat geld kwam. Er is met geen woord over gesproken, er zijn geen veelbetekenende blikken gewisseld, geen opmerkingen geplaatst.

Ik ben niet de enige in de familie die gewoonweg niet ziet wat hij niet wil zien.

Op zich was werken in een club niet zo enerverend en veeleisend als het me van tevoren had geleken. Het kostte me slechts een paar weken om over mijn gêne heen te komen en daarna begon ik er met sommige klanten zelfs plezier in te krijgen.

Achteraf gezien was dat niet meer dan logisch. Ik raak graag mensen aan en word graag aangeraakt. Als jong kind klom ik al te pas en te onpas bij iedereen op schoot. De sterke neiging om lichamelijk te worden heb ik in de loop van de jaren leren onderdrukken, maar binnen de muren van Luxuria hoefde ik mezelf niet af te remmen. Daar werkte mijn knuffeldrang juist in mijn voordeel. Het leverde me een gestaag groeiende vaste klantenkring op.

Natuurlijk was het niet alleen maar makkelijk, er gebeurden ook vervelende dingen. Afschuwelijke dingen zelfs. Mannen die te veel gedronken hadden en zich agressief en respectloos gedroegen, die ons uitscholden of te lijf gingen, kerels met afstotelijke lichaamsgeuren en afwijkende of ronduit griezelige eisen. Ziekelijk jaloerse, roddelende en aan drugs verslaafde collega's die je het licht in de ogen niet gunden en je klanten op een opdringerige manier probeerden in te palmen – ik kan me een collega herinneren die zich op de trap naar een van de kamers letterlijk tussen mij en een klant in wrong. Agressief en zwaar onder invloed van coke.

We hoorden ook verhalen uit clubs waar het deurbeleid minder strak geregeld was; ik wist dan ook dat ik het heel wat slechter had kunnen treffen.

Ik stond redelijk stevig op mijn hoge hakken en mijn grootste angst, zeker de eerste jaren, was niet om een gestoorde klant te treffen, maar iemand die ik kende uit mijn reguliere leven. Dat ik onverhoeds oog in oog zou komen te staan met een oude vriend van mijn vader. Of mijn buurman uit de wijk, die altijd al verlekkerd naar me loerde als ik 's avonds ging werken. Of de bakker van op de hoek, de vader van een vriendin… Het overkwam de andere meisjes incidenteel en het was altijd gênant en ongemakkelijk, maar vanwege een of andere raadselachtige beschermengel of stom geluk bleef ik zowel van dergelijke ongemakkelijke toestanden als van doorgedraaide kerels verschoond.

Ik heb het werk vier jaar gedaan. Als ik terugkijk kan ik concluderen dat ik een bijzondere tijd heb gehad, die ik niet had willen missen. Ik heb ontzettend veel geleerd over mensen, over de betrekkelijkheid en invloed van geld, over mezelf, mijn plaats in het geheel, wat ik wil met mijn leven en wat absoluut niet. Ik heb geleerd om te horen, te zien en vooral te zwijgen en vooruit te denken, mensen nog beter in te schatten dan ik al deed, en ze tegelijkertijd wat minder snel te veroordelen.

Het enige vervelende is dat ik nooit over die periode kan praten met degenen om wie ik het meeste geef. Niet met mijn moeder en al zeker niet met Harald. Soms heb ik die behoefte, met name als er iets in het nieuws is over prostituees, of als Harald en ik een film kijken waarin het onderwerp ter sprake komt. Dan zou ik best weleens een opmerking willen plaatsen, een anekdote tussen neus en lippen door, zoals Harald dat doet als er op tv gesproken wordt over bouwprojecten of oude wijken die dreigen te verzakken. Maar juist op zulke momenten houd ik mijn lippen stijf op elkaar.

Ik denk niet dat Harald het kan begrijpen, hoe helder en duidelijk ik die scheiding ook voor me zie: ik was toen ik begon met het werk pas achttien, nauwelijks volwassen. Mijn moeder was de enige om wie ik daadwerkelijk gaf en ik zag in die tijd geen andere mogelijkheid om haar te helpen. Nu ben ik tweeëndertig, getrouwd met Harald en zelf moeder. Ik leef een totaal ander leven en baseer mijn huidige keuzes op heel andere waarden dan toen. Mensen veranderen nu eenmaal. De wereld om ons heen verandert. Ik vind daarom dat Harald me niet zou mogen verwijten wat ik zo lang geleden heb gedaan. De realiteit is, vermoed ik, dat Haralds wereld volledig zou instorten als hij mijn verleden zou kennen. Ik geloof niet dat hij de gedachte zou kunnen verdragen dat er niet *een paar* minnaars hem voor zijn geweest, zoals ik hem op de mouw heb gespeld, maar *een paar duizend*... Dat zou hij niet kunnen verkroppen. Dat vermoed ik heel sterk. Welke man zou dat wel kunnen, eigenlijk?

Zelfs Marius was op zijn manier jaloers en bezitterig.

23

De stem van mijn gezonde verstand klinkt zo dwingend en luid door dat hij de overhand krijgt.

Marius hoort die stem niet. Hij is zich van niets anders bewust dan zijn eigen verlangen, en hij gaat er blindelings van uit dat ik er voor hem ben, zoals altijd, en dat die tien tussenliggende jaren nauwelijks van invloed zijn geweest. Hij heeft mijn hand vastgepakt en leidt die naar zijn kruis.

'Nee!' Abrupt trek ik me los en spring achteruit.

Marius tilt loom zijn kin op en draait zich half naar me om, een wenkbrauw opgetrokken. 'Wat nou, nee?'

'Sorry.' Het is eruit voor ik het besef. Ik kan mijn tong wel afbijten. Híj is degene die zijn excuses moet aanbieden. Niet ik.

Ik loop achteruit, op mijn hoede, in de richting van het trapje. 'Ik moet weg,' zeg ik, ademloos, en ik struikel bijna over een K-Swiss.

Marius staart me verbaasd aan. 'Claire? Hállo? Waar slaat dit op?'

Ik antwoord niet en haast me naar het trapje.

'Ben jij nou helemaal besodemieterd?' De loomheid van daarnet is in een klap verdwenen. 'Je blijft verdomme hier.'

'Dat maak ik zelf wel uit.'

'Ik zeg dat je hier blijft.'

Ik blijf als bevroren bij het trapje staan. Mijn hersenen ratelen als een oude computer. Loop ik nu weg, dan zit ik over een klein halfuur veilig naast Harald op de bank. Marius komt niet achter me aan, dat is niet zijn stijl – maar hij zal het er ook beslist niet bij laten zitten. Daarvoor is hij te trots.

Ik kan niet voorspellen wat zijn reactie zal zijn als hij eenmaal voldoende tijd heeft gekregen om alles op zich in te laten werken. Stuurt hij Chris nog eens langs? Neemt hij contact op met Harald?

Maar blijf ik nu, dan raak ik de regie volledig kwijt. Dan draag ik alle macht over aan Marius en maak ik mezelf met onmiddellijke ingang op afroep voor hem beschikbaar, dag én nacht.

'Dit kun je niet van me verlangen.' Ik kijk hem recht aan en vervolg: 'Je verdwijnt opeens en komt me tien jaar later doodleuk opeisen, alsof ik je huisdier ben of zo. Ik heb een heel léven opgebouwd in de tussentijd. Ik heb een man, kínderen! Begrijp dan dat ik niet meer degene ben die...'

Marius staat op. Negentig kilo spieren. Er smeult een vuur in zijn ogen en zijn kaakspieren zijn gespannen. 'Bullshit. Kom hier.'

Ik ruk mijn ogen los van de zijne, draai me om en ren het trapje op. Twee, drie treden. Puur van de zenuwen verstap ik me. Mijn scheenbeen schaaft gevoelig langs een trede. Ik sis en de tranen springen in mijn ogen. Gejaagd strompel ik verder, maar zie dan vanuit mijn ooghoeken dat Marius op me afkomt. Paniekerig grijp ik naar het deurtje. De klink zit net buiten mijn bereik.

Ineens besef ik dat ik doodsbang ben.

Niet zozeer voor wat Marius zal doen als ik wegga. Niet voor Chris.

Ik ben bang voor mezelf. Doodsbang om nog langer met Marius op deze boot te zijn. Ik moet hier weg. Nu meteen.

Marius grijpt mijn been vast. In blinde paniek trap ik naar hem, met alle kracht die ik kan mobiliseren. Hij weert af, maar begint te wankelen. Ik trap nog eens. Hij doet een pas naar achteren om me te ontwijken, maar struikelt over de rondslingerende sneakers. Hij valt naar achteren. De zijkant van zijn hoofd klapt met een doffe bonk tegen het aanrechtblok. Hij stort neer op de lichtblauwe vloerbedekking en blijft roerloos liggen, zijn armen gebogen naast zijn lichaam en zijn gezicht van me afgewend.

Hijgend en trillend sta ik op het trapje. Staar verbouwereerd naar het tafereel. Marius ligt daar maar, in een onhandige houding. Beweegt niet.

Ademt hij nog? Bloedt hij? Is hij bewusteloos?

Ik durf niet dichterbij te gaan kijken. In mijn overspannen geest kan hij elk moment opspringen, is hij razend op me en breekt hij mijn nek als hij me te pakken krijgt. Ik wil nu alleen maar weg, weg van Marius, weg van de haven. Naar huis, naar 't eiland, waar Harald en de kinderen zijn en waar ik kan doen alsof het allemaal een nare droom is geweest.

Ik klap het deurtje en het bovenliggende luik open en stap naar buiten. Sluit ze achter me. Onvast en houterig loop ik naar de achtersteven en stap op de steiger.

Mijn voetstappen maken bonkende geluiden op de houten planken. Ik heb moeite met focussen, het lijkt wel of ik heen en weer schommel, gevuld ben met helium en boven de steiger zweef.

Op een van de aangemeerde jachten staat een man, een zestiger met grijs haar en een snor. Hij maakt een indruk alsof hij me al de hele tijd heeft gadegeslagen en zoekt duidelijk contact.

Ik draai mijn hoofd van hem weg en loop stug door.

'Alles in orde, mevrouw?' hoor ik hem vragen als ik hem passeer.

'Ja hoor, uitstekend,' zeg ik met een onwennige glimlach, maar blijf voor me kijken. 'Dank u.' Zonder mijn pas in te houden loop ik door, neem de trap naar straatniveau en haast me naar de parkeerplaats. Daar is niemand te bekennen. Ik stap in mijn auto en trek het portier dicht, vergrendel meteen de sloten.

Ik kan de sleutel amper in het contact gefrommeld krijgen, mijn ene hand houdt de andere vast en leidt hem. Daarna leg ik mijn handen op het stuur en staar voor me uit naar de boten in het haventje. Op de Esmeralda is geen enkele beweging te bespeuren.

Terwijl ik trillerig van de parkeerplaats af rijd, besef ik dat mijn gewatteerde jas en het hoedje nog op de boot liggen.

24

Het zandpad begint achter het kasteel en loopt van daar parallel aan de dijk in de richting van het dorp waar Fleur en Charlotte op school zitten. Het is een meter of vijf breed en wordt geflankeerd door weitjes, knotwilgen en meidoornstruiken. In het naburige gehucht sluit het aan op een geasfalteerd weggetje. Pas daar hoef ik de dijk op te rijden; een stuk dijk dat vanuit de haven niet zichtbaar is, zelfs niet met een verrekijker.

Ik omklem het stuur en concentreer me. De aanhoudende regen heeft het anders redelijk goed begaanbare zandpad veranderd in iets wat nog het meeste lijkt op een modderige glijbaan. De hele route bestaat uit glibberige klei en overal zijn geelbruine regenplassen, als in een jungle na een hoosbui.

Mijn terreinwagen weet er gelukkig wel raad mee. Ikzelf stukken minder. Er zitten allerlei knoppen en hendels op de Freelander waarvan ik meen dat ze te maken hebben met rijden over ruig terrein, maar ik heb ze nooit nodig gehad. Ik zou niet eens weten wat er gebeurt als ik ze in werking stel, dus blijf ik er angstvallig van af, en probeer zo voorzichtig mogelijk door te rijden.

Ondanks mijn voorzichtigheid maakt de auto voortdurend korte, bokkende bewegingen en vinden de banden op sommige plekken geen grip, zodat hij steeds een stukje zijdelings wegschuift.

Fleur en Charlotte vinden het geweldig, zo'n onverwachte mini-Camel Trophy op weg van school naar huis. Ze waren vanochtend al blij verrast dat ik het zandpad nam in plaats van de dijk, nu zijn ze bijna buiten zinnen.

'Harder, mama, hárder!' roept Fleur achter me. Haar stem slaat over van pret.

Ik probeer te lachen, maar het huilen staat me nader. 'Mama durft niet harder, lieverd. Ik wil niet dat we vast komen te zitten.'

'Cool!' roept Charlotte.

'Daar is niets cools aan,' reageer ik. 'Als we hier vast komen te zitten, dan moeten we verder lopen. Door de modder. En het regent.'

'Nou én? We zijn toch geen wátjes!' roept Charlotte overmoedig.

Ik laat haar maar. Mijn handen knijpen in het stuur terwijl de motor een zacht gierend geluid maakt. Ik rijd het hele stuk al in de tweede versnelling en durf niet door te schakelen naar de derde. Links en rechts van het pad liggen greppels en ik moet er niet aan denken dat ik daarin schuif. Dan kom ik er nooit meer op eigen kracht uit. Op hulp van voorbijgangers hoef ik niet te rekenen. Het zandpad wordt sporadisch gebruikt door automobilisten en onder deze weersomstandigheden zijn er in de verre omtrek geen wandelaars, ruiters en mensen met honden te bekennen.

'Mam, waarom rij je eigenlijk zo?' hoor ik Fleur vragen.

'Wat bedoel je?'

'Nou, over dit pad. Je zegt toch altijd dat je auto er vies van wordt.'

'Dat wordt-ie ook, maar het leek me weleens grappig om te doen. Vind je het niet leuk dan?'

'Jawel!' roept ze blij. 'Juist hartstikke leuk.'

Het Marius-mobieltje zit in mijn jaszak, het heeft vol bereik en de batterij is opgeladen. Dat weet ik, omdat ik het apparaatje constant dicht bij me draag. Ik heb het vannacht zelfs naast het bed gelegd, verstopt in een van mijn sloffen, nadat ik zowel beltoon als trilfunctie had uitgeschakeld.

Geslapen heb ik nauwelijks. Ik lag naar de muur te staren en angstvallig te luisteren naar Haralds ademhaling. Toen die rustiger en gelijkmatig werd en ik mezelf ervan had overtuigd dat hij sliep, begon ik elk halfuur mijn mobieltje te controleren.

Niets.

Marius heeft me honderd procent zeker niet meer gebeld sinds ik gisteravond van de haven wegvluchtte en hem gevloerd op de Esmeralda achterliet. Hij heeft ook geen bericht meer gestuurd.

Vannacht heb ik in stilte alle mogelijkheden de revue laten passeren. In het meest positieve geval is Marius snel weer bijgekomen nadat ik ben weggegaan, heeft hij nagedacht en begrepen dat ik niet meer de vrouw ben die hij kende van voor zijn celstraf, en besloten me verder met rust te laten.

Dat is wat ik hoop. Maar ik acht de kans erg klein. Marius is geen vergevingsgezind type. Het ligt meer voor de hand dat hij laaiend op me is en zint op wraak. Hij kan onze stal wel in brand laten steken. Of ons huis. Of hij neemt contact op met Harald om een boekje open te doen over mijn verleden, en dan is mijn huwelijk nog vóór Charlottes zesde verjaardag verleden tijd.

Want ik geloof niet dat Harald met de schande zou kunnen leven. Hij zou me waarschijnlijk niet eens meer in zijn buurt kunnen velen. En ik hoef me al helemaal geen illusies te maken over de vraag of Harald Marius wel gelooft: Marius kent te veel details. Veel daarvan zijn gewoonweg feiten, die Harald kan controleren. Bovendien heb ik aan Harald nooit veel losgelaten over die periode en weet ik dat hij er zo zijn vraagtekens bij heeft.

Voorzichtig rijd ik de verharde weg op die rond het kasteel loopt. Klodders klei bonken tegen de wielkassen en mijn banden laten een spoor van gele troep achter op het asfalt.

Bij thuiskomst is de lucht nog steeds grijs, maar regent het niet meer.

'Mam, gaan we morgen weer over het zandpad naar school?' vraagt Fleur, terwijl ze uit de auto springt.

'Ik denk het wel. Als jullie het leuk vinden, tenminste.'

'Ja! Gaaf!' roept Charlotte. De zusjes zetten het op een rennen in de richting van de achterdeur.

Ik duw het portier dicht en blijf even staan om naar mijn auto te kijken. De wielen zijn smerig, de wielkassen zitten vol met aangekoekte troep. Er plakt zelfs klei aan de ramen en op het dak.

'Mama! Mama, kom gauw!'

Ik schrik en begin te rennen. In recordtijd ben ik aan de achterkant van het huis.

Daar, voor de openslaande deuren, hurken Fleur en Charlotte op het terras. Hun aandacht is gericht op iets wat op de grond ligt.

'Zou hij nog leven?' hoor ik Charlotte aan haar oudere zus vragen. Dan kijkt ze mijn richting uit. 'Má-ham! Kom nou! Kijk eens!'

Het is een vogel met zwarte veren en een harde, grijze bek. Hij ligt op zijn zij, bewegingloos en met dode, doffe ogen.

'Is hij echt dood?' vraagt Fleur.

'Ja, die is dood,' zeg ik. 'Blijf ervan af. Als je hem aanraakt kun je er ziek van worden.'

'Weet je het zeker, mam?' vraagt Fleur. 'Dat-ie dood is?'

Ik staar naar de vogel op mijn terras. 'Heel zeker.'

'Hoe zie je dat dan?'

'Hij beweegt niet meer.' Ik diep mijn sleutels op en maak de achterdeur open. 'Ga maar vast naar binnen, dan ruim ik hem op.'

Fleur en Charlotte lopen naar binnen en ik hoor hen de koelkast opentrekken om wat te drinken te pakken.

Uit het rek in de bijkeuken pak ik een plastic zak van de supermarkt en steek er mijn hand in. Ik grijp het beest aan een vleugel vast en trek er de zak omheen. Terwijl ik met mijn sinistere vrachtje naar de groencontainer loop, onderdruk ik een rilling.

Ik houd niet van kraaien. Ze kunnen er niets aan doen, maar ze staan nu eenmaal symbool voor ellende en dood. Ik laat de vogel uit het plastic in de groencontainer vallen en gooi de zak in de grijze container die ernaast staat.

Terwijl ik terugloop naar het huis bedenk ik dat ik niet helemaal eerlijk tegen mezelf ben geweest. Er is nog een verklaring mogelijk voor het feit dat ik niets meer van Marius hoor. Een die ik heb verdrongen, omdat hij me te zeer vervult met afschuw.

Zes

Claire kwam acht jaar geleden in mijn leven. Het was in een periode dat ik nogal met mezelf in de knoop zat, en dan druk ik het nog zacht uit. De dagen leken uit dikke, kleverige stroop te bestaan en ik sleepte me er zonder enig enthousiasme doorheen. Of de zon scheen of de regen met bakken uit de hemel viel: ik merkte het niet eens. Het kon me ook niet schelen. Alles was even zwart en somber en uitzichtloos.

Dat ik mijn vaders bedrijf te runnen had en ik die verantwoordelijkheid heel serieus nam, heeft me op de been gehouden. Ik kan gerust stellen dat ik zonder Ravelijn Vastgoed waarschijnlijk niet meer had geleefd. Dan had ik er een einde aan gemaakt, op een van de uitzichtloze avonden waarin ik alleen was op 't eiland en op de koude vloer in de schuur dwangmatig ijsselsteentjes zat af te bikken. Daar bleef ik mee bezig tot mijn handen begonnen te bloeden en ik amper nog kon bewegen door de optrekkende kou en de spierpijn.

Op dat soort avonden staarde ik vaak naar het dak, naar de onderzijde van de pannen en de blootliggende balken en spanten. Aan de middelste hanenbalk, vijfenhalve meter boven mijn hoofd, hing een touw. Een vuil, verbleekt oranje, kunststof touw met een lus aan het uiteinde. Dat hing er al toen ik het huis kocht.

Het schommelde heen en weer in de wind, die door de kieren naar binnen kwam. Het lonkte naar me. Soms zag ik mezelf er al hangen, vredig schommelend, vrij van pijn, herinneringen en malende gedachten, en dan ging ik me afvragen wanneer ze mijn lijk zouden vinden. Wie me zou vinden. En of iemand het zou begrijpen.

De belangrijkste redenen die me tegenhielden mijn gedachten in daden om te zetten, hadden met Ravelijn en dus indirect met mijn vader te maken. Ik kon Ravelijn Vastgoed niet in de steek laten. Het bedrijf is gesticht door een Van Santfoort, ik ben de derde generatie en na mij zou er niemand meer zijn om het over te nemen.

De tweede reden was zo mogelijk nog dwingender: zelfmoord is een beladen daad in alle culturen en landen en wordt vaak veroordeeld, maar specifiek hier, op mijn geboortegrond, wordt het beschouwd als een regelrechte zonde. Ik zou de naam Van Santfoort met terugwerkende kracht door het slijk halen. Mijn egoïstische daad zou zijn weerslag hebben op de goede naam van onze familie. Daar zou niets meer van overblijven. Mijn vader en grootvader zouden zich omdraaien in hun graf.

Ik mocht hen niet teleurstellen. Dat had ik al genoeg gedaan.

In het jaar nadat mijn vader was overleden, bracht ik ongezond veel tijd door in die donkere schuur. Hele bergen oude stenen heb ik van kalk en cement ontdaan, handmatig, met een beitel en een hamer. Oude kozijnen heb ik geschuurd tot de oorspronkelijke verflaag zichtbaar werd. Sloten met minutieuze precisie ontdaan van roest en bramen. Zittend tussen houtschaafsel en puin heb ik veel tijd gehad om na te denken.

Vooral over de zin van het leven, en nog vaker over de zinloosheid van de dood.

Door de dood van mijn vader werd ook die van mijn moeder weer actueel. Wat ik jarenlang had weten te onderdrukken, kwam met terugwerkende kracht op me af, en het liet zich deze keer niet meer wegstoppen. De gedachten aan mijn moeder en het gemis van familie sleurden me enkel nog dieper mee in de maalstroom van verwoestende, negatieve gedachten.

En ergens in die maalstroom wierp Claire me een reddingsboei toe.

Claire weet hoe moeilijk het voor me was. Ze had zelf al even geen vader meer en ook de hare was een bijzondere man geweest. Hij had veel gereisd, vertelde ze, en hij wist in elk Europees land feilloos de weg te vinden. Ze sprak vol liefde over hem en ik ben door haar de dingen in positiever perspectief gaan zien.

Ravelijn en verantwoordelijkheidsbesef hebben me door de zwartste periode gesleurd, maar door Claires komst is de zon weer gaan schijnen op 't eiland. Een paar weken nadat ik haar had ontmoet, heb ik een ladder gepakt en het bungelende touw uit de schuur weggesneden.

Ik wilde er niet meer aan herinnerd worden.

25

De gedachte aan Marius, dood op de vloer van zijn jacht, heeft stevig wortel geschoten. De hele regenachtige woensdagmiddag lang heb ik aan niets anders kunnen denken. Ik mag dan een meester in ontkenning zijn, dit is te urgent, te dichtbij en de consequenties zijn te groot.

Terwijl Fleur en Charlotte zich met twee vriendinnetjes van 't eiland luidruchtig vermaken met de Wii, zit ik aan de keukentafel aardappels te schillen en groente schoon te maken. Althans, daar moet het voor doorgaan. Want het grootste deel van de tijd staar ik glazig voor me uit, terwijl ik voor mijn geestesoog steeds dezelfde film voorbij zie trekken.

Marius lag wel heel erg stil toen ik hem achterliet. Ik kan me niet herinneren of hij ademde, ik heb er gewoonweg niet op gelet. Er was geen bloed te zien, maar wat zegt dat? Hij heeft een hoorbare smak gemaakt, met zijn schedel tegen de rand van het aanrecht. Ik heb weleens gehoord dat een klap op de slaap dodelijk kan zijn.

Voor hetzelfde geld was hij nog niet dood toen ik hem aan zijn lot overliet. Was hij buiten bewustzijn of in coma, en is hij gestorven omdat hij geen medische hulp kreeg. Dat is dan mijn schuld.

Dan heb ik hem vermoord.

Het mobieltje zit in de zak van mijn lange vest, ik pak het

er elk halfuur uit om te kijken of hij gebeld of ge-sms't heeft. Hem opbellen durf ik niet. Wie weet wat ik ermee in gang zet. Stel dat hij gewoon nog leeft en heeft besloten me met rust te laten. Dan wakker ik met mijn ongeruste telefoontje zijn interesse opnieuw aan.

'Waar ben jij geweest, Claire?'

In een reactie schokken mijn schouders omhoog. Dan draai ik me om.

Harald staat in de deuropening. Hij draagt een laptoptas van zijn werk en zijn regenjas ligt over zijn linkerarm. 'Last van een slecht geweten?'

Ik kijk hem afwachtend aan, betrapt bijna. 'Wat bedoel je daarmee?'

Is Harald Gerda tegen het lijf gelopen en erachter gekomen dat ik gisteren helemaal niet in de schoolbibliotheek ben geweest? Heeft iemand me in die haven gezien? Kende die grijze kerel met die snor Harald?

Heeft Harald met Marius gesproken?

'Is er iets?'

Ik schud aarzelend mijn hoofd. 'Nee, wat... wat zou er moeten zijn?'

'Nou, je gedraagt je vreemd.' Zijn stem klinkt vriendelijk en warm en zijn gezicht straalt oprechte bezorgdheid uit.

'Sorry. Ik ben er met mijn gedachten niet helemaal bij vandaag. Het zal het weer wel zijn.'

Hij zet zijn tas neer, hangt zijn jas in de bijkeuken en loopt op me af. 'Wat heb je met je auto gedaan?'

Ik hef mijn hoofd en druk een vluchtige kus op zijn lippen. 'Auto?'

'De Freelander ziet eruit als een tractor. Alsof je ermee in de modder hebt liggen rollen.'

Opgelucht reageer ik: 'O, dat? Het zandpad was één grote modderpoel. Ik kwam er pas achter hoe erg het was toen ik niet meer terug kon.'

Hij fronst zijn wenkbrauwen. 'Het zandpad? Sinds wanneer rij je daar overheen?'

'Fleur en Charlotte vragen er al eeuwen om. En ik heb natuurlijk niet voor niets een terreinwagen.'

26

Ik lag al in bed en bladerde door een botentijdschrift toen ik Marius hoorde komen aanrijden. Het motorgeluid van zijn Mercedes was zo anders dan dat van andere auto's in de wijk, dat ik het al herkende zodra hij drie straten verderop het woonerf opreed.

Ik was moe, had de hele middag en het begin van de avond in Luxuria gewerkt en ik was blij dat ik even niets hoefde. Toch sprong ik meteen op en snelde de trap af. Ik hoorde het geluid wegsterven om weer sterker terug te komen, en ik stelde me voor hoe Marius zijn zilvergrijze bakbeest door de smalle slingerstraatjes stuurde om bij mijn voordeur te komen. De vloer in het huis trilde toen hij de auto tot onder de carport reed. De motor liet hij draaien. Felle koplampen schenen naar binnen en zetten mijn hal in een onbarmhartig licht. Ik deed de voordeur open en moest mijn ogen half dichtknijpen om iets te kunnen zien.

Al een poos had ik een naar voorgevoel. Marius gedroeg zich de laatste tijd gejaagd en hij raakte snel geïrriteerd. Ik had het idee dat hij te veel aan zijn hoofd had, dat de zaken niet naar behoren liepen. Mogelijk was hij met te veel dingen tegelijk bezig en begon hij het overzicht te verliezen.

Het kostte me steeds meer moeite om hem te kalmeren. Om zijn vastzittende spieren onder mijn knedende handen soepel te krijgen tot hij bromde en spon als een grote kat, waarna hij geleidelijk terug transformeerde in de relaxte Marius voor wie ik als een blok was gevallen. Marius de onaantastbare, die de hele wereld naar zijn hand zette.

De blik in zijn ogen was veranderd. Er lag nog steeds een krachtige elektrische lading in besloten, maar het was alsof die minder gefocust was, springeriger, verstrooider.

Hij kwam in die laatste maanden niet meer dagelijks bij me langs en bleef nog maar twee, drie keer per week slapen. Ik maakte me geen zorgen over andere vrouwen. In die hoek hoefde ik het niet te zoeken. Zoiets voel je aan – ik althans wel.

Het was zijn werk. Zorgen. Dat wist ik vrijwel zeker.

Ergens in mijn achterhoofd had ik er steeds rekening mee gehouden dat Marius' bezigheden op een dag uit de hand zouden kunnen lopen, en ik had tevens ingecalculeerd dat ik daarbij betrokken zou kunnen raken. Maar ergens rekening mee houden of de volle omvang ervan beseffen – en de consequenties accepteren – zijn uiteindelijk toch verschillende dingen.

Hoewel Marius onmiskenbaar werd geplaagd door enorme problemen, sprak hij er met geen woord over. Ik had geen idee wat er precies speelde, en als ik eerlijk ben, wilde ik dat zo houden.

Marius kwam uit zijn sportwagen en droeg in elke vuist een volle Albert Heijn-tas. Hij liep langs me heen en zette ze tegen de muur in de gang. De bovenkant van de tassen was dichtgeplakt met tape en ze hadden de grootte en vorm van een goedgevuld hoofdkussen. Zonder woorden liep hij terug naar zijn auto en pakte nog twee volle tassen, één van plastic en een zwarte Puma-sporttas.

Hij wierp ze bij de andere twee op de grond. De motor van de auto ronkte en gromde als een futuristische draak en uitlaatgassen kringelden door de deuropening naar binnen.

Marius boog zich voorover. Kuste me vluchtig op de wang. 'Pak er vijftien voor jezelf uit, poes,' zei hij, boven de herrie van zijn auto uit. 'De rest haalt Chris morgen op. Of later deze week. Ik bel je nog.'

'Marius, je weet dat ik –'

Hij legde een vinger op mijn lippen. Gaf me daarna een knipoog. 'Later. Ik zie je na het weekend.' Ten slotte drukte hij een kus op mijn voorhoofd en stapte weer in zijn auto. Met een heleboel herrie, stank en licht reed hij weg.

Ik bleef zwijgend staan in de deuropening, mijn armen om mijn bovenlijf geslagen.

Aan de overkant van het straatje brandde nog licht. Mevrouw Van Doorn stond tussen haar gordijnen door naar me te loeren. Ik voelde een sterke drang om haar te choqueren, om een obsceen gebaar te maken bijvoorbeeld, maar in plaats daarvan trok ik de tassen verder de gang in en sloot ik de voordeur.

Wat ik toen nog niet besefte was dat het woord 'later' wel erg letterlijk moest worden genomen. Het zou de laatste keer zijn dat ik Marius zag. Ik had er geen idee van dat hij nog diezelfde avond het land zou verlaten.

Een week later moest ik van Chris horen dat hij was opgepakt door de Noorse kustwacht, en dat hij voorlopig niet vrij zou komen.

27

‘Harald kan toch best weleens op de kinderen passen? Ik heb het over een weekendje weg, niet over een poolexpeditie.’ Natalies stem klinkt hijgerig en wordt vergezeld door het geluid van een licht piepende katrol. Op de achtergrond klinkt een stampende beat.

Ik zit naast haar op een bankje dat bedoeld is om buikspieren te trainen. Die oefening sla ik over. In plaats daarvan volg ik lusteloos Natalies vorderingen, die zelf vandaag ook al niet uitmunt in ijver.

Ik begrijp nog steeds niet goed waarom ik me heb laten overhalen om mee te gaan naar de sportschool. De spieren in mijn rug en armen doen nog zeer van het werken in de tuin afgelopen vrijdag. Het snoeien van de beukenhagen langs de oprit is een werkje dat Harald normaal gesproken op zich neemt, en anders de hovenier wel, maar ik werd stapelgek van het stilzitten. Echt zwaar werk was het niet. Het was vooral veel en het moest secuur gebeuren, dus ik had er al mijn energie en aandacht bij nodig. Ik ben uren bezig geweest, maar was na afloop nog even onrustig als voor ik begon.

Het is vandaag zes dagen geleden dat ik Marius voor dood achterliet op zijn boot.

Zou zijn lichaam al zijn ontdekt? Ik betwijfel of ik de deur van de kajuit achter me heb dichtgedaan, ik kan het me niet herinneren. Wat ik wel weet is dat mijn slaapzakkenjas en het rare hoedje aan boord zijn achtergebleven. Kledingstukken die bij een moordonderzoek opvallen, omdat de combinatie niet klopt met een type man als Marius en een jacht als de Esmeralda. Hoe langer ik erover nadenk, hoe aannemelijker het me lijkt dat er allang iemand op die boot is geweest om de boel te controleren. Een jachthaven is net een klein dorp, en al zijn de bewoners er slechts tijdelijk, ze houden elkaar wel goed in de gaten. Een peperduur jacht dat dagenlang onbeheerd in de haven dobbert, mogelijk zelfs met de deur wagenwijd open, trekt de aandacht.

Maar waarom heb ik er dan niets over gehoord? Het is bijna ondenkbaar dat we er op 't eiland niets van zouden weten als er een dode in de haven zou zijn gevonden.

Of het moet zo zijn dat alleen de havenmeester en de politie ervan af weten... Dat ze hun lugubere vondst met opzet stilhouden vanwege het onderzoek. Sporenonderzoek.

Ik hoef me geen illusies te maken: als Marius dood is, met de nadruk op als, dan ben ik daarvoor verantwoordelijk en staat de politie binnen de kortste keren bij ons op het erf.

En dan raak ik alles kwijt dat me zo lief is.

Ik kan maar niet bepalen wat ik het ergste vind: dat ik geboeid als moordenares word afgevoerd en mijn gezin nooit meer zal zien, of dat ik verantwoordelijk ben voor Marius' dood.

'Claire? Ik vroeg je iets.'

'Harald kan uitstekend op Fleur en Charlotte passen,' reageer ik, licht geïrriteerd. 'Maar daar gaat het niet om.'

'Waar gaat het dan wel om?'

Ik kijk langs de fitnessapparaten naar de met dik glas afgeschermde ruimte naast ons, waar een groepje vrouwen zich met rood hoofd in het zweet staat te werken. De muziek komt daar vandaan. 'Dat ik er eigenlijk niet veel voor voel om zonder Harald en de kinderen een weekend weg te gaan. Ik zou ze te veel missen. Voor jou is dat anders, jij bent min of meer vrijgezel.'

'Ja,' zegt ze zuur, 'een gescheiden vrouw wier complete kennissenkring bestaat uit vrouwen die wél getrouwd zijn.'

'Niet allemaal toch?'

'Allemaal. Stuk voor stuk.'

Ik moet enorm mijn best doen om mijn aandacht op haar probleem te richten. 'En Marieke dan? Kan zij niet?'

Ze trekt haar wenkbrauwen op en kijkt me misprijzend aan via de spiegelwand. Een stilzwijgende berisping die uitstekend doorkomt.

'Oké, geen goed voorbeeld,' zeg ik snel, denkend aan Marieke Couwenhoven en haar zelfgebreide vesten van geitenhaar. 'Maar je bent toch niet van mij alleen afhankelijk? Er zijn toch wel vrouwen te vinden die hartstikke graag een weekend naar Parijs gaan? Misschien moet je een profiel aanmaken op een ontmoetingssite op internet, daar heb ik op school goede dingen over gehoord.' Ik word licht nerveus onder haar donkere blik. 'Ik bedoel, aan mij heb je niets, Natalie. Echt niet. Ik zou elke twee uur naar huis bellen.'

Natalie is klaar met haar oefening en ze drapeert een handdoek om haar hals. Ze heeft zich er al bij neergelegd, lees ik in haar teleurgestelde houding, en daarover voel ik me danig schuldig.

Achter me hoor ik een vrouwenstem roepen naar een medesporter. Ze zegt twee keer luid achter elkaar zijn naam: Chris. Verschrikt draai ik me om, mijn ogen schieten alle kanten op en blijven uiteindelijk rusten op het bewuste stel, waarvan de mannelijke helft in de verste verte nog niet lijkt op Chris Koops. Ik kijk weer voor me.

Chris.

De Esmeralda kan zijn eigendom zijn. Nu ik erover nadenk, lijkt me dat zelfs zeer aannemelijk.

Weet Chris dat ik bij Marius op de boot ben geweest? Ja, natuurlijk weet hij dat. Die twee waren tien jaar geleden al zo close.

In paniek sluit ik mijn ogen.

'Voel je je wel goed, Claire?' Natalie zit op haar hurken voor me. Achter haar staat nu een groepje twintigers op en neer te hopsen onder aanvoering van een in het roze gestoken vrouw met een Aziatisch uiterlijk. De muziek lijkt alsmaar harder te klinken.

'Jawel, jawel,' zeg ik verward, en ik sta op.

'Je trok ineens wit weg.'

'Niets aan de hand, ik ben gewoon moe.'

Ze kijkt me nog eens onderzoekend aan en loopt zwijgend naar het volgende apparaat. Daar schroeft ze een flesje water open en neemt een paar slokken.

Natalie is een vriendin, besef ik. Tenminste, ze is iemand die daarvoor door zou moeten gaan. Van alle vrouwen met wie ik contact heb, is zij degene die ik het dichtstbij heb laten komen. We zien elkaar minstens een keer per week en ze is de enige met wie ik weleens persoonlijke dingen bespreek. Toch sta ik gevoelsmatig tamelijk ver van haar af.

Want ook als ik prima in mijn vel had gezeten en Chris en Marius niet waren opgedoken, zou ik niet op haar aanbod zijn ingegaan. Ik meen wat ik zojuist tegen haar zei, ik voel het heel sterk, met mijn hele wezen: wat moet ik in hemelsnaam in Parijs of in welke andere plaats op de wereld dan ook, zonder Harald, mam en de kinderen?

Die vier mensen *zijn* mijn hele wereld.

Zeven

Op het moment dat hij stierf had mijn vader zestien medewerkers in dienst. Jetty Dolman, achttien jaar lang zijn secretaresse, nam na zijn dood onmiddellijk ontslag; ze kon niet meer werken in dezelfde ruimte als waar ze haar baas – wellicht haar grote, naar ik mag hopen onbereikbare, liefde – dood had aangetroffen. Dat vond ik erg jammer, want ik beschouwde haar als een soort van tante, maar ik kon haar besluit wel begrijpen. In haar kielzog vertrok tevens Dirk Overeem, en dat vond ik helemaal niet spijtig. Integendeel. Overeem was een norse, conventionele makelaar van ongeveer dezelfde leeftijd als mijn vader. Ik kan me niet herinneren dat hij ooit iets vriendelijks tegen me heeft gezegd of zelfs maar een keer naar me heeft geglimlacht. Ik vermoed dat hij niet onder mij, het zoontje, wilde werken en de eer aan zichzelf heeft gehouden.

De overige personeelsleden, onder wie Robertjan en Anton, bleven Ravelijn Vastgoed trouw. Ze hielden het bedrijf op koers terwijl ik, lamgeslagen van verdriet, lange tijd tot weinig in staat bleef.

Het was een gouden team. Des te zwaarder is het me gevallen dat ik enkelen van hen in de afgelopen paar jaar heb moeten laten gaan. Een andere optie was er niet. De markt is veranderd, er was eenvoudigweg te weinig werk voor hen.

Die mensen ontslaan was een van de moeilijkste dingen die ik heb moeten doen.

Ik had er enorm graag met Claire over willen praten, en god weet hoe vaak ik op het punt heb gestaan haar in vertrouwen te nemen, maar ik heb steeds mijn mond weten te houden.

Ook nu het opnieuw precair dreigt te worden, is het zaak erover te zwijgen. Ik wil mijn vrouw niet ongerust maken. Dat mag ik niet doen. Dat zou getuigen van een stuitend egoïsme.

Bovendien vermoed ik dat ik daarmee een groot deel van mijn aantrekkelijkheid als echtgenoot verlies. Qua uiterlijk schaal ik mezelf in bij een brede middenmoot van redelijk acceptabel ogende kerels. Niet knap, niet lelijk. In bed bevind ik me vermoedelijk in dezelfde categorie. De reden dat een absolute schoonheid als Claire heeft besloten om haar leven aan mij te wijden en me twee prachtige dochters te schenken, kan niet uitsluitend terug te voeren zijn op mijn *appearance* en bedprestaties. Daar geloof ik niet in, daarvoor ben ik te veel een realist en is zij te intelligent.

Het gaat haar om het totaalplaatje. Had ik in een Vinexwijk gewoond en een modaal salaris gehad, dan zou Claire me niet eens hebben zien staan.

28

Die rotpillen. Vlier schreef ze al zo makkelijk voor. Zouden ze extreem weinig werkzame stof bevatten? Of zijn het placebo's? Ik zie hem ervoor aan. Ik zou willen dat ik er meer dan twee durfde in te nemen, maar ik kan de mogelijkheid niet uitsluiten dat er met de tabletten niets mis is, behalve dat ze hun werk niet goed kunnen doen voor mensen die uit elkaar knallen van angst en frustratie en daar niets van aan de buitenwereld mogen laten merken.

Ik draai me op mijn zij, met mijn rug naar Harald toe, en graai naar een extra hoofdkussen dat ik tussen mijn knieën prop.

Aan de rand van mijn bewustzijn hoor ik een onbekend geluid. Eerst lijkt het van ver te komen, van de overzijde van het water, ver achter de paardenwei en het verwilderde stuk moerassig bos van de buren. Het lijkt op een klaaglijke, nachtelijke kreet van een uil, of een schreeuw van een van de vele meeuwen die hier landinwaarts zijn komen nestelen.

Het geluid klinkt nog eens, nu duidelijker, en het galmt over het water. De bron ervan is niet ver weg. Ik hoor het nu heel goed. Het komt niet van de overzijde. Het komt juist van dichtbij. Het zijn geen vogelgeluiden. Het is gehinnik. Alarmerend, paniekerig gehinnik.

Humbold.

De paardjes laten 's nachts nooit van zich horen. Niet op deze manier. Is er ergens een hond losgebroken en loopt die nu bij de stallen? Of reageert Humbold op een rondsluipende vos?

Dat zou dan voor het eerst zijn.

Ik krijg bijna een hartverlamming van een plotselinge, harde bonk en ga rechtop in bed zitten. Dat geluid herken ik feilloos. Een van de staldeuren – *baan*deuren noemt Harald ze – is niet helemaal goed afgehangen. Als je hem opendoet en hem niet meteen tegenhoudt, klapt hij tegen de buitenmuur aan. Ik weet zeker dat ik hem vanavond, nadat ik de paarden binnen had gezet, heb afgesloten.

Met wijd open ogen zit ik voor me uit te staren, snel in- en uitademend, mijn oren gespitst.

Ik vecht tegen de impuls om Harald wakker te schudden, want ik kan niet uitsluiten dat er daarbuiten iemand rondloopt die ik ken, iemand die laaiend op me is. Die mijn bloed wel kan drinken. Die wraak wil nemen: Chris.

Chris die de stallen in brand steekt.
De paardjes iets gruwelijks aandoet.

Marius heeft me gezegd dat Chris in het buitenland zit, maar wat is die informatie waard uit zijn mond? Marius loog zo vaak, ik heb geen reden om aan te nemen dat hij nu wel de waarheid spreekt.

Humbold hinnikt opnieuw.

Er is geen vergissing mogelijk: er loopt iemand rond bij de stallen. En de kans dat het Chris is in plaats van een paardendief of een zwerver, is te groot om het erop te wagen en Harald wakker te maken. Dat risico kan ik gewoonweg niet nemen.

Langzaam begint het tot me door te dringen dat ik iets

moet doen. Ik heb geen keus. Dit moet ik zelf regelen. Ik moet ernaartoe, naar buiten.

Trillend zet ik mijn voeten naast het bed en pak mijn jurk van de stoel. Een zomergevalletje van gladde stof die soepel om me heen glijdt. Mijn voeten vinden op de tast mijn slippers en ik trek ze aan.

Voorzichtig sta ik op, probeer zo min mogelijk geluid te maken. Het matras veert licht omhoog als het mijn gewicht niet meer hoeft te dragen. Ik adem oppervlakkig en kan mijn eigen bloed horen gonzen.

Harald reageert niet.

Op mijn tenen loop ik de gang op en de trap af, waarbij ik probeer om de treden die het hardst kraken over te slaan. Daarin slaag ik slechts gedeeltelijk.

Beneden in de gang pak ik mijn jas en trek hem aan. De stof ritselt onaangenaam luid. Ik blijf even bij de trap staan luisteren om mezelf ervan te overtuigen dat er niemand wakker is geworden. Dan duw ik uiterst langzaam de klink van de deur naar de woonkamer naar beneden. Het mechanisme maakt krakende geluiden, ze resoneren tussen de marmeren vloer en de gestuukte muren. Met mijn vingertoppen duw ik zacht tegen de deur om hem verder te openen. Die beweging veroorzaakt nog heviger geluiden. De scharnieren kraken zo hard dat het in mijn overspannen beleving wel pistoolschoten lijken. Er loopt een rilling over mijn rug. Ik beweeg schokkerig mijn schouders, alsof ik de spanning daarmee van me af kan schudden.

Boven blijft het stil.

Via de woonkamer loop ik de keuken in. Mijn hart is alsmaar sneller en harder gaan slaan en mijn mond hangt open, omdat ik het gevoel heb dat ik via mijn neus onvoldoende lucht kan opnemen. Ik besef dat ik daadwerkelijk meer zuurstof nodig heb, omdat de angst mijn hele lichaam opjaagt.

Het is verschrikkelijk tegennatuurlijk wat ik nu moet gaan doen: recht op het gevaar af, naar buiten, de donkere nacht in, waar ik het op dit tijdstip zonder directe dreiging al griezelig en beangstigend genoeg vind.

Toch is dit niet zo roekeloos als het lijkt, prent ik mezelf in, als ik in de keuken met bevende vingers de achterdeursleutel van de haak pak. Er is geen sprake van een inbreker.

Dit is Chris. Het kan alleen maar Chris zijn. En hij heeft misschien wel psychopathische trekken; ik kén hem. En hij kent mij. Chris is zelfs niet ongevoelig voor mijn charmes geweest, op zijn eigen onbehouwen, vulgaire wijze dan wel, maar hij vond me aantrekkelijk. Mogelijk vindt hij dat nog steeds, en dan zal ik daar zeker gebruik van maken.

Terwijl ik in de richting van de bijkeuken loop, blijft mijn blik haken aan het Chroma-messenblok dat op het kookeiland staat. Ik heb de messen pas nog laten slijpen. In het voorbijgaan trek ik er een uit, een dun mes waarmee ik normaal gesproken vis fileer. Het is vlijmscherp en niet zo overdreven groot en zwaar. Ik steek het in mijn jaszak met de punt omhoog, loop naar de achterdeur en draai die, zo beheerst als ik kan, van het slot.

29

Toen ik Marius leerde kennen waren vrijwel alle schulden die pap had gemaakt ingelost en de leningen afbetaald. Er liep alleen nog een lening die mijn moeder niet in een keer mocht afbetalen, maar de maandelijkse termijnen waren in principe van haar salaris te voldoen. Achteraf gezien was dat afbetalen toch nog redelijk snel gegaan. Ik verdiende dan ook tussen de twee- en vierhonderd gulden per dag en ik werkte per week soms drie, maar vaker vijf middagen of avonden.

Natuurlijk ging niet al dat geld naar mijn moeder. Ik had zelf ook kosten: de huur en gas, licht en water, autorijlessen en kort erna mijn eerste autootje, uiteenlopende sets werkkleding voor in Luxuria en een complete garderobe voor daarbuiten, en natuurlijk twee keer per week de kapper, een regelmatige manicure, harsen, bezoek aan de zonnebank en aanschaf van de nieuwste make-up en parfum.

Het was misschien nogal banaal, maar ik was schrikbarend snel gewend geraakt aan merkkleding, dure verzorgingsproducten en verwendagen in sauna's. Zelfs thuis dronk ik alleen nog maar dure bordeauxwijnen en champagne. Ik vond dat ik daar recht op had. Ik vond het normaal.

Maar mijn leven was niet normaal. Ik had geen normaal werk, geen normale vrienden en al helemaal geen normale zorgen en problemen. Omdat ik tegen mijn oude vrienden zweeg als het graf over mijn job en ik vaak moest werken als zij gingen stappen, groeiden we uit elkaar en kwam ik langzaam maar zeker in andere sociale kringen terecht. Ik kreeg nieuwe vrienden, mensen zoals Marius en Chris, die geen van allen nog voeling hadden met een aardse, burgerlijke manier van leven.

Hoewel ik in de basis steeds dezelfde Claire ben gebleven, heeft het werk als prostituee me in verschillende opzichten wel degelijk veranderd en gevormd – vérvormd misschien.

Ik heb geen spijt van de keuzes die ik heb gemaakt. Het heeft blijkbaar zo moeten lopen, maar ik was nog zo jong, volop in ontwikkeling, en ik heb – achteraf gezien – jarenlang in een roes geleefd.

Het duurde nog enkele jaren langer voor ik dat begon te begrijpen en het tevens tot me doordrong dat ik niet nog eens jarenlang zo verder wilde. Door angstige ervaringen van andere meisjes werd ik steeds banger dat een klant mij ook eens zomaar, zonder enige aanleiding, een klap zou geven – of erger. Mijn gezonde verstand vertelde me dat hoe langer ik dit werk zou blijven doen, hoe groter de kans was dat ik op een kwade dag zowel mentaal als fysiek zwaar beschadigd zou raken. Daarover begon ik na te denken, zelfs tijdens het werk, dat me daardoor zwaarder viel.

Wellicht werd ik gewoonweg minder roekeloos omdat ik ouder werd, en wat verstandiger. Wellicht had ik gewoon te veel gehoord en gezien, of veranderde de wereld om me heen in negatieve zin. Misschien waren het al die factoren bij elkaar. Er kwamen in Luxuria ook steeds meer buitenlandse meisjes werken die geen woord Engels of Nederlands spraken, en met wie we geen contact hadden, maar van wie werd gefluisterd dat ze waren *gekocht* en niet net zoals wij naar huis konden gaan, of zich ziek konden melden.

De sfeer werd er niet beter op in de club.

Toch bleef ik doorwerken. Als ik tienduizend gulden bij elkaar had gespaard én een mooie auto, zou ik er meteen mee stoppen. Maar toen ik eenmaal rondreed in een contant afgerekende, drie jaar oude Opel Tigra en ik meer dan tien mille bij elkaar had, bedacht ik dat vijftigduizend ook wel binnen de mogelijkheden lag. Dat zou dan een mooie aanbetaling zijn voor een huisje of een appartement, of ik kon er – omdat het zwart geld betrof – in elk geval de inrichting mee bekostigen.

En zo bleef het doorgaan. Ik verlegde mijn doelen en grenzen steeds verder, totdat de beslissing om ermee te stoppen min of meer voor mij werd genomen.

30

Overdag is het slechts een paar minuten lopen naar de stal, of misschien nog wel minder, ik heb het nooit precies bijgehouden. Het pad naar de paardjes begint geplaveid bij het gazon, loopt dan als zandpad langs de boomgaard verder naar achteren toe, waar een sloot met knotwilgen, een rij populieren en een rommelige haag de grens met de buren markeert, en eindigt bij de buitenbak en een met bruine klinkers bestraat gedeelte dat tussen de stal en de wei in ligt. De ingang van de stallen is naar de wei gericht en vanuit het huis niet te zien. 's Zomers is de begroeiing van met name de fruitbomen zo weelderig, dat het overgrote deel van het gebouw aan het oog wordt onttrokken. Dan is tussen het groen alleen nog het oranje pannendak en een deel van het zwartgebeitste houten beschot zichtbaar.

Op klaarlichte dag loop ik deze route niet alleen sneller, ik kan er ook van genieten. Dan is het een idyllisch, lief wandelpad waarlangs kruiden en bloemen groeien en libellen rondzweven. Halverwege begin je al de typische beitsgeur van de stallen te ruiken, vermengd met de geur van paarden, mest en stro.

Die ruik ik nu net zo goed, maar idyllisch zou ik het pad nu niet durven noemen, eerder sinister. Het heeft me bovendien minstens twintig minuten gekost voor ik, half strompelend en half sluipend, met het fileermes klemvast in mijn vuist, bij de stikdonkere buitenbak ben aanbeland.

Langs het donkere pad lagen weerwolven op de loer, stegen geesten op uit de moerassige gronden achter het terrein van de buren, en schoten er zwarte schaduwen voor me langs, hysterisch giechelend of vreugdeloos zwijgend. Maar al die angstaanjagende demonen die me vergezelden, kunnen nog niet half zo huiveringwekkend zijn als de man van vlees en bloed die daar ergens binnen in de stallen bij de paardjes moet rondhangen.

In de betrekkelijke veiligheid van de keuken dacht ik nog dat ik weinig te vrezen had. Van die aanvankelijke heldhaftigheid is niets meer over. In mijn fantasie hebben Chris' wreedheid en gekte onmenselijke proporties aangenomen. Wat weet ik eigenlijk van hem? Ik heb hem tien jaar niet gezien en de laatste keer dat we samen waren, was een regelrechte hel, een *wake-up call* van de meest boosaardige soort. Chris is een van de redenen dat ik ben weggevlucht van mijn oude leven.

Hij kan zich inmiddels wel tot seriemoordenaar hebben ontwikkeld. De onfortuinlijke kippen en konijnen de rug hebben toegekeerd, en hobby hebben gekregen in het levend villen van tweeëndertigjarige moeders die zo ongekend stom zijn dat ze zich 's nachts alleen buiten wagen.

Op weg hierheen heb ik Humbold twee keer horen hinniken. Donky heeft één keer van zich laten horen, met de hoge, gierende uithaal die haar zo typeert. Nu is het al een hele poos stil.

Misschien is er niemand meer.

Misschien zijn de paarden al dood.

Ik sta met mijn rug tegen de buitenmuur van de stal en ril over mijn hele lijf. Mijn hart hamert in mijn keel en het bloed gonst in mijn oren. De metalen greep van het mes is glad geworden. Ik veeg mijn hand af aan mijn jas en pak het opnieuw vast.

Zou iemand me nu in het volle licht zetten, dan zou ik er vast uitzien als een personage uit een horrorfilm, zo'n type van wie je in de eerste tien minuten al weet dat het slecht met haar gaat aflopen.

Mijn huid en jurkje zijn vochtig van de dauw en het angstzweet. De voetbedden van mijn slippers zijn op het laatste deel van het pad nat en glibberig geworden, zodat lopen moeizaam gaat. Ik kan me niet herinneren ooit zo bang te zijn geweest.

Ik had hier niet naartoe hoeven komen, zegt de lafaard in me. Ik had gewoon nog een slaaptablet kunnen nemen en oordoppen kunnen indoen. De stal tot op de laatste splinter moeten laten afbranden. De paardjes moeten laten folteren en afslachten...

Rillerig leun ik tegen het ruwe, gebeitste hout, slik een brok achter in mijn keel weg en verzamel het kleine beetje moed dat ik nog heb om door te lopen naar de hoek. De rechterstaldeur zou open moeten staan. Ik heb hem vanuit de slaapkamer tegen de muur aan horen bonken. Als de deur dicht is, besluit ik ter plekke, dan ga ik de stal niet in, maar maak ik meteen rechtsomkeert. Dan zie ik morgenvroeg wel of de dieren nog in leven zijn.

Vanaf hier kan ik te weinig zien, het gedeelte met de staldeuren is in volledige duisternis gehuld. Het is opmerkelijk stil, afgezien van het gekwaak van een eenzame kikker en het mysterieuze geritsel van de populieren.

Ik doe een stap vooruit, en nog een.

Als ik de schaduw achter me opmerk, is het al te laat om te reageren. Mijn kreet wordt gedempt door een mannenhand die razendsnel mijn mond en neus omvat en mijn wangen bijna fijnknijpt. Van schrik verlam ik volledig, het mes glijdt uit mijn hand. Ik hoor het op de bestrating kletteren.

Mijn belager sleurt me naar de staldeuropening alsof ik een levensgrote lappenpop ben. Het kost hem amper moeite. Ik verlies een slipper. Uit alle macht probeer ik me los te worstelen, maar de man geeft geen krimp.

In een paar tellen zijn we binnen. Daar blijft hij stilstaan, met één hand onveranderlijk over mijn mond en neus, zodat ik amper kan ademhalen, en mijn achterhoofd tegen zijn borst gedrukt, die zo hard is dat hij wel van gewapend beton lijkt. Met zijn arm houdt hij mijn romp en bovenarmen in een ijzeren greep.

Ik probeer mijn hoofd los te rukken. Probeer in zijn hand te bijten en te schreeuwen, ik grom en ruk aan mijn armen, maar het is allemaal even zinloos.

'Ssst,' hoor ik hem sissen.

Ik sper mijn ogen open en schop naar achteren in een poging mijn belager daar te raken waar het zeer doet, maar daarop is hij bedacht en ik ben nu ook mijn tweede slipper kwijt.

'Claire!' hoor ik dwingend fluisteren. 'Doe verdomme even normaal. Dimmen nu.'

Ik wring mijn lichaam heen en weer, maak diepe keelgeluiden. Humbold hinnikt onrustig, Donky loopt ongedurig heen en weer, trapt fel tegen de staldeur aan.

'Claire, ik ben het, hé... Rustig maar. Shitzooi.'

Prompt blijf ik stilstaan, althans dat is de bedoeling. Door de adrenalinestoot rilt en schudt mijn hele lichaam. Ik kan er geen controle over krijgen. Er loopt snot uit mijn neus.

'Ben je stil nu?'

Ik knik, voor zover dat mogelijk is. De hand omsluit nog steeds mijn gezicht, al is er nu wat speling, zodat ik tussen zijn vingers door adem kan halen.

'Ga je niet gillen?'

Ik schud mijn hoofd.

'Echt niet?'

Ik schud nog eens mijn hoofd.

Hij haalt zijn hand weifelend weg en pakt me meteen bij mijn schouders vast, draait me om zodat we tegenover elkaar komen te staan.

Angst, verrassing, opluchting, kwaadheid en talloze andere, totaal tegenstrijdige emoties razen door me heen. Ik was er heilig van overtuigd dat de insluiper Chris was, die wraak kwam nemen omdat hij zijn beste vriend levenloos in de kajuit van de Esmeralda had aangetroffen, en vervolgens had uitgevogeld dat alleen ik daarvoor verantwoordelijk kon zijn. Ik wist het zo zeker dat ik nog steeds amper kan geloven dat ik niet tegenover Chris sta, maar tegenover Marius.

'Ik ben me rot geschrokken,' zeg ik uiteindelijk. Mijn stem klinkt rauw en hoog.

Hij grinnikt. 'Ja, dat was wel duidelijk.'

'Waarom sluip je hier rond?' Ik laat onwillekeurig mijn vingers over mijn jaszak glijden, waar het Marius-mobieltje inmiddels een vaste plek heeft gekregen. 'Waarom... heb je me geen bericht gestuurd?'

'Waarom stel jij zoveel vragen?'

'Ik...' Een zucht van pure opluchting ontsnapt uit mijn mond. Ik besef nu pas echt hoe gelukkig ik mezelf mag prijzen.

Geen doorgedraaide, tot seriemoordenaar gepromoveerde Chris Koops. De paardjes mankeren niets. Geen brandstichting.

Het is Marius en hij leeft.

Ik kan wel huilen van blijdschap.

Marius pikt mijn emotie feilloos op. Hij voelde altijd al

meteen aan wat er in me omging, alleen zette hij die gave doorgaans uitsluitend in voor zijn eigenbelang. 'Ik stel nu even de vragen, ja?' fluistert hij. 'Mij bewusteloos achterlaten op die boot, dat ging helemaal nergens over... Waarom ging je daar ineens zo als een achterlijke tekeer?'

'Sorry.' Deze keer meen ik het.

'Ik had godverdomme wel dood kunnen zijn.'

'Ik deed het niet met opzet.' Voorzichtig tast ik naar zijn gezicht, voel langs zijn schedel. Er zit een verdikking bij zijn linkerslaap. 'Sorry,' zeg ik nog eens.

Hij sist zacht terwijl mijn vingertoppen de contouren van zijn slaap volgen. Dan pakt hij mijn hand. 'Klaar nu. Het doet nog steeds zeer. Ik vroeg je iets.'

'Wat?'

'Vanwaar dat achterlijke gedoe op de boot?'

Ik schud mijn hoofd. Wat kan ik zeggen? De waarheid? *Ik ben bang voor wat je losmaakt, Marius, doodsbang voor de commotie die je veroorzaakt in mijn hart, hoofd en leven, en de onomkeerbare consequenties daarvan.*

'Claire?'

Er rolt een traan over mijn wang. Ik veeg hem weg met mijn mouw.

'Wat sta je nou te janken?'

Ik schud mijn hoofd en haal mijn neus op. 'Ik ben gewoon... Je hebt me zojuist bijna een hartverlamming bezorgd. Ik dacht dat... Ik dacht echt dat er iemand de paardjes wat kwam aandoen.' Dan kijk ik op. 'Wat doe je hier eigenlijk, Marius? Midden in de nacht?'

'Ik kon niet slapen.'

'Dat verklaart niet waarom je hier bent.'

Hij laat een stilte vallen. Zegt dan: 'Dat gedoe met die mobiele telefoon, dat was een misselijke streek van me. Niet chic. Verkeerde aanpak.'

Ik trek mijn wenkbrauwen op. Marius die zijn verontschuldigingen aanbiedt?

'Ik was hier gisternacht ook,' gaat hij door.

'Gisteren?'

'En eergisteren. Zonet dacht ik: als ik eens wat herrie maak, de boel een beetje oppor, zal ze dan hiernaartoe komen?'

'Of haar man naar buiten sturen met een dubbelloops jachtgeweer? Of gewoon de politie bellen?'

Ik zie het niet, maar ik hoor de glimlach in zijn stem. '*Yeah, sure.*'

'Dat had ik kunnen doen, hoor.'

'Maar je hebt het niet gedaan,' zegt hij. 'Want je wilt het risico niet nemen dat ze in je eigen achtertuin op je springlevende, duistere verleden zouden stuiten. Toch? Trouwens, zolang ze niet met honden, helikopters en zoeklichten aan komen zetten, maken ze mij de zeik niet lauw.'

Zo ken ik hem weer. 'Nee, dat zal wel niet.'

'Je nieuwe accent klinkt charmant.' Hij neemt mijn hand vast en begint die achteloos te strelen. 'Dat was ik vergeten te zeggen op de boot, ik kreeg er de kans niet voor. Je bent veranderd. Echt veranderd. Niet alleen in de manier waarop je praat.'

Ik kan me vergissen, maar zijn stem klinkt zachter nu, licht geëmotioneerd zelfs. Hij laat een stilte vallen en ik weet ook niet wat ik moet zeggen.

'Volwassener geworden,' fluistert hij. 'Rijper, mooier eigenlijk. Ik kende je amper terug. Eerder een mooie vrouw dan een lekker ding, snap je? Ik bedoel... tien jaar is lang. Ik had moeten snappen dat jouw leven is doorgegaan. Dat heb ik me niet echt gerealiseerd. Of niet voldoende.' Hij kijkt van me weg, vervolgt: 'Of misschien wilde ik het wel helemaal niet weten.'

Marius' woorden raken me. Hij stelt zich voor zijn doen kwetsbaar op, en dat is een zeldzaamheid.

'Weet je nog dat ik weleens voor je zong, vroeger? Dat nummer van U2, "With or without you?"'

'Natuurlijk weet ik dat nog.'

Hij maakt een kort, snuivend geluid. 'Ik heb er nog een, misschien ken je het. Een Portugees met wie ik samen op cel zat had liefdesverdriet en die was er helemaal weg van.'

'Welk nummer?' hoor ik mezelf vragen.

Ongemerkt is hij dichter bij me komen staan. Hij heeft nu allebei mijn handen vast. Warmt ze in de zijne. Ze voelen ruw en droog en zijn subtiele aanrakingen doen me meer dan ik aan mezelf wil toegeven.

'Ik associeer het met jou. Dat je zo ver weg was, dat ik niet bij je kon zijn, dat soort dingen. Daar ga je allemaal over nadenken als je dag in dag uit naar een kale muur en een snikkende Portugees zit te staren. Ik ben door een fucking hel gegaan bij die klote-Scandi's. Maar dat nummer... Ik had me voorgenomen het voor je te zingen zodra ik vrij was. Dat idee hielp me de moeilijkste periodes door.' Hij laat mijn handen los en slaat zijn armen om me heen, legt zijn handen op mijn onderrug. 'Ga je me nou weer schoppen?'

'Nee,' fluister ik.

Hij trekt me tegen zich aan en ik laat het gebeuren. Zijn lichaam straalt als een kachel, ik huiver en ril van opwinding.

Hij buigt naar voren en begint half hardop, half fluisterend in mijn oor te zingen: *'You can tell by the way she walks that she's my girl.'* Zijn stem laat me niet onberoerd, dat heeft hij nooit gedaan. Licht krakend, sonoor, en net niet helemaal zuiver, op een manier die het razend sexy maakt. *'... you can see in her eyes that no one is her chi, she's my girl, my supergirl...'* Zijn lichaam drukt tegen het mijne, ik begin me duizelig te voelen, een merkwaardig soort gewichtloosheid.

'... *And then she'd say, it's okay, I got lost on the way, but I'm a supergirl, and supergirls don't cry...*'

Marius had zanger kunnen worden, vermoed ik. Een heel verdienstelijk zanger zelfs. Maar hij heeft een andere weg gekozen, een gevaarlijke weg dwars door vijandelijk gebied en ik ben aan de veilige kant gebleven.

Hij stopt met zingen en legt zijn wang tegen mijn slaap. 'Mooi?'

'Fantastisch.'

'Voor ik wegga, wil ik iets van je weten, Claire. Je moet eerlijk tegen me zijn. Dat moet je beloven. Echt eerlijk... Wacht.' Hij laat me los en loopt van me vandaan. Ik hoor hem rommelen en dan opeens is er licht.

Ik knipper met mijn ogen en krom mijn hand boven mijn wenkbrauwen. Het gele schijnsel komt van een kleine stormlamp. Die staat altijd op de metalen kast waar ik de poetsspullen en dekens in bewaar, en is meestal bedekt met stof en spinrag. Dat Marius die lamp in het donker weet te vinden en hem zo snel kan aansteken, bewijst dat hij hier uitgebreid heeft rondgesnuffeld.

Marius draait de vlam lager, zodat de stal zacht wordt verlicht. Dan draait hij zich naar me om. 'Ik wil je in de ogen kijken als ik het je vraag.'

Ik begin ongerust te worden. De betonnen stalvloer voelt plotseling ijskoud en ruw onder mijn blote voeten en er prikken strootjes tussen mijn tenen. Ik huiver.

Hij merkt het meteen, maakt de metalen kast open en pakt er een schone paardendeken uit. Komt op me afgelopen en drapeert hem om mijn schouders. 'Hier.' Daarna dirigeert hij me naar de strobalen die tegen de muur staan, naast de staldeuren. 'Ga zitten.'

Hij neemt plaats op een baal naast me. Zijn gezicht ligt

half in de schaduw en zijn lichte ogen kijken me onderzoekend aan. 'Eerlijk, oké?' zegt hij. 'Geen kletsverhalen.'

Ik knik instemmend en trek de deken dichter om me heen. Het helpt meteen om wat warmer te worden.

'Dat geld.'

Ik voel alle bloed uit mijn gezicht trekken. 'Geld?'

'Ja, geld. Omgerekend een dikke twee ton euri. Weet je nog? Ik heb die tas niet voor niets in je auto achtergelaten. Ik had zo'n vermoeden dat ik je geheugen een beetje moest opfrissen.'

'Ik heb dat geld niet, Marius.'

'O, nee?'

Ik schud mijn hoofd. Zeg dan zacht: 'Nee, eerlijk niet. Dat je alleen al dénkt dat ik het heb, vind ik al erg genoeg.' Ik verhef mijn stem. 'Zijn we er nu? Gaat het hierom? Zwerf je daarom hier rond? Vanwege die tassen? Heb je daarom Chris op mijn dak gestuurd...? Voor géld?'

Hij krabt afwezig over zijn borst. Zwijgt lange tijd en zegt dan ineens: 'Heb je enig idee hoe moeilijk het is een zogenaamd eerlijk leven op te bouwen?'

Hij stelt geen echte vraag, dus geef ik geen antwoord.

'Ik ben er al even druk mee, een paar maanden om precies te zijn, sinds ik ben vrijgekomen. Met het probéren, dan. Die dingen die ik deed, die... Nou ja, ik wil nog niet dood. Snap je? Dus ben ik ergens mee bezig, iets legaals. Ik heb een vriend, die organiseert rondreizen in Oeganda. Hij heeft me gevraagd of ik zin heb hem daarmee te helpen. Het lijkt me wel oké. Het is in elk geval altijd lekker weer daar.'

Onwillekeurig stel ik me Marius voor als gids, met een door de Afrikaanse zon gebruinde huid waardoor zijn ogen en tanden nog lichter lijken dan ze toch al zijn, zijn arm losjes op het portier van een witte, stoffige jeep. Diepe lachrimpels rond zijn ogen, en die unieke, gehavende fotomodellippen van hem. Leren hoed op, afgetrapte jeans…

Houd je hoofd erbij.

'Maar…' weifelt hij.

'Daar heb je geld voor nodig.'

'Niet alleen daarvoor.' Hij staat op en loopt naar Humbold, die inmiddels staat te soezen in het licht van de olielamp. Marius laat zijn platte hand over het voorhoofd van Humbold gaan en mompelt vriendelijke woordjes tegen dat half slapende paardenhoofd. Hij gaat bijzonder goed om met paarden, valt me op, alsof hij ze zelf ook heeft, of heeft gehad. Ik kan me niet herinneren dat hij daarover ooit iets heeft gezegd.

Er is zoveel dat ik niet van hem weet.

'Waarvoor dan?' vraag ik. 'Heb je problemen?'

Hij stoot een spottende lach uit en draait zich om. 'Ha! Tuurlijk, problemen, wie heeft ze niet? Ik moet gewoon geld hebben. Om van te leven.' Hij gaat weer op de strobaal zitten. Zet zijn ellebogen op zijn knieën en kijkt me indringend aan. 'Ik vraag het nog één keer, poes, het is superbelangrijk. Je hebt dat geld echt niet?'

Ik schud gedecideerd mijn hoofd.

'Waar zijn die tassen dan gebleven?'

'Chris heeft ze.'

'Eerlijk?'

Ik knik nadrukkelijk. 'Hij is ze een week later komen ophalen.'

Marius laat een lange stilte vallen. Pakt mijn hand. Strijkt met zijn lippen over mijn vingers. Kijkt me opnieuw aan, maar nu op een heel andere manier.

Mijn hele lichaam huivert onder die blik.

'Verdomme… Het zit er nog,' fluistert hij.

Ik weet meteen dat hij niet op het geld doelt. Het is de intonatie van zijn stem, het voelbare spanningsveld tussen ons dat plotseling wordt geactiveerd.

'Toch?' dringt hij aan.

Ik piep iets onverstaanbaars. Dan zeg ik zacht: 'Ik ben er klaar mee, Marius. Ik heb niets met Afrika, ik wil geen...'

In één beweging trekt hij me op schoot. Als vanzelf leg ik mijn hoofd tegen zijn schouder.

'Dat weet ik toch,' fluistert hij in mijn oor.

Ik huiver opnieuw, het is niet van de kou. Ik wil zijn lippen op de mijne voelen. Zijn tong proeven.

Ik wil...

'Ik heb nooit afscheid van je kunnen nemen,' fluistert hij. 'Nooit...' Zijn neus glijdt langs mijn oor en ik voel zijn tong in mijn hals, vochtig en doelgericht.

'Nee,' stoot ik uit, ik kreun het bijna. 'Nee... niet... niet hier. Niet in mijn...'

'In je territorium?'

Ik knik opgelucht. 'Ik zou de stallen altijd met jou blijven associëren,' fluister ik, trillerig. 'Dat wil ik niet. Deze plek betekent...'

'Bevuil ik je veilige, schone nestje, Claire Andijk? Is dat het?'

'Ik weet niet eens of... Ik...'

'Ssst. Rustig maar,' zegt hij, en hij legt zijn vinger op mijn lippen en zet me van zijn schoot af. 'Kom woensdagavond naar de boot.'

Ik kijk verschrikt op.

Hij grijnst zijn tanden bloot, fixeert me met zijn ogen. 'Eén keer. Geef me dat. Ik zweer je dat ik jou daarna niet meer lastigval.'

'Serieus?'

'Erewoord, poes.'

31

Humbold draait met zijn oren. Hij tilt zijn voeten amper op en zijn staart zwiept geagiteerd heen en weer, alsof hij last heeft van horzels. Alleen wordt hij niet geplaagd door insecten, maar door mij.

'Word eens wakker, Claire! Hij loopt de hele tijd al tegen je hand!'

'Ik weet het!'

'Nou, doe er dan wat aan!' Marie-Therèse Hofman, mijn vaste instructrice, volgt mijn matige vorderingen vanuit het middelpunt van onze rijbak. Haar gezicht staat op oorlog. 'Nog niet... Nee, dat is het nog steeds niet.'

Marie-Therèse heeft bij de landelijke top van succesvolle dressuurruiters behoord. Thuis heeft ze mappen vol met krantenknipsels en aan de muren hangen foto's van haar zegetochten. Een ongelukkige val van een jong, schrikachtig paard maakte een einde aan haar carrière als dressuurruiter. Na jarenlange revalidatie kon ze weer lopen, maar intensief rijden zit er niet meer in.

Ze heeft haar huis en grond verkocht en is met haar gezin verhuisd naar een woonboerderij in de buurt. Harald heeft de familie tijdens dat proces met raad en daad bijgestaan. Hun ouders kenden elkaar van vroeger, heb ik begrepen. Marie-Therèse heeft nu de leiding over een florerende handelsstal en ze geeft les aan veelbelovende jonge ruiters.

Daar hoor ik overduidelijk niet bij.

'Je hákken! Als ik straks ga vloeken, dan is het jouw schuld.'

Als ik vanochtend minder duf was geweest en op de kalender had gekeken, had ik gezien dat het de tweede dinsdag van de maand is, mijn vaste lesochtend aan huis. Maar ik was niet helder en het wordt er niet beter op.

'Dat arme paard! Ik koop hem subiet van je terug als je zo blijft klungelen!'

Dat was een grapje met een serieuze ondertoon. Humbold is van Marie-Therèse geweest, ze heeft wedstrijden met hem gereden. Tijdens haar revalidatieperiode heeft hij een blessure opgelopen die nooit goed is genezen. Bij te zware belasting komt hij in de problemen. Daarom is hij hier uitstekend op zijn plek: we vragen weinig van hem.

'Je geeft tegenstrijdige hulpen.'

Ik heb vannacht na het vertrek van Marius geen oog meer dicht gedaan. Nadat ik vanochtend Harald de deur uit had gewerkt en de kinderen naar school had gebracht, ben ik als een blok op de bank in slaap gevallen.

Ik werd wakker gebeld door Marie-Therèse, en was te versuft om een smoes te verzinnen. Misschien moet ik dat alsnog doen. We zijn pas een kwartier aan het rijden.

Ik stuur Humbold naar het midden van de bak en laat hem daar halthouden. Hij kauwt ongedurig op zijn bit en rukt aan de teugels. 'Sorry, het lukt niet. Ik hou ermee op.'

'Waarmee?' Marie-Therèse aait Humbold over zijn neusrug en ik kan het niet helpen dat die handeling me aan Marius doet denken, die vannacht nog datzelfde paardenhoofd streelde.

'Met rijden. Ik voel me niet lekker. Alles draait en tolt voor mijn ogen. Kijk...' Demonstratief steek ik mijn hand uit. Die beeft. ‘Ik denk dat het griep is of zo.’

‘Als je ziek bent, moet je niet rijden.’ Ze denkt er zo het hare van, zeggen haar ogen me. Waarschijnlijk reed zij met veertig graden koorts gewoon de sterren van de hemel. ‘Heb je hulp nodig met afzadelen?’

‘Nee, dat lukt wel, dank je.’ Ik gooi mijn rechterbeen over Humbolds achterste en laat me beverig naar de grond zakken.

Na een koel afscheid loopt Marie-Therèse de bak uit, over het bestrate gedeelte voor de stallen naar rechts, in de richting van het pad.

Op hetzelfde moment breekt de zon door het wolkendek heen en zie ik iets glinsteren op de grond bij de stalmuur. Ik hoef niet dichterbij te gaan kijken om te weten dat het mijn Chroma-fileermes is.

32

Harald zapt langs de kanalen en stopt bij een praatprogramma – een *praatjesprogramma* noemt mijn moeder dat, en die verspreking heb ik nooit gecorrigeerd. Hij heeft zijn benen zijdelings op het leer getrokken en zijn overhemd is open bij de boord, zodat je zijn donkere borsthaar ziet. Veel heeft hij niet, maar hij koestert zijn mannelijkheid en trimt alles eens per maand terug naar een acceptabele lengte. Dat is een van zijn kwaliteiten: hij neemt lichaamsverzorging serieus.

Mijn gedachten dwalen af naar Marius, in veel opzichten Haralds tegenpool, maar ik zie ook de overeenkomsten. Hoe ruig Marius ook was, en ontegenzeglijk nog is, hij is extreem schoon op zichzelf – op het fanatieke af.

Ik doe mijn uiterste best om niet de hele tijd aan Marius te denken, maar het is alsof dat alleen maar averechts werkt. De afgelopen dagen ben ik hem en Harald voortdurend met elkaar aan het vergelijken, zelfs de meest triviale eigenschappen, en vraag ik me af hoe het leven eruit had gezien als Marius tien jaar geleden niet in een Noorse gevangenis zou zijn beland.

Zouden we nu nog steeds een stel zijn geweest? Getrouwd zijn, misschien?

Zou ik kinderen van hem hebben gehad?

Kinderen van Márius? Het idee alleen al…

Maar als je me jaren geleden had gezegd dat ik 's avonds steevast naast mijn man op de bank voor de tv zou zitten – uiteraard pas nadat ik de vaat heb ingeruimd, de kinderen naar bed heb gebracht en manlief van een natje en droogje heb voorzien – dan had ik je voor gek verklaard. Toch is het nu mijn dagelijkse realiteit.

Op het scherm zitten mannen in pakken rond een ovale tafel met elkaar te praten. Ze maken een verveelde, routineuze indruk. Aan het woord is Jean Thomas, een staatssecretaris met priemende ogen en een zijscheiding. Hij wordt ondervraagd door een televisiejournalist.

Ik pers mijn lippen op elkaar. Vraag dan: 'Is er niets anders dan politiek?'

'Ik wil dit echt even zien,' reageert Harald mompelend. Hij neemt een slokje van zijn koffie. 'Die kerel heeft best goede ideeën, het lijkt me een integere vent.'

Ik bestudeer mijn vingers en draai aan mijn trouwring. Omdat ik bang ben dat ik iets onverstandigs zal zeggen als ik blijf zitten, sta ik op van de bank en pak de kopjes van tafel. 'Wil je nog koffie?'

'Ja, doe maar. Cafeïnevrij graag. Neem je ook een armagnacje mee?'

Als ik naar de keuken loop, hoor ik Jean Thomas achter me verklaren dat hij zich hard wil maken voor de herinvoering van de zondagsrust. Hij praat kalm, kiest zijn woorden zorgvuldig en heeft kennelijk een sterke wil om het land en zijn ontspoorde burgers terug naar de calvinistische jaren vijftig te sleuren.

Ik vraag me af of hij nog elke woensdagavond een prostituee bestelt omdat zijn vrouw hem niet oraal wil bevredigen, of dat hij, nu hij regelmatig op tv komt en steeds bekender wordt, dat alleen nog maar durft in een anoniem buitenland. Hij was in elk geval een goede, vaste klant van Natasha toen zij nog escort deed naast het werk in Luxuria, en Jean Thomas nog een tamelijk anonieme wethouder.

Terwijl ik koffie voor Harald inschenk en daarna een cognacglas uit de kast pak, begin ik te beseffen dat dit een stevig verschil is tussen Harald en Marius.

Voor Marius is niets van mijn leven geheim gebleven. Ik kon alles met hem bespreken. Waren we bij elkaar gebleven, dan hadden we nu ginnegappend op de bank gezeten, ons vrolijk gemaakt over Jean Thomas en zijn schijnheilige gebabbel.

In dit leven echter loop ik terug naar de woonkamer, zet koffie en armagnac voor mijn man neer. En zwijg.

33

Ik hoef me nergens nerveus over te maken, dit kan ik zonder problemen aan. Hoe vaak heb ik zoiets niet afgehandeld, moeiteloos, zonder dat de man in kwestie er ook maar iets van merkte? Ik kan de keren niet eens tellen, het moeten er honderden zijn geweest. Faken. Doen alsof. Het is vier jaar lang mijn werk geweest en ik durf te stellen dat ik er goed in was.

Marius zal me vanavond echt niet kunnen raken, ik laat hem eenvoudigweg niet zo dichtbij komen. Hij krijgt mijn lichaam. Dat mag hij aanraken en innemen en wat hij er verder maar mee wil doen om zich beter te voelen, om dat voor hem zo noodzakelijke afscheid te kunnen bestendigen. Desnoods vertel ik hem wat hij graag horen wil, vol overgave en met vochtige ogen. Maar mijn hart, mijn ziel, mijn gevoel, daar komt hij niet bij. Dat heb ik mezelf op weg naar de haven steeds voorgehouden: ik benader het afscheid gevoelsmatig als werk. Alleen krijg ik deze keer in ruil voor mijn diensten geen geld, maar iets dat vele malen waardevoller is: ik krijg mijn eigen leven terug. Rust voor mij en mijn gezin.

Maar mijn plan was van begin af aan al gedoemd te mislukken. De afgelopen dagen heb ik nagenoeg onafgebroken aan hem gedacht, en voor vertrek heb ik veel meer aandacht aan mijn lichaam en kleding besteed dan in mijn positie verstandig zou zijn.

Marius is nu eenmaal geen naamloze klant.

Hij heeft een radio aanstaan. Er speelt een nummer van Samantha James, 'Rise', dat een sfeer oproept van lome nachtclubs en warme, zinderende zomeravonden en bezwete lichamen. Mogelijk is het geen radio, heeft hij de kabbelende muziek die uit de slaapcabine vandaan komt zorgvuldig uitgekozen.

'Goede schoenen. Mooi rokje.' Traag glijdt zijn blik over mijn benen en weer terug naar boven. 'Geen beha.'

'Nee,' zeg ik zacht.

'En verder?'

'Ook niks.'

Hij maakt een zacht klakkend geluid met zijn tong. 'Heel goed.' Trekt dan zijn shirt over zijn hoofd uit en werpt het op de vloer. Blijft staan, in al zijn overrompelende mannelijkheid, er spant alleen een vale jeans om zijn heupen. Op de binnenkant van een van zijn onderarmen zit een tatoeage die ik nog niet ken. Het is een naam of woord, zorgvuldig aangebracht in grijze inkt in een onleesbaar gotisch schrift.

'Zal ik je masseren?' Mijn stem klinkt pieperig, omdat ik bloednerveus ben, nerveuzer dan ik had verwacht te zijn, en ik ben me nog veel ongemakkelijker gaan voelen nu er zo'n zonderlinge afstand tussen ons is.

Langzaam schudt hij zijn hoofd, zijn ogen laten me niet los. 'Laten we dat maar overslaan. Kom eens hier.'

Ik loop op hem af. Als ik vlak bij hem ben, blijf ik staan, mijn armen langs mijn zij. Afwachtend.

Nogal abrupt trekt hij de elastische panden van mijn top opzij en ontbloot mijn borsten. Er schiet een lichte paniek door me heen. De laatste keer dat hij ze zag, waren ze jong en stevig, eigenlijk amper volgroeid. Ik kon klanten stil krijgen alleen al door ze te tonen. Hoe onzeker ik ook kon zijn over duizend-en-een dingen, over mijn lichaam was ik heel erg zeker en daarvan heb ik steeds dankbaar gebruik gemaakt. Tot nu toe.

Onbeweeglijk blijft hij in de kajuit staan, zijn benen iets uit elkaar. Zijn ogen dwalen over mijn borsten, nemen ze in zich op.

Ik begin sneller te ademen, recht mijn rug. Dit lichaam is tien jaar ouder geworden, het heeft twee kinderen voortgebracht en ze gezoogd. Mijn borsten zijn minder gevuld, ze hangen zelfs een beetje.

Ik klem mijn kaken op elkaar en durf hem amper nog aan te kijken. Onder de taxerende blik van Marius begint mijn eens zo trotse, strakke lichaam te verschrompelen naar alledaagse, middelmatige, volstrekt oninteressante proporties. Ik wil geen teleurstelling zien in die diepliggende ogen van hem. Dat zou ik niet aankunnen.

Ik wil zijn opwinding zien.

Ik wil dat hij mij wil.

Zijn lippen krullen omhoog. 'Vrouw,' zegt hij, welwillend, en ik kan wel juichen, vervloek mezelf tegelijkertijd, omdat ik hier ter plekke mijn hele zelfbeeld ophang aan een oogopslag en een goedkeurend woordje van Marius. Ik kan het niet helpen en zoek zijn lippen, kus hem op zijn mond.

Hij beantwoordt mijn kus niet. Pakt me bij mijn middel en draait me om, zodat ik met mijn rug tegen hem aan sta. Dwaalt met zijn handen via mijn middel en ribben naar mijn borsten, weegt ze, onderzoekt ze en blijft daar minutenlang mee bezig, met kneden en zacht knijpen, wrijft met zijn duimen over mijn tepels tot ze samentrekken en ik begin te kreunen. Hij drukt zijn harde lichaam tegen mijn rug, kust mijn hals.

Op korte afstand zijn mensen druk in gesprek. Even verderop in de haven is iemand bezig een buitenboordmotor aan de gang te krijgen. Er blaft een hond. Samantha James hijgt inmiddels 'Right now'; het is een cd, of de muziek is afkomstig van een laptop, het doet er al niet meer toe.

Marius' kussen gaan over in beten. Even ben ik bang dat hij te ver zal gaan, dat hij doorbijt en me een blauwe plek bezorgt die ik met geen mogelijkheid kan verantwoorden aan mijn gezin.

'Niet doen,' fluister ik. 'Alsjeblieft, niet te hard.'

Zodra ik verstijf, hoor ik hem grinniken en vermindert de druk op mijn hals: 'Ik wil indruk maken, poes. Sporen achterlaten. Ik wil niet dat je me vergeet.'

'Ik vergeet je niet.'

'Nee?'

'Nee,' bevestig ik, ademloos. 'Ik ben je nooit vergeten.'

'Ik heb vaak aan je gedacht,' fluistert hij. 'Heel, heel vaak.' Hij draait me naar zich toe, legt zijn duim tegen mijn onderlip en trekt die wat opzij, voert met zijn vingers lichte druk uit op mijn onderkaak zodat ik mijn mond voor hem open. Tegelijkertijd ontsnapt er een zucht uit mijn keel. Hij buigt zich tevreden glimlachend over me heen, glijdt met zijn neus langs de mijne en zijn tong volgt meteen, vochtig, warm, dwingend. Beweegt hemeltergend traag langs mijn lippen en zoekt een weg naar binnen, vindt mijn tong en trekt zich dan weer terug, glijdt over mijn lippen, gekmakend, in en uit, vederlicht en dan weer met dwingend, in een gestaag tempo zonder enige haast. Er heeft nooit eerder zoveel erotiek in een zoen gelegen. Ik sidder en tril en geniet. Hij smaakt naar zichzelf, naar die duizelingwekkende, onbeschrijflijke Marius-mix die in tien jaar tijd niet is veranderd van samenstelling en waar ik ook nu geen genoeg van kan krijgen. Ik kan uren zoenen met Marius, besef ik. Dagen. Maanden.

Een eeuwigheid.

Ik klamp me aan hem vast, laat mijn vingers over de stoppels op zijn wangen gaan, voel de weerstand van de harde, ultrakorte haartjes, als schuurpapier onder mijn vingertoppen. Onze lippen laten elkaar niet los, happen in elkaar, zacht en speels, onze tongen kronkelen, zoeken vergeefs naar houvast, loom en slepend.

Net als ik denk dat ik het niet meer uithoud, dat ik ongecontroleerd ga jammeren als het hierbij blijft, trekt hij zijn hoofd abrupt terug.

Zijn ogen lijken eerder donkerblauw nu. 'Draai je om, poes... Op je knieën.'

Die woorden schieten als bliksemschichten naar mijn buik en bekken, alsof alle zenuwuiteinden daarbinnen in een fluwelen vuist worden samengeknepen. Ik sluit mijn ogen en begin te trillen. Het is alsof de jaren wegvallen, we zijn terechtgekomen in een onwezenlijk, tijdloos vacuüm. Ik draai me schokkerig om, laat me zakken tot mijn knieën de vloerbedekking raken en zoek steun bij de bank.

Hij is meteen achter me, ik voel zijn aanrakingen en warmte en hoor zijn ademhaling. Ik leg mijn hoofd in mijn nek, mijn ogen gesloten en mond halfopen, mijn lichaam staat in brand, alleen zijn handen op mijn middel koelen me af, ze plukken aan de zoom van mijn rok en trekken de stof omhoog, zodat ik de koele avondlucht die door de openstaande deur naar binnen stroomt langs de blote huid van mijn dijen voel strijken.

Marius trekt de panden van mijn top verder opzij en trekt het kledingstuk over mijn schouders tot de elastische stof strak om mijn bovenarmen spant, ontbloot mijn borsten nu volledig. Nu zit ik zo goed als naakt voorovergebogen, mijn rok tot aan mijn middel omhooggetrokken. Ik heb mezelf vaak genoeg in spiegels mogen bekijken om te weten wat voor plaatje dit vormt. Onwillekeurig trekken mijn bekkenspieren zich samen.

Zijn lichaam wrijft tegen mijn rug en zijn handen zijn overal. Dwingend en betastend. Hij spreidt mijn billen. Plotseling voel ik zijn mond en tong en ik slaak een harde, ongecontroleerde kreet.

'Ssst. De hele haven kan meegenieten,' fluistert hij, hoorbaar geamuseerd. Gaat door, betrekt zijn vingers erbij.

De kajuitdeur blijft openstaan, besef ik, zodat de gedempte gesprekken van talloze booteigenaren samen met de muziek ons achtergrondgeluid vormen, tientallen gezichtlozen die zich onbewust zijn van wat er hierbinnen gebeurt.

'Ga door,' lispel ik in het leer, mijn ogen gesloten, mijn stem niet meer dan een licht gefluister, als knisperend papier. 'Ga alsjeblieft door.'

Hij stopt abrupt.

'Marius?'

Ik hoor het geluid van een rits die wordt opengetrokken en onduidelijk gefrutsel. Ik kan niet zien waar hij mee bezig is en wil me al protesterend omdraaien, maar voel dan zijn hand op mijn rug, die me dwingend naar beneden drukt. 'Daar blijven,' klinkt het kalm.

Demonstratief belandt een opengescheurde condoomverpakking naast me op de bank. Het glanzende ding verspreidt een typische geur, die zich vermengt met die van leer en vers Marius-zweet; geuren die me linea recta terugvoeren naar het verleden.

'Verder voorover, poes.' Zijn vingers duwen en porren in mijn vlees, en zijn duim belandt nu onvermijdelijk op een plaats waar Harald zich nooit heeft gewaagd.

Het is tien jaar geleden dat ik daar iemand heb toegelaten. Er is daar nooit iemand anders geweest dan Marius.

Ik verplaats mijn onderarmen op de leren zitting, laat

mijn hoofd tussen mijn schouders zakken. Plukken haar zijn losgekomen en vallen over mijn gezicht. Ik haal schokkerig adem en concentreer me op wat ik voel, en ik merk dat het niet alleen maar opwinding is.

Marius wilde me helemaal, hij wilde vooral wat klanten niet kregen, hoeveel ze ook betaalden. Hij wilde een stukje van mij dat exclusief voor hem was. Alleen in die wetenschap kon hij zijn jaloezie de baas blijven, kon ik mijn werk blijven doen. Dus gaf ik hem dat.

En nu eist hij dat weer op.

Hij masseert rondom, dwingend, hij weet precies wat hij doet en ik stoot onwillekeurig een kreun uit. Blijf onsamenhangende geluiden maken, zacht en in het tempo waarmee hij me doelbewust bewerkt.

'Is die makelaar van je hier geweest?'

'Nee,' kreun ik. 'Nee. O, ik...'

Terwijl zijn duim uiterst traag ronddraaiende, gekmakende bewegingen blijft maken, zegt hij, bijna opgewekt: 'Echt niet?'

'Nee,' breng ik uit, buiten adem. 'Nooit.' Mijn knieën kunnen me amper nog dragen. Ik voel me met de seconde slapper worden. Mijn hele gewicht lijkt alleen nog op mijn onderarmen te steunen.

Ik slaak een hoge, korte gil als er iets binnendringt. De aanvankelijke pijn trekt vrijwel meteen weg. Het moet zijn duim zijn, of een paar vingers, en ik ben duidelijk nog niet ontspannen genoeg.

'Verdomd. Het is nog waar ook,' hijgt hij, en hij begint met toegenomen enthousiasme de opening te bewerken.

Ik stoot een doffe schreeuw uit. Knijp mijn ogen dicht. Mijn adem condenseert op de gladde afwerking van het leer. Er gaan minuten voorbij waarin ik me concentreer op mijn ademhaling, zijn bewegingen, mijn lichaam dat zich steeds meer gewonnen geeft en zich geleidelijk voor hem openstelt. Langzaam maar zeker durf ik me te ontspannen, durf ik hem mijn onvoorwaardelijke vertrouwen te geven en komt mijn achterlichaam als vanzelf omhoog, geef ik hem tegendruk, vraag stilzwijgend om meer.

Ik voel Marius' ademhaling langs mijn oor en hals. Hij weet precies waar hij mee bezig is. Ik heb er het volste vertrouwen in dat hij zich kan beheersen, dat hij weet wanneer het wel en wanneer het niet kan.

Het kan nu.

Mijn god. Alles is er klaar voor. Ik ben er klaar voor.

'Kun je het hebben, poes?'

'Ja,' fluister ik tegen het leer.

'Echt?'

'Ja, ja. Já!' Ik mompel het, misschien jammer ik wel, ik ben het helemaal kwijt. Mijn benen trillen onbedaarlijk. Mijn armen ook. Alles trilt en beweegt en schokt.

Hij verspilt geen tijd meer, gaat recht op zijn doel af nu, alleen hij kan dit, mág dit. Hij heeft het zich toegeëigend en het is er altijd uitsluitend voor hem gebleven. Ik open mijn mond in een stille schreeuw, onderga hem, wil dat hij dieper gaat, verder, dóórgaat totdat we samen op een plaats belanden waar alleen hij en ik nog kunnen zijn, een plek waar nooit anderen zijn geweest, geen ander vriendje, geen klant, zelfs Harald niet.

Alleen hij.

Acht

'Pap, ik hoor een auto op het erf.'

'Wat doe jij nog wakker, Fleur? Het is al negen uur geweest. Ga slapen, morgen moet je naar school.'

'Is het mama?'

'Nee, het is mama niet. Slapen jij. Ik wil je niet meer horen.'

Ik wacht tot ik Fleur naar haar kamer hoor trippelen en doe dan de voordeur open. Dennis van Gelder stapt uit zijn blauwe Zafira. Hij draagt een blauwe ribbroek en een donkerrood colbert. Zijn licht grijzende, donkerblonde haar is wat korter dan op het tuinfeest.

Eerst vermoed ik dat zijn onaangekondigde bezoekje betekent dat hij slecht nieuws heeft en me dat niet telefonisch wil mededelen. Maar zodra hij zich omdraait en me in de deuropening ziet staan, steekt hij allebei zijn duimen in de lucht.

'Werkelijk?' Ik trek mijn wenkbrauwen vragend op.

'Kat in het bakkie.' Hij grijpt mijn hand om hem woest te schudden en slaat dan zijn vlezige arm om mijn schouders – Dennis van Gelder is bijna even lang als ik. 'In het kader van mantelzorg, moeder die bij haar dochter komt wonen, uiteraard slechts tijdelijk, bla bla bla... Geregeld.'

Ik grinnik en schud mijn hoofd. 'Ongelooflijk. Waanzinnig, jongen. Kom binnen. Je hebt toch wel even tijd voor koffie? Of een cognacje?'

'Daar zeg ik geen nee tegen.'

'Wie is die meneer, pap?'

'Slapen, Fleur!'

Dennis volgt me naar de woonkamer en geeft zijn ogen goed de kost. 'Telkens als ik hier binnenstap, ben ik onder de indruk,' zegt hij. 'Echt fantastisch wat je hier hebt gerealiseerd.' Hij trekt een wenkbrauw op. 'Dat heeft ook wel geholpen, trouwens, dat je geen armoedig bouwwerkje neer gaat zetten. Zekerheid dat de nieuwbouw in dezelfde stijl wordt uitgevoerd, met oude materialen. Plus dat het vanaf de weg niet eens te zien is, dat heeft voor de laatste paar zeurpieten de doorslag gegeven.'

'Dus je hebt het rond?'

'Wat ons betreft: groen licht. Omwonenden kunnen natuurlijk nog wel protest aantekenen, je weet hoe het werkt, maar dat is meer een formaliteit, schat ik zo in. Ik verwacht geen onoverkomelijke hobbels, jij wel?'

Ik schud mijn hoofd. We hebben goed contact met de buren, een echtpaar van in de zeventig. 'Nee, ik verwacht wat dat betreft geen moeilijkheden. Zeg, wat kan ik voor je inschenken?' Ik knik naar de fles op de salontafel en mijn kristallen cognacglas dat ernaast staat. 'Hennessy Private Reserve. De zonde waard.'

'Doe me maar een bodempje dan.' Hij gaat op de bank zitten en blijft maar om zich heen kijken. Het wordt bijna gênant. Dennis wil graag bij de grote jongens horen, en dat is wat hij in mij ziet: een geslaagde, rijke kerel in wiens schoenen hij maar al te graag zou willen staan. Hij is wethouder, maar met zijn salaris kan hij zich geen huis als dit veroorloven.

Ik loop naar de keuken om een glas te pakken.

'Claire niet thuis?' hoor ik hem vragen.

'Ze moest iets op school doen vanavond. Vergadering geloof ik.'

Buiten het gezichtsveld van Dennis bal ik mijn vuisten en maak ik een geruisloos rondedansje. Yes, yes, yes! De vergunning is binnen. Ik wist dat het zou lukken, ik wíst het gewoon. Claire was weer eens veel te afwachtend en voorzichtig, bang dat het afgewezen zou worden.

Ik kan niet wachten tot ze thuiskomt en ik het haar kan vertellen, de vreugde in haar ogen kan zien.

Als ik terug de kamer in loop en Dennis daar, ondanks zijn bravoure, toch een beetje ongemakkelijk op mijn bank zie zitten, besef ik dat het leven soms zo ontstellend mooi kan zijn.

34

Ik sta op de tweede tree van het trapje van de boot en heb mijn armen om Marius' nek geslagen.

Zijn voorhoofd rust tussen mijn borsten en zijn handen zijn onder mijn jas verdwenen. Ze wrijven zacht over mijn onderrug. 'Ik ga je missen,' fluistert hij steeds, en zijn stem klinkt verstikt tegen de stof van mijn jas. 'God, wat ga ik dit missen.'

Ons eerste afscheid was in feite geen afscheid. We konden elkaar eenvoudigweg niet meer zien, van de ene op de andere dag. In het begin voelde ik me verscheurd, leeg en verdoofd, maar de tijd kreeg vat op mijn herinneringen en elke maand die ik zonder Marius doorbracht in mijn nieuwe omgeving, waarin ik nieuwe mensen leerde kennen en nieuwe ervaringen opdeed, doofde mijn gevoel voor hem beetje bij beetje uit, totdat er alleen nog maar een minuscuul, gloeiend puntje in de as overbleef. Ik had nooit kunnen vermoeden dat het met zo'n allesverzengende kracht kon oplaaien.

'Je weet het zeker, toch?' Hij grijpt mijn gezicht beet, kijkt me aan, zo intens dat het lijkt alsof hij dwars door me heen ziet, fysiek in mijn ziel rondwoelt, op zoek naar dat ene antwoord dat hij wil horen, maar dat ik hem niet kan geven.

Het laatste wat ik wil is gaan huilen, maar mijn ogen zijn

vochtig en ik heb mijn neus al drie keer opgehaald, terwijl we bijna onbeweeglijk blijven staan en dit moment zo lang mogelijk rekken. Ik besef dat ik nu in hem zou willen verdwijnen. Hij in mij, ik in hem. Wegkruipen in elkaar.

Ik geef geen antwoord. Ik krijg geen woord over mijn lippen.

'Nou?' dringt hij aan.

Alles is teruggekomen, besef ik, met een onvoorstelbare kracht. Eén uur met Marius en ik zou durven zweren dat ik nooit een ander leven heb geleid, dat hij altijd bij me is geweest. Of dat het acht jaar durende intermezzo met Harald mooi en heel zinvol was, maar dat Marius is teruggekomen om me op te eisen en ik nu eenmaal bij hem hoor.

Je hebt een gezin, blijf ik mezelf inprenten. Een compleet léven. Twee dochters en een man, verdorie, je bent getrouwd!

Ik kan gewoon niet meer helder denken door die verwoestende, verraderlijke chemie die onze lichamen en geesten beheerst.

'Honderd procent zeker,' zeg ik uiteindelijk. Mijn stem kraakt en piept alsof ik weer achttien ben en een hele nacht op een dancefestival heb doorgebracht. Ik wil niet uitsluiten dat ik daadwerkelijk geschreeuwd heb, zojuist. Ik weet het niet meer.

Ik kan hem niet langer aankijken. Ik laat mijn hoofd zakken op zijn betonnen schouder en klamp me aan hem vast. 'Ga je naar Oeganda?'

'Wat maakt jou dat uit?'

'Ik wil dat het je goed gaat.'

Hij maakt een snuivend geluid. Na een korte aarzeling zegt hij: 'In principe wel. Maar ik moet eerst nog geld zien te regelen, weet je nog? Chris gaat hier behoorlijk wat gezeik mee krijgen, geloof me... De leugenaar.' Hij kijkt op. 'Maar ik rooi het wel. Ik heb het altijd gerooid... Claire?'

'Ja?'

'Je moet me beloven dat als je ooit van hem af gaat, van die makelaar van je, dat je mij dan opspoort. Er is altijd wel een mouw aan te passen. Aan jij en ik. Aan ons. Altijd.' Hij strijkt licht met zijn lippen over de mijne. 'Beloof je dat, poes?'

Ik sla mijn blik neer. Nog even en ik ga huilen. Dat moet ik toch echt zien te voorkomen, want als ik begin, kan ik misschien wel nooit meer stoppen.

Wat had ik me nu in mijn hoofd gehaald, dat ik het wel aankon om Marius af te werken als een naamloze, gezichtloze klant?

Langzaam maak ik me van hem los. 'Ik moet gaan.'

'*I know*,' zegt hij, en hij grijnst zijn eeuwige grijns, slaat me dan tegen mijn billen om me aan te sporen voort te maken. '*Supergirls just fly*.'

35

'Een man met een geknakte nek in een smerig onderhemd. Op zijn knieën ligt een bijl. Daarnaast een oud vrouwtje dat met bibberende handen een slagersmes vasthoudt. Langzaam vullen de lege plaatsen zich.' Ik kijk nadrukkelijk op uit het boek, de klas in. Groep zes van Basisschool De Klimop zit me ademloos aan te staren. Normaal kwebbelen ze me de oren van het hoofd, maar nu zitten ze braaf op hun houten stoeltjes in een halve kring om me heen.

'Uit het niets verschijnen gedaantes op de stoelen,' ga ik verder. Dan laat ik mijn hoofd zakken en zoek de zin op waar ik ben gebleven. Leg mijn vinger erbij. 'Een figuur met een starende, dode blik in zijn ogen. Een zombie met haren als slierten touw...'

Voorzichtig ga ik verzitten. Marius is de hele nacht en dag al gevoelig bij me. Ik probeer het zo goed en zo kwaad als het gaat te negeren. 'Naast hem zit een vrouw in een doktersuniform. Haar gezicht is zwart verbrand, maar haar ogen zijn spierwit...'

De kinderen huiveren zichtbaar bij het aanhoren van het griezelverhaal van Paul van Loon. Niemand zegt iets, je kunt een speld horen vallen. Zelfs van de grootste klieren van de klas – Bas en Bert, alias Beavis & Butt-Head – blijft commentaar uit.

Het geeft me een goed gevoel dat ik de groep geboeid kan houden, maar ik weet dat het vooral te danken is aan het verhaal zelf en niet aan de wijze waarop het vandaag door mij wordt voorgedragen.

Weer zoek ik naar de juiste zin. Mijn stem hapert even.

'Juffrouw Claire?' klinkt het aarzelend.

Ik kijk op. Een meisje dat weleens bij ons thuis heeft gespeeld, Susanna, heeft haar hand opgestoken en vraagt of ze naar het toilet mag.

'Ja, natuurlijk. Ga maar.'

Terwijl ik het verhaal hervat, dwalen mijn gedachten af. Ik was het kwijt gisteren, de regie lag volledig bij Marius. Als vanouds. En daartegen had ik me beter moeten wapenen.

Zijn voorbereiding was sowieso beter dan de mijne. Marius heeft onder andere aan condooms gedacht, dat was niet eens in mijn hoofd opgekomen. En het maffe was dat ik niet weet hoe ik die voorzichtigheid van hem moet interpreteren. Was hij bang om mij zwanger te maken of benauwd dat hij weleens een ziekte zou kunnen oplopen? Het zou allebei kunnen.

Maar het mag me niet meer bezighouden nu.

Marius heeft me zijn erewoord gegeven dat hij me niet meer zal lastigvallen. Dat geloof ik, hij was heel stellig en zijn ogen en lichaam spraken dezelfde taal als zijn mond.

Waar ik voorlopig nog wel last van zal houden zijn de sporen, zijn afdrukken in mijn lichaam, maar ik weet dat die vanzelf minder gevoelig zullen worden en uiteindelijk wegtrekken, evenals de herinnering aan hem.

Ik moet me gaan richten op de toekomst, op mijn gezin en mijn moeder. De bouw van het huisje begint waarschijnlijk al direct na de zomervakantie. Als alles meezit, kan mam nog voor de kerst haar intrek nemen in 'grootmoeders huisje'.

Ik heb Harald zelden zo opgewekt gezien als gisteravond en ik was het ook, natuurlijk was ik blij, meer dan dat zelfs, maar mijn blijdschap werd danig getemperd door het verse afscheid van Marius, dat geniepige, schurende gevoel van verlies.

Harald heeft daar niets van gemerkt. Hij mist de sociale gave van Marius om door me heen te kunnen kijken. Mijn echtgenoot trapte met open ogen in mijn toneelspel, hoe gebrekkig en doorzichtig dat gisteravond ook was. Hij spoorde me aan om de telefoon te pakken en het fantastische nieuws alvast aan mijn moeder te vertellen. Ik wil daarmee wachten tot het weekend van Charlottes verjaardag, als ze bij ons komt logeren.

Volgende week vrijdag ga ik haar ophalen. Ze blijft een week.

36

Charlotte kijkt met grote ogen naar me op. Ze doet haar uiterste best om een Disney-figuurtje na te bootsen. Eentje met onweerstaanbare, vochtige ogen en naar achteren gedraaide, deemoedige oortjes, waarvan je hart spontaan opengaat en waartegen je met geen mogelijkheid nee kunt zeggen. Dat doet ze subliem. Ze is een meisje met een missie.

'Oké,' zeg ik uiteindelijk. 'Maar je mag hem niet aan naar school. Alleen thuis. Goed?'

Ze knikt uitbundig en draait nog een rondje voor de spiegel in de kledingzaak. De strokenrok waait ervan op. Het is met afstand de lelijkste die ik ooit heb gezien, en ik begrijp nog steeds niet dat ik het goed heb gevonden dat ze hem überhaupt heeft aangepast, maar Charlotte vindt hem prachtig. Een echte prinsessenrok.

'Echt alleen voor in huis,' zeg ik nog eens, als ik haar terug naar de kleedkamer leid. 'Voor in de verkleedkist.'

'Ja-haa.'

In de krappe paskamer doe ik haar de rok uit, geef hem aan de wachtende verkoopster en trek Charlotte een jurkje aan. Het is een eenvoudig, recht model van wit linnen met een ronde hals en een bescheiden ritsje op de rug. Op blote voetjes trippelt ze terug de winkel in en bekijkt zichzelf in de passpiegel.

De jurk zit haar als gegoten. Klassiek, elegant, schattig. 'Mooi?' vraag ik.

Ze twijfelt, houdt haar hoofd scheef en haar vlechtjes dansen mee. 'Ik weet niet...'

'Het is een fijn jurkje voor de zomer, Charlotte. Voor als we met vakantie gaan. Niet te warm. En heel damesachtig, vind je niet?'

Dat ziet ze nu zelf ook in. Ze knikt welwillend. Twijfelt dan weer zichtbaar. 'Vind je hem niet stom?'

'Nee, ik vind hem helemaal niet stom. Prachtig juist. Hij past heel goed bij je. Zit hij lekker?'

Ze knikt opnieuw en bekijkt zichzelf aan alle kanten in de spiegel. Nog geen zes jaar oud en nu al zoveel zelfbewustzijn.

Fleur zit op een eindje van ons vandaan met een paar andere kindjes op felgekleurde stoeltjes naar een tekenfilm te kijken. Om ons heen wordt het steeds drukker. Niet alle kinderen passen braaf hun kleertjes of zitten gebiologeerd naar het in een felroze kasteeltoren geïntegreerde beeldscherm te turen. En niet alle ouders hebben een engelengeduld, getuige de chagrijnige gezichten en het gesnauw dat ik om me heen hoor.

Normaal probeer ik de stad op zaterdagmiddag te vermijden, maar momenteel prefereer ik de drukte van massaal winkelend publiek boven de schijnheilige idylle van mijn eigen huis.

Ik weet dat het schuldgevoel vanzelf zal afzwakken, en dat er zeer binnenkort een dag zal aanbreken waarop ik Harald weer recht in de ogen kan kijken, me opnieuw met hem – en alleen met hem – verbonden zal voelen.

Dit weekend is het daarvoor nog te vroeg.

37

Gewapend beton ~ Een bouwmateriaal dat ontstaat door de verharding van betonspecie met een stalen wapening.

Als uitvinder van het materiaal geldt de Franse tuinman Joseph Monier, die halverwege de negentiende eeuw ontdekte dat zijn bloembakken sterker werden als in de specie een netwerk van ijzerdraad werd opgenomen.

Bron: *Bouwkundige encyclopedie*, Elsevier, 1954

Het is maandagmiddag, het regent zacht en de meisjes zijn in de woonkamer met de Wii aan het spelen. Ik schil een paar appels en zet de schaaltjes bij hen op de salontafel. Ongeschilde appels raken ze niet aan, maar zodra ze makkelijke, hapklare fruitbonbonnetjes voor hun neus geschoven krijgen, is het fruit niet aan te slepen.

Ik loop terug naar de keuken en schenk koffie voor mezelf in. Pak de telefoon van de houder.

Ze zit onder de sneltoets: nummer drie, achter Haralds mobiele nummer en zijn rechtstreekse doorkiesnummer bij Ravelijn. De telefoon gaat slechts kort over voor ze hem opneemt. 'Marian Andijk.'

'Mam, met mij.'

'Claire! Wat toevallig, ik zat net aan je te denken! Ik ben bezig oude foto's uit te zoeken. Ik wil graag een mapje maken dat ik vrijdag kan meenemen om ze aan de kinderen te laten zien. Volgens mij vinden Charlotte en Fleur dat wel leuk, denk je niet? Foto's van jou vroeger?'

'Dat weet ik wel zeker.'

'Weet Charlotte al wat ze voor haar verjaardag wil?'

'Knutselspulletjes, een leuk leesboek met plaatjes of iets voor in het zwembad. Dat komt niet zo nauw, hoor. Het mooiste cadeau is voor haar toch dat je de hele week blijft.'

'Zitten die meisjes nou echt te wachten op zo'n oud mens als ik?'

'Daar moet je niet over twijfelen, mam, ze zijn dol op je. Hoe gaat het verder?'

'Gewoon zijn gangetje.'

'Geen calamiteiten meer in de straat geweest?'

'Och... Het is hier altijd wel wat, hè. Maar het is wel een stuk rustiger geworden nu ze dat Turkse restaurant hebben gesloten.'

'Wanneer?'

'Afgelopen week. Iets met vergunningen, hoorde ik van de benedenbuurvrouw. Het zal mij trouwens benieuwen wat ervoor in de plaats komt, ik hoop in elk geval dat ze het niet laten verwaardelozen. Vannacht is de ruit ingeslagen. Ik zat rechtop in bed, een en al geschreeuw buiten. Dan slaap je niet meer, hoor. Nou stonden ze toch vanochtend al houten schotten in het kozijn te timmeren, dus daar kan ik niets van zeggen.'

'Durf je nu nog steeds niet de straat op 's avonds?'

Ik weet dat ze me verstaan heeft, maar ze geeft geen antwoord. In plaats daarvan verandert ze abrupt van onderwerp: 'Weet je nog toen je vader in Marokko was met de

DAF, en het hier tien graden vroor? Dat ik je op straat heb leren schaatsen?'

'Natuurlijk weet ik dat nog. Dat was achter de flat, iemand had een glijbaan gemaakt door water op de stoep te spuiten.'

'Ja,' zegt ze droog. 'En de gemeente strooide er de volgende dag zout en zand op. Je haar was toen veel lichter dan nu, zie ik. Bijna wit. Kun je je nog herinneren dat we op vakantie waren in Torremolinos?'

'Die vakantie waarin we op ezeltjes de bergen in zijn geweest?'

'Ja, die. Jij was volgens mij zeven, of acht... Ik heb hier een foto, het jaartal staat er achterop: 1983. Je vader had die afschuwelijke dunne snor. Geen gezicht. Dat was toen de mode, hè...' Dan vervolgt ze, zachter: 'Mooie tijd was dat. Toen je vader nog leefde. Ik heb er weleens moeite mee, hoor. Dat ik hier zit en dat... Och, hoor mij nou! Ben ik verdorie aan het klagen als een ouwe taart, en ik heb me nog zo voorgenomen dat ik dat nooit zou doen. Het komt door die stomme foto's.'

'Die zijn niet stom. Ik ben blij dat je ze nog hebt. Maar doe rustig aan met uitzoeken, je hebt alle tijd. Ik kom je vrijdag aan het einde van de middag ophalen.'

'Hoe laat?'

'Een uur of vijf. Ik bel je wel als ik de stad in rij, goed?'

Na verschillende groeten over en weer druk ik de verbinding weg en zet de telefoon terug in de houder. Ik neem een slok van mijn koffie, die al een beetje lauw is geworden. Het is nog te vroeg om te gaan koken. Gedachteloos trek ik een van Haralds kranten naar me toe en sla hem open.

Mijn koffiekopje is bijna leeg als ik half lezend, half plaatjes kijkend, ben aanbeland op pagina vijf, kort binnenlands nieuws.

In de rechterkolom, bijna onderin, staat een bericht dat mijn aandacht trekt. Ik spring op van mijn stoel en leg een hand op mijn borst.

Lijk Dordtenaar gevonden in Rotterdamse haven

Rotterdam – Afgelopen vrijdag heeft een havenmedewerker in een container in de Rotterdamse haven het ontzielde lichaam gevonden van een blanke man. Het blijkt te gaan om de 42-jarige Dordtenaar Chris K., een ongehuwde ondernemer die bekend is bij de politie. Volgens betrouwbare bron was er sprake van sporen van excessief geweld over het gehele lichaam en had het slachtoffer twee kogelgaten in het hoofd. Het zou vrijwel zeker gaan om een afrekening in het criminele circuit. De politie wilde dit vandaag niet bevestigen, maar gaf wel de identiteit van het slachtoffer vrij. Zij wilde geen verdere mededelingen doen gedurende de loop van het onderzoek.

Ik moet het nog twee keer lezen om het tot me door te laten dringen en dan trekt alle bloed uit mijn gezicht.

Ik controleer de naam, misschien vergis ik me. Chris K. Heette Chris nu werkelijk Koops van achteren? Ja, daarin vergis ik me niet. Net zo zeker ben ik van zijn leeftijd. Chris is exact tien jaar ouder dan ik. Dat weet ik zo goed omdat hij op dezelfde dag jarig is, 30 augustus. Toen ik dat te weten kwam, ben ik een extreme argwaan gaan koesteren tegen horoscopen.

Afrekening.

'Ma-ham! Charlotte blijft niet van de afstandsbediening af!'

'Niet waar! Ik mag nooit van jou... Laat los! Mám! Mámá!'

Twee kogelgaten in het hoofd.

Charlotte komt gillend de keuken in gerend. Ze grijpt mijn arm vast.

Ik kijk verdwaasd naar beneden en ik zie haar staan, merk op dat haar gezicht rood is aangelopen en dat de tranen over haar gezicht rollen. Maar ik hoor haar niet, niet *echt*, alsof zij en haar gegil tot een wereld behoren die de mijne niet is. Haar hoge stem klinkt van ver. Van heel, heel ver.

Ik sta doodstil naar het artikel te staren. Herlees het keer op keer en mijn ogen blijven steeds opnieuw haken aan dezelfde woorden.

Sporen van excessief geweld.

En tegelijkertijd dringen de woorden die Marius op de boot bij ons afscheid uitsprak zich aan me op, met de impact van warmtezoekende raketten:

Chris gaat hier behoorlijk wat gezeik mee krijgen, geloof me.

Charlotte staat naast me, Fleur in de deuropening, ze krijsen naar elkaar met verbeten gezichten. Charlotte jammert aan één stuk door, haar hoge stem teistert mijn trommelvliezen en ze trekt onophoudelijk aan mijn vestje.

In een vlaag van woede pak ik Charlottes armpje beet en duw haar met kracht van me af. 'Hou je kóp!' schreeuw ik haar toe. 'Stil! Ophouden!'

Dan richt ik mijn blik op Fleur, die nog steeds in de deuropening staat, de afstandsbediening in haar hand. Haar ogen worden groter, ze kijkt me bijna angstig aan nu ze doorkrijgt dat haar moeder haar geduld heeft verloren.

En misschien nog wel meer dan dat alleen.

'Allebei!' ga ik door. 'Ophouden! Horen jullie me?' Ik ben in een paar passen bij Fleur, trek de afstandsbediening uit haar hand en smijt hem vinnig de woonkamer in.

Het ding klettert op de marmeren vloer en de onderdelen schuiven afzonderlijk alle kanten op. Twee knalgele IKEA-batterijen komen vrij uit het binnenste en rollen door tot ze onder de bank uit het zicht verdwijnen.

Fleur is te verbouwereerd om te reageren. Ze kijkt met grote ogen naar me, vol ontzag, beducht, terughoudend.

'Dat heb je er nou van!' hoor ik mezelf schreeuwen. 'Die stomme tv ook altijd, dat stómme geruzie om he-le-maal níéts!'

In een diepere laag van mijn bewustzijn signaleer ik dat ik te ver ga. Dat ik de controle kwijt ben. Dat alles me blijkbaar veel meer heeft aangegrepen dan ik mezelf heb wijsgemaakt, en dat ik hier ter plekke sta door te slaan, voor de ogen van mijn kinderen – en op het punt sta om mijn verstand volledig te verliezen.

Ik been naar het kookeiland. Charlotte rent met een wijde boog om me heen en zoekt dekking bij haar grote zus in de deuropening.

Met een nijdig gebaar schuif ik de appelschillen aan de kant, zet mijn handen op het massief houten blad en sluit mijn ogen. Breng mijn kin naar mijn borst. Zo blijf ik staan, met mijn rug naar de kinderen toe, nadrukkelijk snuivend, in- en uitademend, in een uiterste poging mezelf terug te vinden, of dan toch minstens de verantwoordelijke, betrouwbare vrouw die ik hoor te zijn voor mijn kinderen. Die ik moet zijn voor mezelf.

De klok tikt zacht zijn seconden weg, en dan de minuten. Ik heb geen idee hoe lang ik daar heb gestaan, steunend op het granieten blad, in mezelf gekeerd, mijn hoofd gebogen en ogen gesloten, maar als ik opkijk merk ik dat alles en iedereen stil is.

Het huilen is opgehouden. Charlotte staat nog steeds bij haar zus, haar armpjes hangen slap langs haar lichaam, er drupt slijmerig vocht uit haar neus op haar witte bloesje.

Ze verroeren zich geen van beiden. Kijken me stilletjes aan.

Ik kan wel door de grond zakken. Ik forceer een glimlach. 'Nou, is iedereen weer rustig nu?'

Hun gezichtjes klaren op en hun lijfjes ontspannen zichtbaar. Zo makkelijk. Wat vreselijk, ze zijn zo blij en opgelucht. Ik kan me niet herinneren me ooit zo diep geschaamd te hebben. Afschuwelijk.

Ik loop op hen af, zak op mijn hurken en sla mijn armen om hen heen. 'Sorry, meisjes. Dat had ik niet mogen doen...' Ik aai nerveus over hun ruggetjes en kus ze een voor een op hun voorhoofd. 'Zal ik wat te drinken inschenken? En wat dachten jullie van een zakje M&M's?'

Uren later ben ik bezig met het leegruimen van de afwasmachine. Harald is in zijn werkkamer de administratie aan het doen en de kinderen liggen in bed. Ze hebben tegenover Harald met geen woord gerept over mijn uitbarsting van vanmiddag. Mogelijk heeft die minder indruk op hen gemaakt dan ik vanmiddag nog vreesde. Dat hoop ik dan maar.

Ik stapel de grote borden op elkaar en schuif ze op een houten plank in het kabinet. Doe hetzelfde met de ontbijtbordjes. Dan pak ik de bestekmandjes uit de machine en zet ze op het aanrecht, trek de besteklade open en begin die in te ruimen. Mijn bewegingen zijn traag. Ik heb geen enkele haast.

Harald heeft bij thuiskomst zijn kranten doorgenomen. Ik heb hem zien lezen en bladeren en kon niet voorkomen dat ik een steek van angst voelde toen hij op pagina vijf was aanbeland. Chris is pasgeleden nog bij Ravelijn geweest. Volgens Marius was het een eenmalig bezoek. Of zouden ze elkaar kennen? Daar zou ik dan snel achter komen.

Harald las het stuk en bladerde onaangedaan verder. Niets aan de hand. Het artikel heeft voor hem niet meer waarde dan een stukje over een ophanden zijnde transfer van een voetballer. Voor Harald is Chris K. een *nobody*, gewoon een dode crimineel die hij niet kent en niet hoeft te kennen, omdat hij leefde in een wereld die de zijne niet is.

Hoe zou Harald ook maar kunnen vermoeden dat zijn bloedeigen vrouw die crimineel van zo dichtbij heeft gekend? Dat Chris K. van pagina vijf jarenlang deel heeft uitgemaakt van haar leven? En dat zij zijn vermoedelijke moordenaar onlangs nog heel-heel-heel dichtbij heeft laten komen, dichterbij dan hijzelf ooit is geweest? Nog sterker: dat het zeer waarschijnlijk is dat Claire van Santfoort het doodvonnis heeft uitgesproken?

Want de kans dat iemand anders Chris heeft vermoord, lijkt me erg klein. Het kan alleen maar Marius zijn geweest: Marius die wilde weten waar Chris de tassen met geld had gelaten, tassen die hij enkele dagen voor hij in Noorwegen werd opgepakt bij mij in bewaring had gegeven...

Wat me alles bij elkaar nog het meeste van mijn stuk brengt is niet eens Chris' dood. Het is de gedachte dat Marius een moordenaar is.

Marius is in staat om te moorden.

Hij blijkt zelfs in staat om *zijn beste vriend* te ondervragen, te mishandelen en hem...

Twee kogelgaten in het hoofd.

Ik duw de klep van de afwasmachine dicht en staar nietsziend naar buiten. Of het regent of waait kan ik niet zeggen.

Ik heb Marius als mens eigenlijk altijd vergoelijkt. Bewust of onbewust heb ik me gericht op zijn goede kanten en mezelf een paar flinke oogkleppen aangemeten om niet al te veel te hoeven meekrijgen van zijn schaduwzijde. Wat Marius ook uitvrat als hij niet bij me was, het was – dacht ik tenminste – in elk geval niets dodelijks of gruwelijks. Hij handelde in spullen die niet helemaal legaal waren, en daar bleef het verder bij.

Natuurlijk wist ik wel dat er vreemde snuiters in dat circuit rondhingen. Ik heb me regelmatig gestoord aan Marius' entourage, maar me erbij neergelegd dat die er nu eenmaal bij hoorde, als vliegen in een paardenstal. Ik heb me nooit serieus afgevraagd waarom hij ook privé omging met foute types. Psychopathische griezels zoals Chris, en die twee contactgestoorde, pezige jongens die om hem heen hingen op de avond dat ik hem voor het eerst ontmoette in Luxuria.

Ik heb de waarheid nooit willen zien, maar die laat zich nu niet meer wegstoppen.

Marius is geen spinnende, grote kat. Geen verwend, lichtelijk egocentrisch jongetje in een gespierd mannenlichaam. Geen grote, gevaarlijk ogende kerel met een klein hartje.

Marius is zélf zo'n griezel. Een koelbloedige, levensgevaarlijke crimineel die over lijken gaat. Desnoods het lijk van zijn beste vriend.

Het verontrust me meer dan ik kan vertellen dat ik mijn ogen hier zo lang voor heb kunnen sluiten. Ik kan nu alleen nog maar hopen dat hij een man van zijn woord is. Hij heeft het me beloofd, gezworen zelfs: ik laat jou voortaan met rust.

Ik draai me weg van het aanrecht en wrijf over mijn neus en ogen. Mijn vingers trillen onbedaarlijk.

38

Het is tien jaar geleden dat Marius me op de drempel van mijn huurhuis achterliet, in de walmen van zijn uitlaatgassen, met vier volle tassen.

Ik sjouwde ze naar mijn woonkamer, draaide de luxaflex dicht en peuterde van één tas de tape los. Er zaten bankbiljetten in. Niet netjes in stapels met zo'n bandje eromheen, zoals je in politieseries op tv ziet, maar verfrommeld en opgevouwen, zo te zien lukraak in de tas gepropt. Het waren dollars: briefjes van tien, twintig en vijftig. Sinds bekend was geworden dat de invoering van de euro niet lang meer op zich zou laten wachten, had Chris me weleens verteld, meden Marius en zijn zakenvrienden bepaalde munteenheden. Ze voorzagen problemen met het omwisselen van grote hoeveelheden zwarte guldens en marken naar euro's, dus werden de transacties al een hele poos in dollars en Britse ponden gesloten.

Ik maakte de andere drie tassen ook open en vond naast een zwart pistool nog meer biljetten. De sporttas zat voor de helft vol met ponden.

Tot diep in de nacht was ik bezig met tellen, eigenlijk alleen maar omdat ik mezelf iets te doen wilde geven. Mijn gevoelens en gedachten kon ik met geen mogelijkheid meer ordenen, maar dat geld wel.

Eerst legde ik alle ponden op de glazen hoektafel, de dollarbiljetten op de salontafel en ernaast, op de vloerbedekking. Daarna zocht ik de briefjes met de grootste waarde bij elkaar en begon die te bundelen. Ik pakte er een blocnote bij en ging turven.

Het was halfvier 's nachts toen ik alles had geteld en het geld in keurige bundels en stapeltjes op de salontafel lag. Met een rekenmachine telde ik de bedragen bij elkaar op. Op Teletekst vond ik de wisselkoersen. Alles bij elkaar vertegenwoordigden de biljetten een waarde van bijna vijfhonderdduizend gulden.

Een half miljoen.

Natuurlijk wist ik dat Marius grote sommen geld verdiende met illegale praktijken. Ik ging ervan uit dat het drugs betrof – al bleef hij daarover opmerkelijk vaag en sprak hij zichzelf ook regelmatig tegen. Alleen Chris wilde per ongeluk nog weleens iets te veel loslaten, waarbij Marius hem steevast het zwijgen oplegde, alleen al door hem aan te kijken.

Marius had me altijd overal buiten gehouden. Er was steeds geld in overvloed, maar nooit eerder had hij tassen vol naar mijn huis gesleept, laat staan dat hij ze me in bewaring had gegeven. Dat hij een stilzwijgende afspraak eenzijdig verbrak, was een pijnlijk symptoom van de neerwaartse spiraal waarin zijn business zich bevond. Het was een teken aan de wand dat ik daar zat, op de grond, leunend op de met geld volgepakte salontafel, een glas lauwe chablis binnen handbereik en een asbak vol sigarettenpeuken.

Al dat geld. De hele kamer rook ernaar. Ik had me gelukkig moeten voelen, kinderlijk opgetogen zelfs, in de buurt van zo ontstellend veel contant geld en de wetenschap dat ik het een paar dagen bij me mocht houden. Ik had het nog eens kunnen tellen, nieuwe stapeltjes en stapels kunnen maken. Ik had de biljetten in mijn bad kunnen storten en ertussen kunnen gaan liggen, als Dagobert Duck. Ik had ze over mijn bed kunnen uitspreiden. Ik had er zo ontzettend veel schandalige, decadente, waanzinnige dingen mee kunnen doen.

In werkelijkheid maakte het geld me alleen maar triest. Achteraf moet ik toen al hebben voorvoeld dat het einde naderde.

Tegen vier uur griste ik bundels ponden bij elkaar waarvan de waarde de toegezegde vijftienduizend gulden benaderde en stopte die in een bijna lege doos frikadellen, die ik terug in de diepvries legde. De rest, nog steeds een tafel vol, deed ik terug in de tassen. Ik plakte de tape weer vast en sjouwde alles naar de gangkast onder de trap. Zette er de stofzuiger, een krat bier en een doos met lege statiegeldflessen voor.

Ik ging terug naar de woonkamer, schoof een oude cd van Simply Red in de speler en schonk een nieuw glas wijn voor mezelf in. Gedachteloos bleef ik drinken tot het ochtend werd en de stralen van de opkomende zon tussen de jaloezieën door schenen, en overal in de woonkamer flinterdunne lichtstrepen trokken. Daarna moet ik in slaap zijn gevallen.

39

Donderdagmiddag. Het hele huis is aan kant, ik heb de benedenverdieping gestofzuigd en gedweild en ben nu bezig de was op te ruimen. Ramen lappen staat voor vanmiddag op de planning. Dan mest ik morgen na het rijden de stallen uit – dat moet echt nodig gebeuren – en als ik daarna nog voldoende energie overheb, pak ik de kinderkamers aan.

Harald heeft me vaak gezegd dat hij net zo lief een werkster inhuurt, zodat ik meer tijd overhoud voor andere bezigheden. Maar ik hoef niet meer tijd en ik wil helemaal geen andere bezigheden. Ik rommel graag in en rond het huis.

Het is me gelukt Harald ervan te overtuigen dat we geen schoonmaakster nodig hebben. Ik zou me waarschijnlijk al snel aan haar gaan ergeren, de arme vrouw wijzen op stukken die ze heeft overgeslagen of een verkeerde werkvolgorde. Of, dat ligt nog het meeste voor de hand: haar gevoelens niet willen kwetsen, maar zodra ze haar hielen zou hebben gelicht haar werk nog eens dunnetjes overdoen – en dan op mijn manier.

Bovendien stel ik prijs op onze privacy en veiligheid. Je weet nooit wie je in huis haalt. Ik ben daar altijd voorzichtig mee geweest. Harald is naïever, of misschien gewoon wat zorgelozer wat dat betreft. Hij woont hier al zo lang en buiten de dood van zijn ouders heeft hij nooit iets ernstigs of ingrijpends meegemaakt. Geen inbraak, geen bedreigingen, zelfs zijn fiets is nog nooit gestolen. Dat een interieurverzorgster weleens kleptomane zou kunnen zijn, tipgeefster voor inbrekers of een obsessieve onderbroekensnuffelaar, om maar wat te noemen, komt niet eens in hem op.

Ik leg de laatste stapel handdoeken in de gemeenschappelijke schuifkast op de gang en loop de trap af.

Vandaag is het drie dagen geleden dat ik het krantenbericht las. Ik heb het dinsdagochtend, voor ik de kranten bij het oud papier gooide, uitgeknipt, opgevouwen en in mijn portemonnee gestopt. Ik weet niet waarom ik dat deed, maar ik weet wel dat ik er nu niet meer zo zeker van ben dat Marius de moordenaar is. Dat was een te snelle conclusie.

Als ik iets heb geleerd in mijn verborgen leven, is het wel dat je niet te snel mag oordelen over mensen, omdat de werkelijkheid vaak anders is dan op het eerste gezicht aannemelijk lijkt. Chris was gestoord, er zat op emotioneel niveau een flinke steek bij hem los, en hij was crimineel. Een combinatie die niet bepaald garant staat voor een lang en zorgeloos leven. Het zou natuurlijk kunnen dat hij door een andere partij geliquideerd is, min of meer toevallig in dezelfde week als waarin Marius hem benaderde – of nog wilde benaderen. Het kán... Of misschien hebben ze elkaar wel gesproken in de Rotterdamse haven en is Chris Marius te lijf gegaan, sloeg Chris daarbij door en bleef er voor Marius geen andere mogelijkheid over dan hem uit te schakelen.

Zolang ik Marius niet spreek, zal ik niet weten wat er zich in die haven heeft afgespeeld.

Elke dag pluis ik Haralds kranten uit op zoek naar meer nieuws, maar dat is er eenvoudigweg niet. Ik ben nog even het internet op geweest met onze familiecomputer – een regelrechte verzoeking; het ding is extreem traag en moet nodig worden nagekeken – en ook Google kwam slechts met een herhaling van wat ik al had gelezen. De wereld draait gewoon door zonder Chris Koops.

Ik zou ook mijn leven weer moeten oppakken.

Marius lijkt woord te houden. Gisteravond was het een week geleden dat we afscheid namen en ik heb niets meer van hem gehoord. Het Marius-mobieltje ligt nog steeds onder in mijn tas. Wellicht dat ik er over een paar weken aan toe ben om het weg te gooien.

Ik loop de woonkamer in met een stapel schone theedoeken in mijn armen. Reddy ligt op het marmer bij de bank. Dat is vreemd, want ze komt nooit in huis. Ze houdt haar staart gekromd van haar lijfje af en ze hijgt als een hond, met licht uitpuilende ogen. Ik heb haar niet eerder zien hijgen. Ik wist niet eens dat katten kónden hijgen.

Snel loop ik op haar af en zak op mijn knieën. Haar lijfje voelt gespannen aan en ze trekt ongedurig met haar achterpoten. Ik heb nog nooit een poezenbevalling meegemaakt, maar het lijkt me niet dat een poes dat midden op de dag op een onbeschutte, harde vloer midden in een woonkamer doet, een plaats waar ze anders nooit komt. Alles wijst erop dat er iets totaal mis is.

Voorzichtig haal ik de vacht onder haar staart opzij. Het is daar plakkerig en zwart. Is het vruchtwater? Of zie ik nou bloed? Ik ben niet flauw, maar ik durf er amper aan te komen, bang om Reddy te bezeren. Ik durf haar al helemaal niet op te tillen om haar naar de dierenarts te brengen. Straks maak ik het alleen maar erger.

Ik spring op, loop naar de keuken en pak de telefoon. Ik had veel eerder de dierenarts moeten bellen. Ik heb het zo druk gehad met mezelf dat ik Reddy helemaal uit het oog ben verloren. Arm beest. Mijn schuld. Misschien is het nu wel te laat. Gaat ze dood.

Ik vind het nummer van onze dierenarts in de telefoonklapper en toets het in. Met de telefoon tegen mijn oor aan geklemd loop ik terug de woonkamer in.

Reddy ligt nog steeds op dezelfde plek. Ze kijkt me aan met een paniekerige blik, maakt slikkende bewegingen en begint dan weer te hijgen. Haar tongetje vormt een bleke 'u' en haar ogen staan wild, met zichtbaar oogwit langs de randen. Ik leg mijn vrije hand voorzichtig op haar buik. Die is keihard. Dan voel en zie ik een duidelijke samentrekking.

'Dierenartspraktijk De Schans, goedemiddag.'

'Met Claire van Santfoort,' zeg ik gejaagd. 'Onze kat Reddy is al een poos zichtbaar zwanger en nu tref ik haar in de woonkamer aan, met uitpuilende ogen en hijgend als een hond. Haar buik is erg hard en er komt –'

'Hoeveel dagen is ze drachtig, mevrouw?'

'Eh... dat weet ik niet. Ze wás het gewoon, op een gegeven moment.'

Er klinkt een geërgerde zucht aan de andere kant van de lijn. Ik ben ter plaatse ingedeeld bij de afdeling onverantwoordelijke diereneigenaars. Precies waar ik thuishoor.

'Ik heb een kat nog nooit zien hijgen,' voeg ik eraan toe.

'Dat is inderdaad niet normaal. Een ogenblikje.' Er klinkt gerommel. Dan hoor ik opnieuw de stem van de assistente. 'Dokter Van Hemert vraagt of u nu meteen met haar naar de praktijk kunt komen.'

'Ik ben al onderweg.' Ik druk de verbinding weg en haast me naar de bijkeuken.

Toen we vorig jaar besloten om Reddy te houden, leek het ons verstandig haar te laten nakijken en inenten. De heenweg onderging ze luid miauwend in een krappe kartonnen doos. De terugreis verliep comfortabeler, in een bij Paul van Hemert aangeschafte kunststof reismand met een klep aan de bovenkant. Bij thuiskomst heeft Harald het ding op de bovenste plank in de bijkeuken gezet en daar staat het nu nog steeds.

Ik blaas het stof van het deksel. Uit een keukenkastje pak ik twee witte handdoekjes, leg ze erin en haast me terug naar Reddy.

Ze ligt nog steeds op de koude tegels te hijgen. Ik verman me en schuif mijn handen onder haar lijfje, til haar op en leg haar zo voorzichtig mogelijk in het mandje. Ze laat het goed toe, waarschijnlijk is ze te uitgeput om tegen te stribbelen, maar als ik de klep sluit, begint ze een geluid te maken dat door merg en been gaat. Het lijkt nog het meest op babygehuil, dat griezelig snel weer overgaat in een hijgende ademhaling.

'Het komt allemaal goed, kleintje,' zeg ik nerveus. Ik gris mijn autosleutels van de haak en haast me naar buiten. 'Echt waar, alles komt goed.'

Negen

Er staat een kerel in mijn kantoor. Gebruinde huid – van de zon, of misschien licht getint van origine –, enigszins mismaakte, volle mond en een uiterst onaangename oogopslag. Onheilspellend is een passender woord. Hij draagt een zwart, licht glanzend overhemd onder een donker, getailleerd colbert en een donkerblauwe jeans.

Het is niet alleen zijn voorkomen dat me onwillekeurig doet terugdeinzen in mijn eigen bureaustoel. Het is vooral zijn uitstraling.

Dit is geen klant.

Dit is een probleem.

Ik leg mijn vulpen voor me op het bureaublad. Staar zo onbewogen mogelijk terug naar die kerel, die me doet denken aan oude films met Mickey Rourke, aan rondtrekkende Roemenen en ander ongewenst tuig.

Achter hem staat onze stagiaire bedremmeld in de deuropening, een dossier in gekruiste armen tegen haar borst gedrukt. Ze heeft rode vlekken in haar hals en is onmiskenbaar van haar stuk gebracht. 'Meneer wilde niet wachten.'

Ik herinner mezelf eraan dat ikzelf ook niet bepaald een min mannetje ben, toch pas ik ervoor om voor hem uit mijn stoel te komen. Dat is mijn eer te na. Ik recht mijn rug, hef mijn kin en werp de indringer vanachter mijn bureau mijn meest laatdunkende blik toe. 'Menéér kan een afspraak maken. Zoals dat hier gebruikelijk is.'

'Het gaat over Claire,' zegt de man op kalme toon. Ik bespeur een zweem van een Rotterdams accent, licht, in de verte, maar het zit er onmiskenbaar.

'Claire,' zeg ik afgemeten. 'Wat zou er met Claire moeten zijn?'

'Ik ken haar van vroeger. Toen heette ze nog Andijk.'

Ik haal nonchalant mijn schouders op, maar mijn stem klinkt gespannen. 'Dat kan.'

Hij kijkt grijnzend over zijn schouder naar Annebeth. 'Ik denk niet dat het vandaag nog goed gaat komen tussen ons, Harald,' zegt hij, als hij zijn doordringende blik weer op mij richt. 'Ik mag je toch wel Harald noemen?' Dan laat hij een stilte vallen.

Ik hef mijn kin en richt me op de stagiaire. 'Laat ons maar even. Sluit de deur achter je, wil je?'

Annebeth knikt en trekt de deur zorgvuldig achter zich dicht, duidelijk geschokt over de gang van zaken.

Maar ze kan nog niet half zo geschokt zijn als ik ben. 'Waar gaat dit over?'

'Ik sprak Claire vorige week, dat heeft ze je zeker niet verteld?'

'U heeft Claire gesproken?' Ik trek ongelovig mijn wenkbrauwen op.

Hij grijnst een rij witte tanden bloot, grinnikt onaangenaam. 'Onder andere,' zegt hij. Loopt dan naar de muur tegenover mijn bureau en bekijkt quasi-geïnteresseerd de olieverfschilderijen. Haalt een pakje Dunhill uit de binnenzak van zijn colbert en neemt er een sigaret uit. Steekt het pakje terug.

'Ik zou graag willen weten wat hier de bedoeling van is,' zeg ik.

Hij duwt de sigaret tussen zijn tanden, sluit zijn lippen eromheen en steekt hem aan met een goudkleurige, zo te zien dure aansteker. De glimlach is nog niet van zijn gezicht geweest. 'Mooi kantoor heb je hier.' Zijn stem heeft een warm timbre, maar zijn oogopslag is kil. 'Kun je trots op zijn, zo'n tent.'

'Dat ben ik ook.'

'Goed zo, Harald... Heel goed.' Begeleid door een wolk sigarettenrook staat hij in een paar passen voor mijn bureau, en voor ik kan protesteren pakt hij een verzilverd fotolijstje van het blad. De foto heb ik afgelopen februari genomen op wintersport in de Franse Alpen. Charlotte staat er voor het eerst op de ski's, nog wat onwennig, met Fleur beschermend achter haar, de armpjes om haar kleine zusje heen geslagen. Ze lachen beiden naar de camera: blozende gezichten van de kou en opwinding, stralende ogen.

De indringer bestudeert de foto aandachtig en ik moet moeite doen om het lijstje niet uit zijn hand te rukken.

'Twee dochters,' mompelt hij. 'Blond, net als hun moeder. Mooi bezit, Harald. Mooi bezit.' Hij neemt zijn tijd, blijft onbeweeglijk en met onomwonden interesse naar de foto van mijn dochters staan kijken. Dan zet hij het lijstje terug op mijn bureau, met een voorzichtigheid die me verrast. 'Hoe heten ze, die twee?'

'Dat lijkt me irrelevant,' weet ik uit te brengen. Ik zet het lijstje terug op de juiste plek, een paar centimeter verder naar rechts.

Zojuist speelde ik nog met de gedachte om Claire te bellen en haar rechtstreeks te vragen of ze deze man inderdaad kent. Ze is vermoedelijk thuis en druk bezig met de voorbereidingen voor Charlottes verjaardag, overmorgen. Nu vraag ik me af of ik niet beter het nummer van de politie kan intoetsen. Mijn ogen flitsen van de man naar mijn telefoon.

'Rustig aan, Harald,' hoor ik hem zeggen, alsof hij aanvoelt wat ik van plan ben. 'Ik wil alleen even met je praten. We hebben wat gemeen, jij en ik. Meer dan je zo op het eerste gezicht zou denken... Kort voor Claire jou leerde kennen, was ze namelijk van mij. En daarover moeten jij en ik vandaag eens van gedachten wisselen.'

Ik vermoed dat de kleur uit mijn gezicht trekt. Secondenlang blijf ik bewegingloos achter mijn bureau zitten.

'Och, vergeet ik me voor te stellen. Slordig van me.' Hij stapt op me af, steekt zijn hand uit en hoewel ik die het liefste zou negeren, durf ik dat niet.

Ik sta op vanachter mijn bureau en schud zijn hand. Die is van beton. Ik zeg niets – hij kent mijn naam – en kijk hem recht in zijn kleine, diepliggende ogen.

'Marius,' zegt hij kortaf. Hij is kleiner dan ik, maar compenseert dat meteen door zijn vrije hand op mijn elleboog te leggen en me naar zich toe te trekken. Dat doet hij heel subtiel. Toch raak ik licht uit balans.

'Marius wie?' vraag ik.

Hij kijkt me scherp aan en laat me los. 'Ga zitten, Harald.'

40

De wachtkamer van dierenarts Van Hemert zit tjokvol. Op de witte tegelvloer zitten en liggen zenuwachtige honden en overal staan kooien en vervoerskoffers, met zo te zien vooral katten en een enkel hangoorkonijn. Aan de muur hangen kleurige posters. Er is een grote weegschaal waarmee iedereen zelf zijn huisdier kan wegen, en naast de automatische schuifdeuren staat een exotische plant die bijna tot aan het glazen puntdak reikt.

Ik sta voor de balie met onze blauwe reismand aan mijn voeten. Door de spleten van het deksel zie ik Reddy op haar zij liggen, nog groggy van de narcose en met een kaalgeschoren buikje. Bij haar op de zachte kraamvrouwenonderleggers kruipen twee minuscule rode kittens rond, bibberend en zacht piepend. Ze hebben de vorm, kleur en grootte van kroketjes. Hun oogjes zijn nog dicht.

'Jammer van die andere drie,' zegt de assistente vanachter de balie. 'Eentje was aan het ontbinden, niet zo'n prettig gezicht, maar die andere twee zien er nog redelijk gaaf uit. Wilt u die nog meenemen?'

'Meenemen?'

'Ja. Misschien wilt u ze begraven, of–'

'Merci, heel vriendelijk van u, maar daar heb ik geen behoefte aan.' Ik ga op mijn hurken zitten en loer door de spleten naar Reddy. Haar buikvacht is grotendeels weggeschoren en tussen de rijen melkklieren in zit een gehechte wond van zeker vijftien centimeter lang.

'Kunnen de kleintjes wel bij haar drinken?' vraag ik.

'Ja, hoor. Ze heeft melk. Dat heb ik net nog gecontroleerd. En als de kittens drinken, stimuleren ze daarmee de melkgift.'

'Ik bedoel eigenlijk te zeggen… Doet dat niet vreselijk zeer? Vanwege die wond?'

'O, dat valt meestal reuze mee, hoor. Ze is onderhuids gehecht en het heelt heel rap bij katten. Voor de zekerheid heb ik ook pijnstillers klaargelegd.' Ik kijk blijkbaar nog niet overtuigd genoeg, want ze voegt er haastig aan toe: 'Maar mocht Reddy thuis haar kittens niet meer accepteren, of mocht de wond gaan ontsteken, dan moet u even contact met ons opnemen.'

De arts komt de wachtkamer in lopen. Hij heeft zijn handen in de zakken van zijn witte broek en wijst met zijn kin naar de vervoersmand. 'We hebben er twee kunnen redden.'

'Ja, ik weet het.'

'Het zag er niet zo puntgaaf uit, daarbinnen.'

'Nee?' Ik kijk hem zo onbewogen mogelijk aan.

'Moederpoes heeft mogelijk ergens een klap van gehad,' zegt hij, nadenkend, 'of ze is bijvoorbeeld van grote hoogte gevallen. Dan zie je dit soort inwendige verwondingen weleens. Het afsterven van de kleintjes zou daarmee kunnen samenhangen. In de ene baarmoederhoorn zaten die twee, springlevend, in de andere was het een rommeltje. In principe zitten de kittens goed schokvast verpakt, maar met name de laatste weken van de dracht wordt het…'

Van Hemert blijft doorpraten over de medische gevolgen van een trauma, vertelt dat de kittens aan de kleine kant zijn en mogelijk bevattelijker voor ziektes, maar ik krijg er nog geen kwart van mee. Ik zie Chris weer voor me in de stal staan, met die satanische grijns op zijn gezicht, en hoe hij een spartelende Reddy op armlengte van zich af hield. De enorme smak die ze maakte op de stenen vloer, de schuiver tegen de staldeur aan.

'Mevrouw Van Santfoort?'

'Eh, ja?'

'Heeft Reddy een ongeluk gehad?'

'Niet... Niet dat ik weet. Maar ze slaapt boven de stallen op de strobalen en ze springt wel vaker van die hoogte naar beneden. Misschien is dat het geweest.'

De arts steekt zijn handen op. 'Nou ja, hoe dan ook... Houdt u haar goed in de gaten de komende dagen? Als u het niet vertrouwt, moet u maar even bellen. En wilt u niet vergeten om de groeten te doen aan uw man?'

'Dat zal ik doen.'

Buiten zet ik de vervoersmand op de achterbank en kijk naar Reddy. Ze beantwoordt mijn blik niet, ze miauwt niet eens. Ze kijkt alleen maar vermoeid en gelaten voor zich uit. Haar baby's piepen klaaglijk.

'Sorry,' fluister ik. 'Sorry. Voor alles.'

Tien

'Ze heeft het nooit over jou gehad,' hoor ik mezelf zeggen. Door pure ontzetting vergeet ik hem te vousvoyeren.

Met veel omhaal neemt hij plaats in de leren fauteuil tegenover mijn bureau, zet een elleboog demonstratief op de armleuning en buigt zich enigszins naar voren. 'Claire heeft je waarschijnlijk ook nooit verteld wat ze voor de kost deed toen ik haar leerde kennen?'

'De kost?'

'Haar werk. Wat voor werk ze deed.'

'Verkoopster in een...' begin ik, maar ik breek mijn zin meteen af als ik zijn blik zie.

Hij neemt me geamuseerd op. Achteloos tikt hij met zijn duim tegen de filter van zijn sigaret. De as dwarrelt naar de houten vloer.

'Nee dus,' concludeer ik.

'Ze werkte in Luxuria, een tent in Rotterdam. Daar heb ik haar leren kennen. Ze was achttien geloof ik, of net negentien. Een stuk. Zonder meer de mooiste.'

'Luxuria?'

'Een club.' Hij neemt een trek van zijn sigaret en kijkt de rook na.

Ik kijk hem afwachtend aan. Op een of andere manier kan ik niet meer beschikken over mijn volle hersencapaciteit. Alsof er kortsluiting heeft plaatsgevonden, of ik te kampen heb met een tijdelijke stroomonderbreking.

'Nachtclub, hoerentent,' hoor ik hem verduidelijken. 'Harald, het spijt me het te moeten zeggen, maar Claire – jouw vrouw – was een hoer. En een goeie ook. Ze verdiende goud geld.'

Marius had me net zo goed een stomp in mijn maag kunnen geven. Nee, niet net zo goed: dat had hij béter kunnen doen. Fysieke pijn zou ik duizend maal beter kunnen verdragen dan dit.

Ik twijfel geen moment aan de oprechtheid van zijn mededeling. Het is niet alleen de blik in zijn ogen, de vanzelfsprekendheid waarmee hij hier alles waarvoor ik leef en wat ik liefheb ter discussie stelt. Het is een *weten*, diep vanbinnen.

Deze man praat over een periode uit Claires leven waarover ze altijd vaag is gebleven, een terrein dat ik niet goed in kaart heb kunnen brengen. Claire bewoonde een duur appartement toen ik haar leerde kennen, ze droeg peperdure kleding en wist alles van champagne... Toch werkte ze in een kledingzaak.

'Ik begrijp dat je daarvan schrikt,' gaat hij onverstoorbaar door. 'Dat je er misschien morele bezwaren tegen hebt. Dat had ik ook hoor, het is niet niks om je meisje te moeten delen met god-weet-wie er allemaal zo'n club bezoeken. Daar kun je maar beter niet al te veel bij stilstaan, Harald, dat hetgeen jij zo bijzonder vindt, gewoon voor elke boerenlul te koop is... Of wás, in jouw geval.'

Ik sluit mijn ogen en probeer te slikken. Vecht krachtig tegen de aandrang om mijn bureau om te gooien en heel, heel hard te gaan schreeuwen.

'Nou ja, hoe dan ook,' gaat hij verder, op dezelfde rustige toon die hij de hele tijd al hanteert, 'er zijn nog wat losse eindjes. Ik heb namelijk destijds wat centjes bij haar thuis weggezet. Die zou ze een paar dagen bij zich houden. Vervolgens werd ik voor een akkefietje opgepakt en vastgezet. Ik ben bijna tien jaar uit de roulatie geweest... Toen ik vrij kwam, woonde er een of ander Indisch omaatje in Claires huurhuisje. Mijn centjes uiteraard ook spoorloos. Dat is zwaar klote, Harald, geloof me. Er zijn mensen van minder doorgeslagen...'

Ik ben nog steeds te versuft en geschokt om te reageren, of om zelfs maar de woorden en hun strekking werkelijk tot me door te laten dringen. Het woord 'hoer' blijft maar rondspoken in mijn hoofd, als in een demonische, defecte langspeelplaat die steeds maar blijft hangen op dat ene woord: hoer, *krak*, hoer, *krak*, hoer, *krak*, hoer...

'Ha-ló-hó!'

Ik kijk op.

'Je ziet wat pips, Harald. Het lijkt erop dat je wel een borrel kunt gebruiken.' Hij kijkt speurend om zich heen. 'Heb je hier niks te drinken?'

Ik schud mijn hoofd. Met deze vent ga ik niet het glas heffen. 'Ik wil dat je weggaat,' zeg ik. Mijn stem klinkt al net zo gebroken als ik me voel.

'Ho, ho, niet zo snel. Je hebt niet goed naar me geluisterd, Harald. We zijn nog niet klaar. Ik zeg je net dat er geld zoek is. Veel geld. Geld dat Claire aan een vriend zou hebben gegeven. Tenminste, dat zegt ze nu tegen me. Maar weet je, Harald...' Er glijdt een sombere schaduw over zijn gezicht en hij kijkt van me weg, alsof hij zich schaamt. Dan krijgt zijn stem een vertrouwelijke toon. 'Wij mogen wel denken dat we het allemaal goed voor elkaar hebben, liegen kunnen zij altijd nog beter, die vrouwen. Want één ding weet ik zeker: degene die volgens haar het geld heeft opgehaald, heeft het niet gehad. Dat weet ik echt driehonderd procent zeker.'

Hij tikt zijn sigaret af. As wervelt naar de vloer. 'Maarreh, waar het dus om gaat… Ik heb die centen nodig. En aangezien ik beloofd heb haar met rust te laten, en ik zo'n eikel ben die zich nu eenmaal aan zijn woord houdt, heb ik geen andere keus dan bij jou aan te kloppen.' Hij kijkt me indringend aan. 'Ik vind het rot voor je. Maar het is te veel geld om te laten zitten.'

'Ik wil dat je weggaat,' hoor ik mezelf nogmaals zeggen.

Hij trekt een mondhoek op, lacht me uit, geluidloos.

'Ik meen het.' Ik veer op vanachter mijn bureau en loop naar hem toe. Toren ver boven hem uit.

Hij kijkt omhoog, snuift, lijkt zich geen seconde druk te maken over mijn woede en de gevolgen daarvan. De arrogantie ten top.

Onderkruipsel, schiet het door me heen. Ordinair stuk vreten.

Ga weg, ga weg, ga weg!

'Ga weg,' zeg ik.

Marius blijft rustig zitten.

Ik pak hem bij zijn schouder. Die voelt verrassend hard aan, als een aangekleed standbeeld. Het boezemt me geen angst in. Niet meer. Dit is mijn geboortegrond, mijn bedrijf. Ik wil deze man hier niet, ik wil dat hij vertrekt. Niet goedschiks, dan maar kwaadschiks. Ik laat me in mijn eigen omgeving door niemand de les lezen.

Hij bekijkt neerbuigend mijn hand, alsof er een dikke vlieg op zijn schouder is geland, en werpt me dan een donkere blik toe. 'Gaan we fysiek worden, Van Santfoort? Dat lijkt me niet zo'n verstandige zet.'

'Ik wil dat je weggaat, en wel nu, anders schop ik je de trap af,' zeg ik, en ik trek hard aan zijn jasje, dat een scheurend geluid maakt. 'Mijn kantoor uit! Nu!'

Misselijkmakend snel komt Marius omhoog. Hij grijpt

mijn nek beet en tegelijkertijd ramt hij zijn vuist vol in mijn middenrif. Eén enkele, afgemeten, loeiharde stoot die alle lucht uit mijn longen slaat.

Geluidloos klap ik dubbel en zak door mijn knieën. Voor ik de grond kan raken, word ik opgevangen en klemmen zijn handen zich als bankschroeven om mijn bovenlijf.

Hij sleurt me terug naar mijn bureau. Met een voet trekt hij mijn fauteuil dichterbij, laat me los en geeft me een zetje. Ik val achterwaarts in de zitting. Mijn hoofd klapt naar achteren.

'Zitten, zei ik.' Hij hijgt niet eens. 'En luisteren.'

Ik heb het gevoel alsof ik moet overgeven, maar er komt niets. Tranen druppelen over mijn wangen. Ik kan me niet herinneren ooit zoveel pijn te hebben gehad, een brandende, verscheurende pijn die zich vanuit mijn maag heeft verspreid over mijn hele lijf.

'Zijn we nu weer bij de les?' hoor ik hem vragen. Zijn stem is amper van toon en volume veranderd.

Zacht kreunend hef ik mijn hoofd en zie door een waas van tranen hoe Marius op zijn gemak alle kasten opentrekt en de inhoud inspecteert.

'Ah, zie je wel. Drank.'

Hij schenkt twee glazen whiskey in. Een ervan zet hij achteloos op het bureaublad voor me. Dan neemt hij plaats in zijn fauteuil en zet een glas aan zijn lippen.

Hij knikt ongeduldig naar me. 'Nou, drink op man. Dat scheelt.'

Ik schud mijn hoofd. Wrijf over mijn maagstreek en inspecteer angstvallig mijn buik. Het is verbazingwekkend dat er geen liters bloed te zien zijn. Zoveel pijn en nog geen druppel. Ik heb niet eens geluid gemaakt, geloof ik.

'Ik begrijp je wel,' hoor ik hem zeggen. 'Het is ook niet niks wat je allemaal voor je kiezen krijgt. Maar je moet je hoofd er wel even bij houden, nu. Ik heb meer te doen vandaag.'

Het botte geweld heeft een ontnuchterende werking. Geleidelijk begin ik uit mijn duistere trance te breken. 'Waar... Waar hebben we het eigenlijk over?'

'Omgerekend een dikke twee ton. Tweehonderdtwintigduizend euri.'

Ik schud ongelovig mijn hoofd.

'Ik ben bereid het naar beneden af te ronden,' gaat hij verder. 'Ik ben dus echt de kwaadste niet, maar dan moet je wel snel over de brug komen.'

'Zoveel geld heb ik niet.'

Hij neemt een slok. 'Je liefhebbende vrouwtje mogelijk wel.'

'Uitgesloten,' zeg ik.

'O, ja?'

Ik staar wezenloos voor me uit. Langs Marius heen naar een eeuwenoud olieverfschilderij van een boerenpaard dat een ploeg voorttrekt. Het is me nooit eerder opgevallen hoe grauw de lucht achter het trekdier is, hoe modderig het land waarop hij en zijn eigenaar werken. Wat een ellendig, uitzichtloos tafereel het feitelijk is, dat ik hier aan de muur heb hangen.

'Wat je wilt.' Marius grinnikt vreugdeloos. 'Maar mag ik je er dan aan herinneren dat je twee panden in bezit hebt, en dat het niet bepaald kippenhokken zijn?'

'Ze zijn van de bank.'

'Dit kantoor ook?'

Ik knik met tegenzin.

'Vreemd. Ik heb me laten vertellen dat je het van je pa hebt geërfd, en hij weer van de zijne.'

'Er zit een tophypotheek op.'

'Geintje zeker?'

Ik kijk zwijgend voor me uit. Buiten Bernard Lely en een paar bankmedewerkers is niemand op de hoogte van mijn hachelijke financiële status. En nu zit ik die uitgebreid te bespreken met dit uitvaagsel.

'En je auto? Die Jag?'

'Geleast. Op de zaak.'

Hij maakt een ongelovig keelgeluid. 'Je meent het? Je hebt...'

'Schulden,' onderbreek ik hem vlak, en kijk hem dan uitdrukkingsloos aan. 'Ik heb schulden. Alles is van de bank. Claire weet daar niks van, dat mag ze ook niet weten. Ik balanceer al jaren op het randje van een faillissement.' Ik zoek zijn blik en houd die vast. 'Er is geen twee ton en ik kan ze ook niet vrijmaken of lenen. Met geen mogelijkheid.'

'Ik krijg verdomme bijna medelijden met je, man... Let wel, *bijna*, hè.' Hij krabt in zijn nek. 'Maarreh... ik zou als ik jou was toch eens bij het vrouwtje te rade gaan. Ik heb namelijk zo'n donkerbruin vermoeden dat ze ergens nog een goedgevulde oude sok voor je verborgen houdt.'

Ik schud opnieuw mijn hoofd. 'Uitgesloten,' zeg ik. 'Dat is echt uitgesloten.'

'O, ja?' Hij grinnikt. 'Nou, als je zo zeker bent van je zaak... Laten we samen eens goed nadenken. Stel dat ze inderdaad tegenover jou volhoudt dat ze die centen niet heeft. Of misschien ooit wel heeft gehad, maar ze erdoorheen heeft gedraaid...' Hij staat op en ik deins onwillekeurig naar achteren, maar hij gaat zijdelings op mijn bureau zitten. Pakt het fotolijstje weer op. Houdt het voor zich en kijkt naar Fleur en Charlotte in hun lichtroze skipakjes. 'Wat zouden zij ervan vinden, Harald, van deze hele toestand? Straks, als ze ouder worden en het te horen krijgen? Of eerder, op school al. Kinderen kunnen zo hard zijn, hè, onderling...' Hij kijkt me niet aan, zet de foto terug en gaat weer in de fauteuil zitten. 'Als Claire iets overkomt, dan heb je voor die twee meiden toch wel wat geregeld, neem ik aan? Centjes voor een fulltime oppas, een *nanny*, of hoe zo'n mens tegenwoordig ook heet? Je lijkt me een goede vent, Harald, een verstándige vent. Eentje die niets aan het toeval overlaat. Je hebt vast wel wat geregeld.' Hij kijkt me recht aan nu. 'Ze is toch wel verzekerd?'

Ik slik. Hij heeft gelijk. Mijn leven is verzekerd voor bijna een miljoen. Dat van Claire voor een kwart miljoen. Voor het geval dat.

'Is het genoeg?' vraagt hij calculerend. Zijn ogen lijken nog dieper in hun kassen verzonken te liggen, hij knijpt ze lichtjes dicht. De grijns is voor het eerst sinds zijn bezoek van zijn tronie verdwenen. Het is hem dodelijke ernst.

Ik kijk verschrikt op. 'Nee. Dit gesprek kan niet plaatshebben. Dat kán gewoon niet.'

Hij staat op, trekt zijn colbert recht en kijkt op me neer. 'Nou, vriend, hoe je het doet, doe je het, áls het maar gebeurt.' Hij is in een paar passen achter me en legt zijn handen op mijn schouders. Ze voelen loodzwaar, als twee aambeelden. 'Ik snap dat je tijd nodig hebt. Je hebt vandaag behoorlijk wat voor je kiezen gekregen. Praat het uit met d'r, probeer ermee in het reine te komen. Je hebt een leuke vrouw, meer dan leuk zelfs, afgezien van dat ze hoogstwaarschijnlijk een leugenachtig kreng is...' Hij knijpt mijn schouders bijna fijn ten afscheid en loopt dan naar de deur. Legt zijn hand op de deurkruk en draait zich om. Zacht zegt hij: 'Ik heb ergens wel met je te doen. Daarom geef ik je twee volle weken. Veertien dagen. En dan zorg je dat je twee ton voor me hebt klaarliggen. Cash.'

Ik kijk verward op. 'En anders?'

Hij grijnst en trekt de deur open. 'Jij gaat ervoor zorgen dat het zover niet komt.'

41

'Twee, is dat eigenlijk niet een beetje weinig?' Natalie staat over de bananendoos heen gebogen die als kraamkamer fungeert voor Reddy en haar kroost.

De doos heeft een ereplaatsje gekregen tegen de blinde muur in de keuken. Het antieke hobbelpaard is ervoor verplaatst, dat heb ik naar de hal gesjouwd. Naast de kartonnen kraamkamer staat Reddy's etensbakje en een bakje met water. In de bijkeuken heb ik een kattentoilet geplaatst, in de hoop dat ze die weet te vinden en er gebruik van gaat maken. Als het aan mij ligt blijven moeder en kinderen voorlopig bij ons in huis. In de stal is het 's nachts te koud voor de kleintjes en daar kan ik ze ook niet goed in de gaten houden.

Ik hoop dat Harald het ermee eens is en hij de poezenfamilie bij thuiskomst niet meteen met doos en al in de schuur of stal neerzet. Sinds ik terug ben van de dierenarts heb ik nog geen kans gehad om hem op de hoogte te brengen.

'Ik vind twee meer dan genoeg,' zeg ik, terwijl ik een paar zakken met doosjes Smarties opentrek. De keukentafel ligt bezaaid met ouderwetse papieren puntzakken, negenentwintig stuks om precies te zijn. In elke zak heb ik al een kleurig potlood met heen en weer wiebelend houten zebrakopje op het uiteinde gedaan, een zakje gepofte rijst en een doosje rozijntjes. Charlotte is zaterdag jarig, morgen trakteert ze alvast op school.

'Dat begrijp ik goed, dat jij twee jonge poesjes meer dan genoeg vindt,' zegt Natalie. 'Maar ik dacht dat katten altijd vier of vijf kleintjes kregen.'

Ik zet de drie dode broertjes of zusjes van het tweetal resoluut uit mijn gedachten. 'Alles tussen de één en de twaalf schijnt te kunnen.'

'Twáálf? Zó! Meen je dat?' Ze kijkt vol ontzag naar Reddy. Die ligt met haar ogen halfdicht te soezen op een bedje van kranten en oude kussenhoezen. Ze maakt knedende bewegingen met haar voorpootjes. De twee kleintjes zijn in een diepe slaap.

'Wat ga je met ze doen?' gaat Natalie door. 'Weggeven?'

'Misschien houden we ze wel allebei. Het is mijn eigen schuld dat Reddy zwanger is geraakt, ik had haar afgelopen winter al moeten laten helpen.' In stilte voeg ik eraan toe: wie zijn kont zo vaak en zo ongenadig brandt als ik, mag best eens een keer op de blaren zitten...

'Daar zullen Fleur en Charlotte wel blij mee zijn.'

'Die weten nog niet dat ik dat overweeg. Ik wil het vanavond eerst bespreken met Harald, en we zullen ook moeten afwachten of die kleintjes het wel redden.'

'Dat zal toch wel? Waarom niet?'

Ik werp een blik op de klok, een smeedijzeren, licht verroeste cirkel die Harald drie jaar geleden heeft kunnen overnemen van een klant. Kwart over zes. Harald is nog steeds niet thuis. Het komt wel vaker voor dat hij wat later is, hij heeft nu eenmaal geen negen-tot-vijf-job.

Maar meestal belt hij even.

'Claire? Hallo?' Natalie geeft me een duwtje. 'Mankeert die jonkies iets, dan?'

Ik kijk op. 'Ze zijn onder de maat, volgens de dierenarts. Te klein en daardoor ook zwakker.'

'Ach, ze redden het vast wel, dieren zijn zo sterk.' Ze gaat staan, schudt haar hoofd en duwt haar krullen in model. 'Nou, ik ga er maar weer eens vandoor. Sannes vioolleraar zette haar vorige week ook al plompverloren om halfzeven buiten. Een fantastisch docent, maar een beetje zonderling is hij wel. Zeg, we gaan binnenkort weer eens samen lunchen, toch?'

'Tuurlijk.'

'Ik maak snel nog even gebruik van je toilet.'

Terwijl Natalie via de woonkamer naar de hal loopt, gaat de telefoon. Ik pak de handset van de keukentafel. 'Claire van Santfoort.'

'Claire? Met mij.'

'Harald! Waar zit je?'

'In Amsterdam.'

'Je had vandaag toch een kantoordag?'

'Dat was de bedoeling, maar er kwam wat tussen.' Zijn stem klinkt vreemd gejaagd.

'Iets vervelends?'

'Nee. Nee, nee... Gewoon. Besprekingen... Ik vertel het later wel.'

'O. Vind je het erg als wij alvast gaan eten? Het is al bijna halfzeven. Dan zet ik jouw portie wel in de koelkast.'

'Ik eh... Ik eet hier.'

Zijn snelle ademhaling alarmeert me. 'Harald? Gaat het wel goed met je?'

'Jawel, jawel, ik heb alleen te veel gedronken.'

Nu frons ik mijn wenkbrauwen. Harald is geen grootverbruiker. Hij neemt de tijd voor een goed glas en geniet ervan. Eén, twee glaasjes, en dan nog bij voorkeur thuis. 'Hoe dat zo?'

'Het is verkeerd gevallen. Ik kruip in elk geval niet meer achter het stuur. Het lijkt me beter dat ik vannacht hier blijf.'

'Waar?'

'Een hotel. Ik heb al ingecheckt.'

'Ik kan je toch komen ophalen?'

'Met die ellendige files? Nee, nee, doe geen moeite. Je bent minstens anderhalf uur onderweg. Of langer. En dan staat mijn auto hier nog op de gracht...'

'Dat maakt niet –'

'Je ziet me morgen. Dag.'

Hij verbreekt de verbinding. Even staar ik naar de telefoon, me ervan verzekerend dat mijn man daadwerkelijk met een eenvoudig 'dag' ons gesprek heeft beëindigd. Alsof ik zijn secretaresse ben in plaats van zijn vrouw.

Ik leg de telefoon op het tafelblad.

'Was dat Harald?'

Ik draai me om naar Natalie. Ze heeft haar jas aangetrokken en haar make-up bijgewerkt. Afgaande op haar laconieke houding heeft ze weinig van het gesprek meegekregen.

'Ja. Hij komt niet thuis vanavond. Een of ander congres.'

Ze trekt een zuur gezicht. 'Fijn is dat hè, als die mannen je dat zo bijtijds laten weten... Flo was ook een kei in last-minute-telefoontjes. Maar die hield er dan ook drie vriendinnen op na... De klootzak.' Ze kijkt nerveus naar de keukenklok. 'Zo, en nu ben ik er écht vandoor.'

Als Natalie weg is, zit ik stilletjes naar het tafelblad te staren. Harald die te veel heeft gedronken? Die op een kantoordag in Amsterdam verzeild is geraakt, hier bijna honderd kilometer vandaan, en daar blijft slapen?

Harald die 'dág' tegen me zegt?

Ik graai de handset van tafel en toets zijn mobiele nummer in. Wacht ongeduldig.

'Dit is de voicemail van Harald van Santfoort, Ravelijn Vast-...'

Dat kan niet. Hij belde me net. Ik kies nog eens Haralds nummer.

'Dit is de voicemail van...'
Ik vergis me niet.
Na zijn vreemde telefoontje heeft Harald zijn mobiel ijskoud uitgeschakeld.

Elf

Vlucht ~ Het voorover staan (hellen) van een voorgevel. Vroeger werden gevels 'op vlucht' gesteld, teneinde inwatering van het metselwerk te voorkomen. In 1795 vermeldt W. Goeree de term in zijn handboek.

Bron: *Bouwkundige termen*, Dr. E.J. Haslinghuis, 1986

Claire is van begin af aan geheimzinnig geweest over een deel van haar verleden. Ik heb haar tot in details verteld over mijn familie, mijn mislukte gang naar de universiteit, de zomervakanties bij mijn oma, onze eerste, tweede én derde hond, mijn beste vrienden en mijn ergste vijanden in de buurt en op school. Zij luisterde voornamelijk, urenlang. Ze stelde vragen. Toonde interesse in de meest banale anekdotes.

Claire heeft me verteld dat ze op haar achttiende uit huis is gegaan. Ze werkte toen in een schoenenzaak en verdiende in de avonduren bij als serveerster. Hoe ze daarna vanuit de havenstad in deze regio verzeild is geraakt, heb ik nooit in kaart kunnen brengen. Ook niet hoe ze zich dat dure appartement heeft kunnen veroorloven, in de meest prestigieuze wijk van de vestingstad. De huur moet rond de vijftienhonderd gulden per maand hebben gelegen, terwijl ze als kledingverkoopster werkte. Claire was vierentwintig. Alleen van haar salaris had ze dat huis, de talloze stukken merkkleding en sieraden die ze droeg niet kunnen bekostigen. Zodra ik voorzichtige vraagtekens plaatste bij haar bestedingspatroon, moest ze hardop lachen en kwam ze met een vaag, nooit bevestigd verhaal over spaargeld. Vroeg ik daarop door, dan noemde ze me 'gekkie' en 'tijger', smoorde ze alle ontstane twijfel met haar warme lach en natte kussen en bedekte ze de laatste restjes wantrouwen met haar weelderige lichaam.

Zes jaar van haar leven zijn amper in kaart gebracht. Ik vermoedde dat ze een rijke, wellicht veel oudere vriend heeft gehad die haar in die periode geld toeschoof. Misschien was ze de maîtresse van een vermogende, getrouwde kerel. Het is me nooit duidelijk geworden. Toen we trouwden bracht ze een kleine twintigduizend euro in.

Dat ze in een nachtclub heeft gewerkt, verklaart alles in één vernietigende klap.

Nadat die afschuwelijke kerel mijn kantoor had verlaten, wilde ik het liefst naar huis gaan om Claire met dit verhaal te confronteren. En dat niet alleen. Ik zou haar complete garderobe uit de kast rukken en uit het raam smijten, ik zou ordinair gaan schelden en zelfs vloeken, haar bij de haren grijpen en mijn huis uit lazeren, het erf op, en haar nog verder opjagen, het eiland af, en ik zou schreeuwen dat ze kon oprotten naar die walgelijke ex van d'r, die vulgaire, afschuwelijke, smerige, ordinaire, laag-bij-de-grondse póóier.

Dat was mijn eerste ingeving.

Ik kwam niet verder dan mijn auto en bleef daar zitten, met beide handen op het stuur, hijgend en met vochtige ogen van kwaadheid, ontzetting en verdriet. En ik begon te denken aan de gevolgen. De verstrekkende, onomkeerbare gevolgen. Gevolgen voor alles en iedereen.

Om te beginnen voor Fleur en Charlotte, mijn lieve, knappe knuffelmeisjes die ik al begin te missen als ik 's ochtends de deur achter me dichttrek – worden kinderen niet vrijwel altijd aan hun moeder toegewezen? Ik voorzag frustrerende, urenlange sessies in advocatenkantoren en stapels facturen. Gedonder over de voogdij. Omgangsregelingen. Alimentatie. En hard, heel hard boven al dat juridisch gejubel uit zou de dorpstamtam klinken, het allesoverheersende gedreun van de roddels, de schande, het geginnegap en de algehele hilariteit.

Heb je het al gehoord? De Van Santfoorts gaan scheiden.
O, ja? Echt? Hoe dat zo?
Dit geloof je niet, luister...
... Ha, ha, méén je dat nou?

Nee. Naar huis gaan kon ik niet. Met geen mogelijkheid. Ik was te geëmotioneerd om de situatie op een verstandelijke manier te kunnen benaderen. Ik kon me geen dwaze, ondoordachte, door pijn en frustratie ingegeven acties veroorloven. En die zouden zeker volgen als Claire ook maar één keer tegen me zou liegen, één woord te veel zou zeggen, een minzaam knikje, een verkeerde stembuiging, wat dan ook.

Hoe ik het ook bekeek, vanaf het moment dat ik haar ermee zou confronteren, zou niets meer hetzelfde zijn. Claire zou opstappen, met de meisjes, en me alleen achterlaten. Misschien bij Natalie of bij Gerda intrekken... en dan kwam alles op straat te liggen.

Zolang ik zou doen alsof er niets aan de hand was, kon alles gewoon doorgaan, dan zou ik het onder controle hebben. Ik moest de tijd nemen om na te denken. Nadenken over hoe ik het beste uit deze misère kon komen, hoe ik alle ballen in de lucht kon houden. Er moest een uitweg zijn, een tactiek waarmee ik de schade zoveel mogelijk kon beperken.

Ik ben de snelweg op gereden en gedachteloos blijven rijden en rijden, tot ik als vanzelf in de hoofdstad terechtkwam, een bizarre mierenhoop op palen vol met gekken en toeristen waar ik niemand ken en niemand mij kent. Dat leek me een prima toevluchtsoord.

Ik laat me van het bed rollen en trek de minibar open. Er staan minuscule flesjes drank in. De moeite van het openen nauwelijks waard. Bovendien staat er geen fatsoenlijk merk bij, alleen *red label* en vergelijkbare bocht. Ik sta op en graai naar de telefoon die op het bureau staat. Toets een negen in.

'Roomservice, goedenavond.'

'Van Santfoort, kamer zesenzestig. Kunt u mij een fles Jameson of Tullamore Dew bezorgen?'

'Op uw kamer?'

'Uiteraard.'

'Ik stuur iemand voor u op pad, meneer Van Santfoort. Het kan wel een kwartiertje tot een halfuurtje duren.'

'Prima,' zeg ik.

'Kunnen we u met nog iets anders van dienst zijn?'

Een stevig stuk touw, graag. En een krukje. 'Nee, merci.'

Ik leg de hoorn neer en laat me achterover op het hotelbed vallen. Staar naar het ivoorkleurig geschilderd balkenplafond en de antieke kroonluchter. Er ontbreken drie kristallen.

In dit hotel sliep ik twee jaar geleden, een verdieping lager, in het kader van een internationaal makelaarscongres. Het is een relatief klein hotelletje in een monumentaal grachtenpand, speciaal ingericht voor gasten met een verhoogd kwaliteitsbesef: antieke Franse meubels, rijk gedessineerde gordijnen, overdadige tapijten. Ik had verwacht dat ik in deze historische omgeving enigszins tot bedaren zou komen, maar het tegenovergestelde lijkt waar.

In afwachting van de roomservice pak ik toch maar een miniflesje red label uit de bar en giet het leeg in mijn keel. Het vocht brandt in mijn slokdarm en ik laat me weer achterover op het bed vallen.

Ik heb geen tweehonderdduizend euro. Het pand in de vestingstad was vrij van hypotheek toen vader overleed, maar nu al lang niet meer. Er rust ook een stevige hypotheek op de boerderij. Voor hypotheek nummer drie – grootmoeders huisje – loopt een aanvraag. Zelfs als ik mijn beide panden verkoop, helpt het me niet veel verder. De overwaarde is gering. Al zou ik met veel pijn en moeite nét twee ton overhouden om die gangster tevreden te stellen, hoe moet ik dan verder? Wat blijft er eigenlijk nog over? Niks. Dan zit ik zonder bedrijf, zonder huwelijk, en woont er iemand anders op mijn stek op het eiland.

Er wordt op de deur geklopt. Ik sta op van het bed om de deur te openen en ik merk dat ik enigszins wankel.

Er staat een kleine man in donkerrood uniform. Hij houdt een zilveren dienblad vast met daarop een fles Tullamore Dew en een kristallen glas. 'Uw whiskey, meneer.' De man zet het blad op het koffietafeltje bij de fauteuils en knikt me beleefd toe bij het weggaan. Blijft niet dralen om een fooi. Klasse.

Ik neem niet de moeite om het spul in het glas te schenken. Ik ruk de dop eraf en duik terug in bed, schop mijn schoenen uit en zet de fles aan mijn lippen.

Geld, denk ik. Hoe kom ik aan geld zonder de panden te verkopen? De Jag is geleast, die kan ik niet eens verkopen al zou ik het willen. Claires Freelander brengt misschien tien, vijftien mille op. Hooguit. Wat hebben we nog meer? Humbold is geen verkeerd paard, maar vanwege zijn beenblessure zal hij hooguit drieduizend opleveren. Donky een paar honderd, die heeft niet eens papieren. Meubels? Op maat gemaakt, maar ze brengen tweedehands niets op. Claires sieraden? Ze heeft ringen die nieuw twee mille hebben gekost, maar die waarde vertegenwoordigen ze enkel bij aanschaf, als ze nog blinkend in de vitrine bij Schaap & Citroen liggen. Zodra je ervan af wilt, telt alleen nog de goudprijs.

Nee, dit soort leegverkoop zet geen zoden aan de dijk. Ik moet iets anders verzinnen.

Nóg meer geld lenen? Ik heb zo'n beetje door het stof moeten kruipen bij die kwallerige Bernard Lely om de lening voor het huisje van Claires moeder losgepeuterd te krijgen. Als ik nu alweer bij hem aanklop, verlies ik mijn geloofwaardigheid volledig. Dan gaat hij mijn kredietwaardigheid in twijfel trekken, vraagtekens plaatsen bij de bedrijfsresultaten. En daarover gaat hij praten met anderen, die op hun beurt weer kletsen tegen hun vrienden en bekenden... en voor je het weet is het allemaal waar.

Wist je dat die Van Santfoort van Ravelijn in de financiële problemen zit?
Het zal hem allemaal wel boven het hoofd zijn gegroeid... dat zat er natuurlijk al een poos aan te komen, hè...
De universiteit was ook al te hoog gegrepen...
Goed dat zijn vader dit niet hoeft mee te maken...

Ik knijp mijn ogen dicht en leg mijn kin op mijn borst. Wat zijn mijn opties? Ik heb er geen meer over. Ik zíé ze in elk geval niet.

Als ik die crimineel geen geld geef, gaat hij de druk opvoeren. Waarschijnlijk begint hij ermee aan de grote klok te hangen dat ik getrouwd ben met... met een hoer.

Ik zet de fles weer aan mijn lippen en neem opnieuw een paar flinke slokken. Zojuist had de drank nog enig effect, voelde ik die veertig procent alcohol driftig prikken en branden in mijn mond en slokdarm. Nu voel ik niets, mijn lijf lijkt verdoofd, volledig lamgeslagen. Ik proef en voel niets.

Ik ben getrouwd met een hoer.
Ik heb kinderen van een hoer.
Claire is een hoer.

Ik laat de fles naast me op het tapijt vallen, ga op mijn knieën op het bed zitten en begin te janken. Eerst geluidloos, zonder tranen, een soort verstikt gegrinnik, en dan, als ik mezelf ervan heb verzekerd dat er niemand is die me kan zien, beginnen mijn schouders te schokken. Ik bal mijn vuisten en stomp in de kussens, in het matras. Tranen stromen over mijn gezicht, dat rood moet zijn aangelopen, en ik voel snot over mijn bovenlip glijden, spetters vliegen alle kanten op terwijl ik hijgend ademhaal.

'Hóér,' stoot ik uit. Mijn stem slaat ervan over. 'Claire – is – een – hóér! Een hóér, verdómme!'

Schreeuwen lucht op. Ik spring van het bed, loop naar het raam en schuif het open. Er schijnt een waterig zonnetje op de gracht, een bloemenstalletje en talloze passanten. Het zal zo'n achttien, negentien graden zijn. De lucht is vriendelijk en zacht.

Ik zet mijn handen op de vensterbank, knijp zo hard in het hout dat mijn knokkels wit worden, en leun naar voren. 'Hoer!' schreeuw ik uit volle borst uit over de gracht. 'Ze – is – een – HÓÉR!'

'Zijn we dat niet allemaal?' grapt een jonge kerel die voorbijfietst, en hij zwaait amicaal naar me.

Ik trek me terug, stoot mijn achterhoofd gevoelig tegen de onderkant van het raam en duw het met een nijdige klap dicht.

De kamer is te klein geworden. Duizenden zachtgroene kraanvogels op het behang lijken los te komen uit hun omgeving. Ze bespringen me met hun steltpoten, pikken naar me. Lachen me uit. Ik moet naar buiten.

Ik loop de gang op en daal strompelend de met dik tapijt beklede trappen af. In de lobby word ik toegeknikt door het aanwezige hotelpersoneel. Hun glimlach is vriendelijk en professioneel, maar hun ogen drukken hun ware gedachten uit. Ze kijken elkaar onzeker aan. Een oudere, met goud behangen dame zit thee te drinken en neemt me nieuwsgierig op.

Ik loop wankelend naar buiten, smijt de deur achter me dicht en zoek steun bij de gevel.

De hoofdstad is de stad van de wallen. *Red light district.* Hoeren. Ik ben mijn leven lang nog nooit in contact geweest met vrouwen die zich voor seks laten betalen. Nog nooit.

Dacht je.

Sukkel die ik ben. Ik geloofde in Claire. Ik geloofde in ware liefde.

Ik duw me weg van de gevel en loop in de richting van een drukkere weg. Er zal daar ergens vast wel een taxi te vinden zijn die me naar het hoofdstedelijke sodom en gomorra kan brengen.

42

Fleur en Charlotte liggen aan weerszijden van me te slapen. Ik kan ze amper horen ademen, hun slaap is heel diep. Als ik me inspan, hoor ik beneden in de keuken de afwasmachine draaien. Verder niets.

De slaappillen van dokter Vlier liggen onaangeroerd in het medicijnkastje. Ik houd mijn hoofd nu liever helder.

Haralds afwezigheid maakt me ongerust. Het voelt helemaal fout. Hij leek uit zijn doen. Aangeslagen. Kortaf. Ik wil graag geloven dat er niets achter zit. Dat Harald door zakelijke omstandigheden in de hoofdstad verzeild is geraakt en een paar borrels heeft gedronken die verkeerd zijn gevallen. En dat ik hem niet te pakken kan krijgen omdat de batterij van zijn mobiele telefoon leeg is en hij geen oplader bij zich heeft. Ik wil geloven dat Harald nu in een diepe slaap is, in een mij onbekend hotel. Dat hij in bed ligt.

Ik wil het zo ontzettend graag dat ik hem bijna voor me zie, slapend in het donker. Zijn kleding netjes opgehangen op een dressboy bij het bed, zijn schoenen eronder.

Ik luister naar de zachte nachtgeluiden en draai me om. Trek de deken verder over mijn borst.

Het beeld van Marius dringt zich aan me op. Hoe hij op de boot naar me keek, en wat alleen al die blik bij me veroorzaakte. Die glimlach, die eeuwige, verwoestende glimlach.

Ik voel zijn handen weer, stevig op mijn heupen. Ik voel de inwendige sporen en afdrukken die hij heeft achtergelaten, die ik nog dagenlang met me mee heb gedragen. Die ik nu nog kan voelen, alleen door eraan terug te denken.

Marius was here.

En nu? Waar is hij nu?

In Oeganda?

Of... misschien toch veel dichterbij, in Amsterdam bijvoorbeeld?

Ik prent mezelf voor de honderdste keer vannacht in dat Marius genoeg om me geeft om me niet te belazeren. En ook dat hij het type er niet voor is om rare sprongen te maken. Ik ken hem. Hij heeft aan de lopende band tegen me gelogen, maar liegen over zaken die écht belangrijk zijn, heeft hij nooit gedaan.

Die vreemde spagaat in zijn karakter is een consequentie van zijn vak: als je je in de illegaliteit beweegt, kun je niet naar de politie stappen als iemand zich niet aan de afspraken houdt. Er is geen rechter bij wie je terechtkunt, geen ombudsman, geen brancheorganisatie of klachtencommissie. Dus als criminelen besluiten om samen te werken, worden er hechte banden gesmeed en waterdichte afspraken gemaakt. En dus is Marius' erewoord ten opzichte van iemand die hem lief is evenveel waard als een ondertekend contract. Misschien zelfs nog wel meer.

Behalve als de betreffende persoon niet tot de incrowd behoort. Dan wordt er glashard gelogen, evengoed met de hand op het hart. Beschouwt Marius mij nog steeds als behorende tot zijn kring? Of ben ik, zonder het te weten, ingedeeld in het vijandige kamp? De andere partij? Want dat zou dan alle rottige stappen die hij zou willen ondernemen voor hem rechtvaardigen.

In het donker schud ik mijn hoofd. Nee. Hij geeft om me. Dat las ik in zijn ogen en ik heb het nog veel sterker gevoeld.

Hij heeft beloofd me met rust te laten.

Dus doet hij dat.

Ik draai me om, sluit mijn ogen en haal een keer diep adem. Plotseling treft me een nieuwe mogelijkheid die Haralds afwijkende gedrag kan verklaren. Eentje die voor elke andere vrouw en binnen elk ander huwelijk zelfs het meest voor de hand zou liggen, maar waarbij ik, in alle commotie die Chris en Marius hebben veroorzaakt, nog geen seconde heb stilgestaan.

Gaat Harald vreemd? Was zijn verwarde, afstandelijke telefoontje van vanavond een nogal doorzichtige smoes om een nacht met zijn maîtresse te kunnen doorbrengen?

Langzaam laat ik die verklaring bezinken, luisterend naar het gestage gonzen van mijn eigen bloedsomloop. Besluit dan dat als Harald vanavond niet in een hotel slaapt, maar andere dingen aan het doen is, ik hem dat niet kan verwijten. Ik ben de laatste vrouw op aarde die haar man overspel kwalijk zou mogen nemen.

Hij heeft er zelfs alle recht toe.

Twaalf

Ik kan amper geloven dat ik me hier vertoon. Wat er in deze wijk gebeurt gaat alle perken te buiten. Raam na raam zitten gedeeltelijk ontklede vrouwen in het schijnsel van rode lampen. Ze dragen goedkope lingerie en sommigen hebben pruiken op. Hun lichamen variëren van eng mager en schonkig tot aan rubensafmetingen – en alle tussenliggende gradaties.

In de smalle straatjes wemelt het van de toeristen, maar ook van randfiguren met zwartleren jassen en ongure koppen, die hun handelswaar scherp in de gaten houden. Er is opvallend veel politie op de been. Het *red light district* is in feite precies zoals ik het me had voorgesteld. Nee, als ik eerlijk ben is het nog ranziger, veel confronterender. Een intimiderend rariteitenkabinet waar ik me niet op mijn gemak voel.

Er zitten meisjes bij van net achttien, als ze dat al zijn. Het enige waaraan ik kan denken als ze me voor een potentiële klant aanzien en me met een verveelde glimlach proberen hun winkeltje in te lokken, is dat Claire ongeveer even oud moet zijn geweest toen ze dit vak uitoefende. Ik kan het amper bevatten. Wíl het niet eens begrijpen.

Ze heeft een compleet leven geleid dat ze heeft verzwegen, inclusief een minnaar die eruitziet als een opgelapte bokser en volgens eigen zeggen tien jaar in de gevangenis heeft gezeten – 'vanwege een akkefietje'. Ze moet hem aantrekkelijk hebben gevonden. Dat idee alleen al vind ik onverteerbaar. Stuitend. Dat Claire met zo'n kerel intiem is geweest. Met hem, en met... honderden anderen?

En ik heb er nooit iets van gemerkt.

Niets.

Geen moment.

Ben ik zo naïef? Zo'n blinde, goedgelovige, argeloze sukkel uit de provincie?

Nee, verdomd. Ik ben echt niet gisteren uit een ei gekropen. Ik weet heel goed wat er te koop is, alleen worden er op deze wereld heel veel zaken en diensten aangeboden die ik eenvoudigweg niet wil hebben. Vrienden en zakenrelaties heb ik meesmuilend horen spreken over bordeelbezoeken, verhalen al dan niet uit eerste hand, variërend van een uit de hand gelopen vrijgezellenfeest tot clubbezoek of het bestellen van een escort. Ik heb ze aangehoord, maar dergelijke ervaringen nooit zelf opgedaan. Geen behoefte aan gehad. Nooit. Het hele concept betaalde liefde is me vreemd en dat had ik graag zo willen houden.

Is dat niet wrang? Dat juist ik, die nooit iets te maken heeft willen hebben met deze schimmige, oeroude branche, uiteindelijk zonder het te weten is getrouwd met een van haar vertegenwoordigsters?

Een enorme negerin lonkt naar me. Ik verplaats snel mijn blik. In de kamer naast haar, slechts gescheiden door een dunne muur, zit een mager blank meisje met opgestoken haar in een goedkoop wit lingeriesetje. Als ze mijn blik vangt, houdt ze die vast en duwt dan haar borsten omhoog.

Ik voel mijn maag draaien. Adem diep in en uit, en nog eens. Het helpt niet om mijn ingewanden tot rust te brengen. Ik sla mijn blik neer en durf niet meer op te kijken, bang om oogcontact te maken, bang voor de beelden die hier in mijn hoofd worden geplant, om dingen te zien die ik niet wil zien, maar nooit meer zal vergeten.

Ik wil hier niet zijn.

In een steeg waarop geen ramen uitkomen, leun ik tegen de klamme bakstenen muur, en eindelijk, uren na het leegdrinken van een volle fles whiskey, krijg ik het voor elkaar om mijn maag te legen. De inhoud klettert op de straatstenen en tegen mijn gesteven broek.

Nadat ik de laatste zure golf uit mijn maag heb geperst, loop ik in de richting van een brede straat waar ik auto's en fietsers zie rijden, en waar de straatverlichting niet meer rood maar helder wit is.

Deze wijk heeft een uitgang, besef ik. Ik kan gewoon wegwandelen en een taxi aanhouden die me elders de stad in brengt, of nog verder weg, buiten de stadsgrenzen de polders in, waar de duisternis en stilte volledig zijn.

Maar in mijn situatie zie ik geen uitweg. Geen enkele.

Ik heb dat geld niet. Ik kan dat ordinair stuk vreten niet betalen, vandaag niet en over twee weken evenmin.

Wat kan ik doen? Claire buiten zetten, de eerste ingeving volgen die ik vanmiddag had? Zinloos. Dat maakt het alleen nog maar erger. Weer zie ik de gezichten voor me, van de bankmensen en de jongens van de gemeente. Dennis van Gelder komt vast niet meer bij als dit hem ter ore komt. Ik denk zijn hoongelach nu al te horen. En dan Lely, of de streng gelovige buren die me alleen maar accepteren omdat ze denken dat ik succesvol ben. En al die tientallen, honderden anderen die me na de dood van vader na verloop van tijd zijn gaan waarderen en tot op zekere hoogte misschien wel zijn gaan respecteren: ze zouden hun hoofd meteen wegdraaien als ze me zagen lopen. Ze zouden me niet meer willen kennen en me letterlijk en figuurlijk de rug toekeren.

Maar ze zouden wel over me praten. Elke dag opnieuw. Ik hoor zonder enige moeite hun stemmen in mijn hoofd, ze lispelen, smiespelen, grinniken...

Harald van Santfoort ligt in scheiding... Financieel aan de grond, wist je dat... Zijn school niet eens kunnen afmaken... Een mislukkeling, wat je zegt, de stumper, dat was hij feitelijk van begin af aan al... Hij kon zelfs geen fatsoenlijke vrouw vinden. Een hoer, heb je dat gehoord? Die zal hij wel hebben bezocht, hoe komt hij er anders aan? Triest hoor, voor die kinderen. Daarmee wordt het ook nooit meer iets, natuurlijk. Dochters van een mislukkeling... Een mislukkeling en een hoer.

Ravelijn, alles wat mijn vader en grootvader hebben opgebouwd, zal in één klap weg zijn. Besmeurd door schande. Mijn dochters zouden geen enkele kans meer krijgen op een goed, respectvol bestaan. Ons hele leven hangt samen met de vestingstad en het eiland en ik zou er niet eens kunnen blijven wonen of werken.

Geld om elders een nieuw kantoor op poten te zetten heb ik niet. Ik heb verdomme geeneens spaargeld ter overbrugging, geen familie die me tijdelijk kan opvangen. Niets. Wat voor mogelijkheden resten me nog? In dienst gaan bij een ander? Dag in dag uit Vinex-woningen taxeren?

Nee. Claire wegsturen is geen optie. En zelf kan ik ook niet weg. Ik ben bijna veertig, ik kan niet meer opnieuw beginnen. Ik *wil* het ook niet. Ik wil dit vasthouden. Ravelijn, mijn woonboerderij, mijn dochters, mijn hele léven!

Ik wil het niet kwijt.

Verdomme, Claire. Verdomme.

Claire van goud. Claire van de Taittinger en de blauwvintonijn, van de zon en de lach en de massages, van de eeuwigdurende liefde tot de dood ons scheidt, van de kinderen die mijn alles zijn, en de reddingsboei in een uitzichtloze maalstroom van sombere gedachten.

Ze is toch wel verzekerd?

43

'Mam, mogen we ze houden?'

Die vraag zat eraan te komen, maar zo vroeg had ik hem nog niet verwacht. De kittens hebben hun eerste nacht goed doorstaan. Ze liggen in elkaar verstrengeld tegen hun moeders kaalgeschoren buikje en maken zachte, tevreden geluidjes. Ook Reddy doet het uitstekend. De wond vertoont geen verdikkingen of rode verkleuringen.

'Ja!' valt Charlotte haar grote zus bij en ze kijkt me smekend aan, met overdreven dramatisch knipperende ogen: 'Please-please-please? Eentje voor mij en eentje voor Fleur!'

'We hebben Reddy toch al?'

'Ja, maar dat is anders, want die is van jou.'

'Van ons allemaal,' corrigeer ik.

'Charlotte is morgen jarig,' bedenkt Fleur spontaan, en ze port haar zusje aan. 'Ze heeft véél liever een babypoesje dan een nieuwe fiets, hè, Charlotte?'

Daarover is Charlotte niet zo zeker. In elk geval doet ze er het zwijgen toe. Ze wiebelt onrustig op de keukenstoel, een handje onder haar kin. In de andere houdt ze een snee brood vast waarvan ze amper nog gegeten heeft. Kiezen tussen een babykatje en een fiets is dan ook verschrikkelijk moeilijk als je pas zes wordt. Of 'fef' eigenlijk, want vanochtend liet Charlottes tweede voortand los en de grote, gapende opening die nu in haar bovenkaak is ontstaan, heeft kwalijke consequenties voor de uitspraak van sisklanken.

'Ik weet het nog niet,' zeg ik. 'Ik wil er eerst met papa over praten. Die weet nog niet eens dat Reddy kleintjes heeft gekregen.'

Fleur laat zich van haar stoel glijden en trippelt naar de bananendoos.

Ik verhef mijn stem. 'Fleur, terug aan tafel, je bord is nog niet leeg.'

Ik kijk op de klok. Het is kwart over acht. Over een kwartier begint de school, we hebben nog vijf minuten.

'Fleur, ik vroeg je iets!'

'Ik heb het opgegeten.'

'Korstjes zijn ook brood.'

Ze doet net of ze dat laatste niet hoort, en eigenlijk komt me dat wel goed uit. Vannacht heb ik slecht geslapen. Bij het opstaan had ik een lichte hoofdpijn waar ik nog steeds last van heb. Ik voel er weinig voor om met Fleur de strijd aan te binden over zoiets onnozels als broodkorstjes.

Ik vraag me voor de duizendste keer af waar Harald uithangt en in wiens gezelschap hij verkeert. Hopelijk komt hij in elk geval op tijd thuis. Ik heb afgesproken om vanmiddag mijn moeder te gaan halen en Harald zou vanaf vier uur thuis zijn om op de kinderen te passen.

Ik pak Fleurs bord van tafel, laat de afgekloven korstjes in de groenbak onder het aanrecht glijden en zet het bord in de vaatwasser. Vervolgens ruim ik de tafel verder af, om Charlotte heen die net pas een eerste muizenhapje van haar brood heeft genomen. Als ik daarmee klaar ben en een vochtige doek wil pakken om het aanrecht schoon te vegen, klinkt een afschuwelijke kreet. Die gaat door merg en been. Ik draai me met een ruk om.

Fleur komt op me af gerend, krijsend en gillend. Achter

haar staat Reddy, de poten wijd uit elkaar, met wild zwiepende staart. Een van haar jongen bungelt aan zijn nekvel in haar bek.

Ik pluk Fleur van de grond, trek haar tegen me aan en wrijf over haar rug. 'Wat is er gebeurd?'

Ze geeft geen antwoord, krijst alleen maar.

'Fleur! Wat is er?'

'Reddy! Reddy h-heeft...'

Vanuit mijn ooghoeken zie ik Reddy terug in de doos springen, haar kleintje bij het andere leggen en zich beschermend om het tweetal heen krullen. Haar groene ogen staren ons argwanend aan.

Ik kijk Fleur recht aan. 'Heb je een babykatje opgepakt?'

'Jaaaa...' klinkt het, jammerend. Er loopt snot uit haar neus dat zich vermengt met haar tranen. 'En t-t-toen...' Ze haalt diep adem. 'En toen...'

Ik zet Fleur naast de spoelbak op het aanrecht. Maak haar armpjes los van mijn hals en bekijk de schade. Op allebei haar onderarmen staan diepe halen. Fleurs huid is op zeven, acht plaatsen opengekrabd. Langs de kartelige, opgezwollen randen welt bloed op.

Van pure schrik vergeet ik haar gerust te stellen. 'Ik heb je verdorie wel dértig keer gezegd dat je de kleintjes niet mocht aanraken!'

'Ja, m-m-maar, ik dacht –'

'Mama zegt zulke dingen niet zomaar! Hoe vaak heb ik nou niet...'

De tranen stromen over haar rood aangelopen gezichtje en ze rilt over haar hele lijf.

'O, sorry, schat.' Ik sla mijn armen om haar heen, kus haar kruin en blijf even zo staan, wrijf zacht over haar ruggetje, waarvan ik de ribben bijna kan tellen door het zachte katoen van haar shirt en fluister sussende woorden.

Langzaam wordt ze wat rustiger.

'Je was geschrokken, hè?' fluister ik.

Ze knikt instemmend. Haalt haar neus op.

Charlotte is met een bedremmeld gezicht bij ons komen staan. Ze kijkt vol ontzag naar Reddy en dan weer naar de verwondingen die ons huisdier heeft aangericht.

'Heb je veel pijn?'

Demonstratief tilt ze haar armpjes op. 'Kijk dan! Ik b-bloed helemaal!'

'Ik zie het, lieverd.' Ik draai de kraan open en maak een washandje nat met ijskoud water. Dep dan voorzichtig haar armpjes schoon. Dan reik ik naar de verbandtrommel op de plank.

'Niet dat prikspul!' roept Fleur in paniek.

Ik pak het gehate flesje Betadine tussen de pleisters, pijnstillers en verbandrolletjes vandaan, draai de dop van het flesje en voel me verschrikkelijk. Spuit wat vloeistof op een dubbelgevouwen verbandgaasje en kijk Fleur indringend aan. 'Liefje, even doorzetten nu. Kom. Het prikt maar eventjes, écht, het is zo voorbij.'

Ze draait haar hoofd weg en perst haar lippen op elkaar. Zo voorzichtig mogelijk dep ik de wonden schoon. Ze sist en haar onderlip trilt, maar ze is opgehouden met huilen.

'Al klaar!' roep ik overdreven enthousiast. Ik voel me minstens zo opgelucht als Fleur zelf. Dan omwikkel ik haar onderarmpjes met elastisch gaasverband en zet de uiteinden vast met brede hechtpleisters.

'Ff-tomme kat!' hoor ik Charlotte zeggen. 'Ik vind haar niet meer lief. Fe i-ff gemeen!' Ze maakt een schoppende beweging naar de doos.

'Reddy is niet stom, Charlotte,' zeg ik streng. Ik pak Fleur van het aanrecht en zet haar op de vloer. 'Ze deed Fleur niet met opzet pijn.'

'Maar waarom deed Reddy dat nou, mam?' hoor ik Fleur vragen.

Ik ruim de verbanddoos in, druk het deksel erop en zet het ding terug op de plank. 'Ze beschermde haar jongen.'

'Beschermen...' mokt ze. 'Waarom dan? Zeként me toch?' Haar stem klinkt ineens weer gevaarlijk trillerig en ik vrees voor een nieuwe huilbui. 'Mam?' gaat ze door. 'Reddy haat me nou, hè? Toch?'

'Nee. Ze haat je niet. Ik weet wel zeker dat ze nog steeds heel veel van je houdt.'

'Echt?'

'Echt! Alleen heeft ze nu baby's gekregen en die wil ze beschermen. Ook tegen mensen om wie ze geeft. Daar kan ze niets aan doen. Dat is nou eenmaal haar instinct.'

'Dus haar kinderen zijn belangrijker dan wij,' concludeert Fleur, met een sombere blik op Reddy.

Ik kijk op de klok. Halfnegen. De school is al begonnen. 'Inderdaad. Die gaan altijd voor. Zo gaat dat in de dierenwereld.'

44

De zomerzon staat hoog aan de wolkeloze hemel als ik de meisjes in de auto heb vastgesnoerd en zelf achter het stuur plaatsneem.

Het is vier uur en Harald heeft niets van zich laten horen. De hele dag door heb ik zijn nummer gebeld, maar ik kreeg steeds de voicemail. Zijn rechtstreekse nummer op kantoor was doorgeschakeld naar de receptioniste. Zodra ik haar stem hoorde, hing ik op. Ik ga echt niet aan het personeel vragen waar mijn man uithangt. Wel ben ik vanmiddag, voor ik de meisjes ophaalde van school, even langs kantoor gereden.

Zijn auto stond er niet.

Ik heb met de gedachte gespeeld om mijn moeder niet te gaan halen. Maar dat was voor ze me een uurtje geleden belde en zei dat ze 'gepakt en gezakt' op me zat te wachten en zich enorm op de komende week verheugde.

Ik kon het niet over mijn hart verkrijgen om haar teleur te stellen. Bovendien: als er problemen zijn, heb ik mijn moeder liever bij me in de buurt.

'Hé, papa is thuis!' Fleur ziet de grijze neus van Haralds auto net iets eerder dan ik.

De poort draait langzaam open en Harald komt het erf op gereden.

Er valt een zware last van me af. Ik draai het contact terug en trek de handrem aan.

Harald parkeert zijn Jaguar voor de schuur, stapt uit en loopt op ons af.

Ik laat mijn raam zakken. 'Waar heb je nou de hele tijd gezeten? Ik was dodelijk ongerust, verdorie. Ik probeer je steeds te bellen, maar je mobiel staat uit.'

Hij fronst zijn wenkbrauwen en graait in zijn broekzak. Er zitten vlekken op zijn beige broek, zie ik, die hij zonder veel succes heeft geprobeerd schoon te maken.

Harald diept zijn mobiele telefoon op en kijkt fronsend naar het schermpje. 'Batterij leeg,' mompelt hij, en laat hem weer in zijn broekzak glijden. Kijkt dan op. 'Waar ga je naartoe?'

'Mijn moeder ophalen, weet je nog? Ben je vergeten dat je vanmiddag op de kinderen zou passen?'

Harald schudt zijn hoofd. 'Nee, niet vergeten,' mompelt hij.

Ik wil hem vragen waar hij is geweest, maar besef dan dat de kinderen op de achterbank zitten. Het komt later wel. 'Hoe kom je aan die vlekken op je broek?'

Hij fronst geërgerd en maakt er een gebaar bij waarmee je een vervelende vlieg zou wegjagen. Neemt een paar passen en trekt mijn achterportier open. 'Ga jij nou maar rijden, anders sta je straks in de file. Ik red het wel met die twee.'

'We hebben babypoesjes, pap,' zegt Charlotte, terwijl ze zich uit de gordel wurmt. 'Mama noemt ze kroketjes. Wil je ze zien?'

'Ja, natuurlijk,' hoor ik Harald zeggen. 'Hoeveel zijn het er?'

'Twee. Maar je moet er niet aankomen, hoor,' rebbelt Fleur, 'Reddy heeft nu instinct, zegt mama, en daar heeft ze last van. Ze is nou een soort van vals geworden.'

Fleur laat ter illustratie haar omzwachtelde armpjes zien. De halve klas heeft er zijn naam op gezet, alsof het gipsarmen betreft. Al terwijl ze uit de auto klimt, begint ze druk te vertellen wat er is voorgevallen.

Harald sluit het portier. 'Tot straks,' hoor ik hem zeggen.

45

Fleur en Charlotte zijn al van tafel gegaan. Ze liggen languit op het oosterse tapijt in de woonkamer en zetten allerlei stemmetjes op. De plastic poppetjes uit de supermarkt die mijn moeder voor hen heeft meegebracht, zijn een doorslaand succes.

'Het was lekker, Claire, echt heerlijk.' Mijn moeder legt haar dessertlepel neer en verplaatst haar blik naar Harald. 'Je boft maar, met zo'n vrouw.'

Harald knikt afwezig, met een zweem van een glimlach op zijn gezicht. Hij staat op. 'Bijna acht uur. Ik ga even het nieuws kijken.'

Sinds ik ben thuisgekomen heeft Harald zijn mond amper opengedaan. Eigenlijk heeft hij alleen gesproken als hem iets rechtstreeks werd gevraagd. Hij maakt een vermoeide indruk. Donkere wallen tekenen zich af onder zijn ogen, de rest van zijn gezicht is juist bleker dan normaal. Ik zou hem zo graag willen vragen waar hij is geweest en wat er is gebeurd, maar we hebben nog geen kans gehad om met elkaar te praten.

Ik begin de tafel af te ruimen. Mijn moeder springt meteen bij. Ze zet de warme kraan aan en wast de pannen en de met lasagne aangekoekte ovenschaal met de hand af. Ik plaats de borden, glazen en het bestek in de afwasmachine.

‘Jij ook koffie, mam?’

‘Graag.’

Bambi staat weifelend op de drempel van de keuken, haar oortjes en staartje houdt ze laag. Liever zou ze dicht bij mijn moeder blijven, maar het diepe kattengegrom uit de bananendoos weerhoudt haar daarvan. Ze heeft een heilig ontzag voor Reddy. Ik hoef niet bang te zijn dat Bambi achter katten aan gaat jagen als ze hier straks woont.

De koffie loopt en ik neem de laatste pan van mijn moeder over, droog hem en hang hem terug aan een van de gietijzeren wildhaken boven het kookeiland.

In de woonkamer zie ik Harald voor de tv zitten. Het journaal staat aan. Ik loop op hem af en kus hem op zijn kruin. ‘Wil je ook koffie?’

Geen antwoord.

Ik loop om de bank heen en zie dat zijn ogen gesloten zijn. Zijn mond hangt een klein beetje open. Harald slaapt.

‘Claire? Bambi moet er even uit. Kan dat in de tuin?’

‘Tuurlijk mam,’ zeg ik. ‘Ik loop met je mee.’

De tuindeuren staan open en gezamenlijk lopen we het terras op, waar Bambi meteen begint rond te snuffelen en een plasje doet. Daarna trippelt ze terug naar mijn moeder en kijkt vragend omhoog.

‘Dat is ze niet meer gewend,’ zegt mijn moeder. ‘Buiten zonder lijntje. Ze is de laatste tijd amper nog de deur uit geweest. Op het uitlaatveldje komen steeds jongens met van die grote honden. Mooie beesten hoor, maar ik ben er bang van. En Bambi ook.’

‘Kom,’ zeg ik in een opwelling. ‘Ik wil je iets laten zien.’

‘Wat dan?’

‘Kom maar mee.’

Ze volgt me langs de houten schuur het erf op en Bambi rent met ons mee. Het grind knerpt onder onze voeten als ik via het erf verder naar achteren loop, waar oude, knoestige wilgen staan in de beschutting van een groep kastanjebomen.

Afgelopen week heeft Harald het huisje 'uitgezet': op de hoeken van waar het bouwwerk is gepland heeft hij vierkante paaltjes in de grond geslagen. Ze hebben felrood geschilderde bovenkanten. Daartussen heeft hij touw gespannen, waarmee de grenzen van het toekomstige huisje zijn aangegeven.

Ik houd mijn pas in. Gek genoeg voel ik me zenuwachtig worden. We hebben er zoveel aan gedaan, Harald en ik. We zijn er al langer dan een jaar mee bezig: de plaats van het huisje bepalen, de begroting, de tekeningen, het bewerken van de gemeentefunctionarissen, de bouwvergunning... Stel dat mijn moeder me zo meteen gaat vertellen dat ze hier helemaal niet wil wonen? Dat ze liever in Rotterdam blijft, waar ze de buurt kent en zoveel jaren van haar leven heeft doorgebracht?

Bambi huppelt naar een struik, snuffelt aan de grond en zakt opnieuw door haar achterpootjes om een plas te doen. Dan begint ze verwoed in de aarde te krabben, en kijkt vrolijk naar ons om. Haar staartje kwispelt aan één stuk door. Ze heeft het eindelijk doorgekregen: geen kattenbakjes met kranten. Het is hier één grote hondenuitlaatplaats.

'Gaan jullie iets bouwen?' Mijn moeder wijst op de paaltjes en het touw.

'Ja. Een klein huisje. Harald noemt het grootmoeders huisje.'

'Wat grappig.'

'Het is voor jou.' Ik durf haar niet aan te kijken, richt mijn blik op Bambi. 'Als je wilt.'

'Voor mij? Wat bedoel je? Als vakantiehuisje of zo?'

'Nee. Om te wonen.'

'Ik? Bij jullie?'

Ik kijk haar aan en knik.

'Meen je dat nou?'

Ik knik nog eens. Bestudeer haar gezicht. Ze heeft zoveel klappen gehad in haar leven dat ze het niet durft te geloven als haar iets goeds overkomt. Het verbijsterde gezicht van iemand die te horen krijgt dat het winnende lot op haar postcode en huisnummer is gevallen.

Dan komen de tranen. Ook bij mij.

Het is elf uur als Harald wakker schrikt, zich excuseert en naar bed gaat.

'Ik ga ook slapen,' hoor ik mezelf zeggen. 'Morgen is een drukke dag. Het moet wel heel gek lopen wil Charlotte niet al om zes uur voor onze neus staan om naar haar cadeau te vragen.'

'Verwacht je veel mensen?' vraagt mijn moeder.

'Valt wel mee. Een stuk of zes kindjes en misschien een paar mensen van Ravelijn. De buren zullen ook wel even langskomen. Die slaan geen verjaardag over.' Ik sta op en pak een paar vuile glazen van tafel.

Mijn moeder verzamelt de onderzetters. 'Is er iets niet in orde met Harald?'

'Hoezo?'

'Hij doet zo... nors. Een beetje afwezig. Ik ken hem zo niet.'

'O, dat,' zeg ik. 'Daar hoef je niets achter te zoeken, hoor. Hij heeft het gewoon druk.'

46

Gisteren zijn alle vriendjes en vriendinnetjes op komen dagen die Charlotte voor haar zesde verjaardag had uitgenodigd. Ze werden begeleid door hun vader of moeder en een enkele oma, die allemaal even bleven voor koffie en gebak. Gerda, die ik bijna uitsluitend op school spreek, was ook nog even langsgekomen, alsook een paar man personeel van Ravelijn en de buren. Een pak van mijn hart, want als je zo'n kleine familie hebt als wij, ben je voor gezellige verjaardagsdrukte afhankelijk van anderen.

De zon stond hoog aan een strakblauwe hemel en het waaide amper. De lucht was vol met bloesemgeuren. Charlotte had zich geen betere dag kunnen wensen.

De kinderen zijn weinig in huis geweest en hoewel ze allemaal – ondanks de daaraan verbonden risico's – 'Reddy's rode kroketjes' weleens wilden zien, heb ik kraamvisite tot een minimum weten te beperken. Charlottes cadeau viel in goede aarde. Ze was onafscheidelijk van haar nieuwe fiets, slalomde tussen de fruitbomen door en trok sprintjes op het terras, rakelings langs de tafel met chips, snoep en frisdrank. Haar stalen ros is roze met paarse bloemen, er zitten zilveren linten aan de handvatten en aan het stuur hangt een rieten mandje. De zijwieltjes heeft ze nu nog hard nodig, maar die kunnen er later makkelijk worden afgehaald.

Harald heeft me het hele weekend ontlopen. Tenminste, zo kwam het op mij over. Hij onderhield geanimeerde gesprekken met zo'n beetje iedereen, hing de clown uit voor de kinderen, maar sprak amper tegen mij. Hij sliep toen ik vannacht met hem wilde praten. Of misschien deed hij alleen maar overtuigend alsof.

Vandaag is het al niet veel beter. We hebben in een naburig natuurgebied gewandeld, zijn naar de speeltuin geweest en hebben pannenkoeken gegeten. Thuis aangekomen zadelde hij Humbold op en verdween het bos in. Na het avondeten is hij voor de tv gaan zitten, heeft het journaal gekeken en zich daarna opgesloten in zijn werkkamer.

Daar zit hij nu nog steeds. Al vier uur lang. Mijn moeder is een halfuur geleden naar bed gegaan. Ik heb een bang vermoeden dat er iets ernstig mis is met Harald, er sprake is van een sluimerende depressie of dat hij verliefd is geworden op een andere vrouw en zich geen raad weet met zijn gevoelens. Maar ik kan het niet helpen dat ik nog vele malen banger ben dat hij toch Marius heeft gesproken. In Amsterdam. Of waar dan ook.

Ik sluit de achterdeur af, zet de tv uit en loop de hal in. Er brandt licht in zijn werkkamer. Het schijnt onder de spleet van de gesloten deur door.

Met opzet klop ik niet, maar maak zijn deur meteen open.

Hij zit achter zijn bureau in het zachte licht van de lamp. Met één hand duwt hij de laptop die op het bureau staat dicht.

Vergis ik me nu of kijkt hij geschrokken?

'Het is bijna twaalf uur,' zeg ik. 'Mijn moeder slaapt al, ik ga nu ook naar bed. Morgen gaat de wekker om zeven uur. Kom je ook?'

'Ja... ja...' Hij kijkt me niet aan.

‘Harald… Is er iets?’

‘Wat zou er moeten zijn?’

‘Je bent zo afwezig. Al een paar dagen. Je vertelt niet waarom je in Amsterdam was en nu zit je alweer de hele tijd hierbinnen.’

Hij heft beide handen, een theatraal gebaar van overgave. Blaast luidruchtig lucht uit zijn longen en produceert een geluid dat het midden houdt tussen zuchten en fluiten. ‘Ik heb het gewoon druk. Een heleboel gezeur op het werk, bouwkundige rapporten die niet deugen… En ik voel me niet lekker. Ik denk dat die borrels donderdag daarom verkeerd zijn gevallen. Spierpijn, hoofdpijn. Een griepje misschien.’

‘Zal ik een paracetamol voor je pakken?’

Hij werpt me een trouwhartige blik toe. ‘Ga maar slapen, Claire. Ik kom er zo aan. Er is echt niets aan de hand, anders zou ik dat wel melden. Maak je geen zorgen.’

Hij liegt.

Ik zie het en ik voel het.

Harald heeft nooit eerder tegen me gelogen.

47

Gek ~ Draaibare kap op een schoorsteen, veelal van hout en soms vrij groot van afmeting, die door middel van een windvaan zichzelf zo op de wind richt dat de rook aan de open zijde onbelemmerd kan wegstromen.

Een **kwibus** is een gek met een grotere opening.

Bron: *Bouwkundige termen*, Dr. E.J. Haslinghuis, 1986

Het is maandagmorgen halfzeven. Harald slaapt nog. Ik laat me voorzichtig uit bed glijden en sluip de gang op. Het hele huis is in een diepe, vredige rust. De wekkers van de kinderen gaan pas om halfacht, meestal stapt Harald rond diezelfde tijd uit bed.

Vanuit de logeerkamer hoor ik een zacht, nogal typisch gesnurk komen. Eerst denk ik dat het mijn moeder is, maar als ik langs haar deur loop dringt het tot me door dat het Bambi moet zijn.

Afgelopen donderdag was het startsein voor een ware diereninvasie in ons huis. Gelukkig voor Harald is het allemaal tijdelijk. Hij is opgegroeid met het idee dat honden buiten in een hok of aan de ketting horen, en katten in de hooischuur muizen horen te vangen. Beesten in de keuken en boven op bed is een gruwel voor hem. Des te vreemder is het dat ik hem er niet over heb gehoord. Reddy met baby's en al in de keuken? Er is geen onvertogen woord over gevallen. Bambi met mijn moeder mee naar boven omdat Reddy de keuken bezet houdt? Prima. Alsof hij het ineens niet meer belangrijk vindt.

Ik wil weten waar die ongeïnteresseerde houding vandaan komt, en wie of wat de donkere wolken heeft veroorzaakt die zich boven zijn hoofd hebben samengepakt. Ik kan hem niet zomaar zijn gang laten gaan en wachten tot het over is: Harald glijdt nogal soepel af in een depressie, juist omdat hij niet wil praten over nare dingen die hem bezighouden en er in zijn sombere interne dialoog amper sprake is van zelfcorrectie. Dan blijft hij maar in uitzichtloze kringetjes draaien en trekt zichzelf steeds verder de put in. Er is iets gebeurd dat hem uit zijn evenwicht heeft gebracht. Vermoedelijk donderdag, toen hij in Amsterdam is blijven slapen.

Ik loop zachtjes de trap af. Beneden open ik de deur van zijn kantoor. Ik kom hier erg weinig, feitelijk uitsluitend om schoon te maken. En zelfs dat komt niet zo vaak voor omdat Harald het grotendeels zelf bijhoudt. De stal is mijn domein, dit is Haralds plek. Hier rondsnuffelen terwijl hij slaapt voelt als inbreken. Maar het moet. Als ik ergens iets kan aantreffen dat me inzicht kan geven, dan is het hier.

In de deuropening blijf ik staan, doe het licht aan en kijk rond. De gehele linkerzijde en de wand achter zijn bureau bestaan uit kastenwanden met smalle paneeldeuren in ivoorwit, van de grond tot aan het plafond. Rechts is het raam, met dichtgetrokken shutters in dezelfde kleur als de kast en op de vloer ligt zachtgroene vloerbedekking. Op zijn antieke Engelse bureau staat een koperen bureaulamp. Voor de rest is het met leer ingelegde blad leeg.

Gisteravond stond zijn laptop opengeklapt voor hem. Was hij op pornosites aan het rondkijken? Is hij via internet een vrouw tegengekomen met wie hij een relatie is begonnen? Ik kan amper geloven dat ik zulke dingen ook maar overweeg. Ik herken een seksueel opgewonden man en Harald maakte gisteren beslist geen opgewonden indruk. Eerder bedrukt, down. Als hij al heeft zitten mailen of chatten met een vriendin, dan moet ze bar slecht nieuws voor hem hebben gehad.

Ik ga op zijn bureaustoel zitten en probeer de laatjes een voor een. Zijn laptop vind ik in de middelste lade, recht onder het blad. Ik haal het donkergrijze ding tevoorschijn en klap het open. Zet het vervolgens aan en typ het wachtwoord in. Harald gebruikt altijd en overal hetzelfde: 'fleurcharlotte'. Dan klik ik op het Explorer-icoontje en bekijk als eerste de geschiedenis.

Ik voel me een spion van mijn eigen man, een inbreker in mijn eigen huis. Mijn hart bonkt in mijn keel en ik adem snel. Onwillekeurig controleer ik de tijd. Kwart voor zeven. Boven is zo te horen alles nog rustig.

Harald heeft Google bezocht, Marktplaats, verschillende makelaarssites, de telefoongids, de site van de Rabobank, de Jaguar-dealer, een paar antiekhandelaren, architecten... Geen datingsite, geen porno.

In Google probeer ik de eerste letters van een paar seksueel getinte zoekwoorden, om te zien wat de auto-aanvulfunctie ermee doet. Er komt niets uit. Het zijn volstrekt onschuldige woorden die Harald in de zoekmachine heeft ingetypt. Ik voel me met de seconde fouter worden, ranzig bijna, dat ik zo slecht over hem denk. Haralds laptop is tot dusverre het toonbeeld van braafheid.

Ik open zijn e-mailprogramma en bekijk de ingekomen berichten. Die zijn er amper en ze zijn allemaal zakelijk. Er staan geen opvallende dingen in. Dat geldt ook voor de verzonden berichten. In 'verwijderde items' kom ik evenmin e-mails tegen die Haralds gedrag kunnen verklaren.

Ik strijk mijn haar uit mijn gezicht en denk na, terwijl ik naar de foto kijk die Harald al eeuwen als bureaublad heeft: een zwart-witopname van het pand waarin Ravelijn is gevestigd.

Het begint er nu serieus op te lijken dat er in zijn laptop niets te vinden is. Maar waarom deed hij gisteravond dan zo omzichtig, zo stiekem? Ik besluit in zijn prullenbak te kijken, maar open in een opwelling eerst Word. In de rechterkolom geeft het programma een lijst van de documenten die Harald het laatst heeft geopend. Het eerste heet 'Claire.doc'.

Ik klik erop. Blijf dan bewegingloos naar het scherm staren, met open mond.

Mijn ogen flitsen over het beeldscherm, ze lezen de woorden en zinnen, maar mijn brein weigert hun betekenis te accepteren. Ik begin zacht te trillen. Dan kom ik in beweging en begin te scrollen, verder naar beneden. Terug naar boven. Mijn keel wordt droog, mijn oren beginnen te suizen en te gonzen. Achter mijn ribbenkast bonkt mijn hart steeds harder en dringender, tot mijn hele lichaam lijkt mee te pulseren.

Claire.doc is een zelf in elkaar gefabriekte overlijdensadvertentie. 'De mooiste bloemen worden het eerst geplukt' staat erboven. Volgens de advertentie ga ik dit jaar dood, de exacte datum ontbreekt nog. De rouwende achterblijvers zijn Harald, Fleur, Charlotte en mijn moeder. Op de tweede pagina in het bestand staat een soortgelijke advertentie, maar dan afkomstig van het personeel van Ravelijn Vastgoed.

Op de derde en laatste pagina van het document vind ik

een aantal losse, onsamenhangende zinnen, in cursieve letter:

Claire, je was mijn reddingsboei, mijn eeuwigdurende liefde, mijn zon en mijn maan. Mijn alles.
Ik weet niet hoe we verder kunnen zonder jou, maar we zullen het moeten.

(afsluiten met The wind beneath my wings, Nana Mouskouri?)

Ik kan het niet bevatten. Waar is Harald in hemelsnaam mee bezig? Met een of ander morbide spelletje? Is hij gek geworden?

Waanzinnig?

Waarom is hij mijn begrafenis aan het voorbereiden? Twee advertenties, een aanzet voor een speech… Waarom moet ik dood?

Ik sla mijn hand voor mijn mond en blijf als bevroren naar het scherm staren. Lees steeds opnieuw dezelfde zinnen. Mijn ogen beginnen te tranen en mijn hele lichaam schokt van afgrijzen.

Wat moet ik hiermee?

Er klinkt gestommel op de trap. Ik spring op en kijk door de spleet van de deur. Het zijn Fleur en Charlotte, slaapdronken en in nachtjapon, hun haren in de war. Ze lopen zonder op of om te kijken door naar de woonkamer.

Ik haast me terug naar het bureau, sluit in een paar snelle handelingen de laptop af en stop hem terug in de la.

De seconden tikken tergend langzaam weg terwijl ik aan het bureau blijf zitten en nietsziend voor me uit kijk, luisterend naar mijn eigen ademhaling en hartslag. Ik mag dan een meester in ontkenning zijn, dit kan ik met geen mogelijkheid negeren. Hiermee moet ik Harald confronteren. Vandaag nog. Nu.

Ik kijk op de klok. Het is al tien over zeven.

Ik sta op en loop naar boven. Uit de gangkast pak ik schone kleren voor Fleur en Charlotte, klop op de deur van de logeerkamer en open hem zonder een antwoord af te wachten. Sluit de deur zorgvuldig achter me.

Bambi springt kwispelend van het bed en begint vrolijk om me heen te drentelen. Mijn moeder ligt op haar rug, haar ogen afgedekt met een slaapmasker.

'Mam?'

Ze schrikt wakker en trekt het zwarte masker naar haar voorhoofd. 'Liefje?' Kijkt dan door geknepen oogleden naar de wekker. Ziet dat het zo laat nog niet is en kijkt verward naar me op. 'Wat is er?'

Ik ga op het bed zitten en omvat nerveus het stapeltje kleding op mijn schoot. Probeer zacht te praten. 'Mam, ik heb problemen met Harald. Grote problemen.'

'Och, liefje, dat hebben –'

'Echte problemen, serieuze.' Er rolt een traan over mijn wang. Ik wrijf hem nijdig weg.

Mijn moeder is opeens klaarwakker. Ze gaat rechtop zitten, haalt haar oogmasker van haar hoofd en legt het naast zich neer. 'Slaat hij je?' vraagt ze strijdvaardig.

'Nee.'

'Heeft hij een vriendin?'

'Misschien, ik weet het niet. Maar het is wel iets... iets heel ernstigs. Ik moet er met hem over praten. Het kan niet wachten.'

Ze kijkt me geschokt aan. Dan dwalen haar ogen opnieuw af naar de wekker. 'Waar zijn Fleur en Charlotte?'

'Die zijn al beneden, ik denk dat ze tv kijken of met de Wii spelen... Ze moeten maar thuisblijven vandaag. Ik kan ze niet naar school brengen. Kun jij ze in elk geval wassen en aankleden?' Ik leg de schone kleding op de dekenkist naast het bed. 'Dit zijn hun kleertjes. Wil je ze beneden houden? En als je ons kunt horen ruziemaken, kun je…'

Ze slaat de deken opzij en zet haar voeten naast het bed. 'Waar kan ik het telefoonnummer van de school vinden?'

'Er hangt een papiertje op het prikbord in de bijkeuken, blauw, met een clown erop. Maar ik wil zelf ook wel –'

'Concentreer jij je nu maar op je huwelijk en laat de rest aan mij over.' Ze kijkt langs me heen naar buiten. 'Hebben ze al ontbeten?'

'Nee.'

'Dan neem ik ze mee naar het kasteel voor een ochtendpicknick. Dat had ik ze de vorige keer al beloofd, maar toen regende het te hard.' Ze kijkt me vastberaden aan. 'Doe jij maar wat je moet doen. Ik regel het wel.'

'Bedankt mam,' fluister ik. 'Ik had me geen raad geweten als je er niet was geweest.'

48

Harald slaapt nog steeds als ik vanuit Fleurs raam mijn moeder met de kinderen onze oprit af zie lopen. Fleur draagt een rugzakje, Charlotte is op haar nieuwe fiets en mijn moeder heeft een stevige boodschappentas bij zich. De meisjes kwebbelen en ze kijken vrolijk. Onverwacht een vrije dag. Picknicken bij het kasteel met oma… Wat een feest. Mijn moeder doet haar uiterste best om dat sprookje voor hen te laten voortbestaan. Ik weet dat ze erin zal slagen.

Ik draai me weg van het raam en loop de gang op, naar onze slaapkamer. Vanbinnen ben ik ijzig kalm, kalmer dan ik had verwacht. Ik wil nu alleen nog maar antwoorden. Duidelijkheid.

Ik maak de deur open en gooi hem met een klap achter me dicht. 'Waarom moet ik dood?' roep ik fel.

'Huh?' Harald knippert met zijn ogen, hij slaapt nog half.

'Je hoort me wel, Harald van Santfoort: waarom wil jij mij dood hebben?'

Hij reageert traag. Ik vraag me even af of het tactiek van hem is, tijd rekken om te kunnen nadenken, maar ik vermoed van niet.

'Waarom ben jij mijn begrafenis aan het voorbereiden?' ga ik verder, op dezelfde bitse toon.

Nu gaat hij rechtop in bed zitten. Hij draagt een grijs gestreept T-shirt en een boxershort van dezelfde stof. Die set hebben we vorig jaar op wintersport in Frankrijk gekocht. Zijn donkere haar zit aan één kant wat platgedrukt en hij heeft vouwen in zijn gezicht van het hoofdkussen. Hij knippert met zijn ogen, maar zegt niets.

'Overlijdensadvertenties...' snauw ik. Van mijn aanvankelijke kalmte is weinig over, ik voel me alsmaar kwader worden. 'Een speech, verdómme. *Wind beneath my wings*? Ben je gék geworden of zo?'

Hij haalt zijn vingers door zijn haar, van zijn voorhoofd tot achter in zijn nek. Blijft roerloos naar een punt op het dekbed staren. Ik bespeur schuldbewustzijn in zijn houding.

'"Claire, ik weet niet hoe we verder kunnen zonder jou"?' herhaal ik de woorden uit zijn halfslachtige speech. En dan: '"De mooiste bloemen worden het eerste geplukt"?'

'Ik... Het was...' Hij houdt zijn hoofd afgewend en strijkt een plooi in het dekbed glad.

In een reflex buig ik naar voren, pak het dekbed vast en trek het in een felle ruk van hem af. 'Ik sta hier!' Ik wijs driftig naar mezelf, met twee handen. 'Hier! Praat tegen míj, niet tegen dat verdomde dekbed!'

Ineens springt hij op. In een paar passen staat hij bijna tegen me aan. Torent hoog boven me uit.

Zijn wijsvinger prikt naar me en zijn donkere ogen schieten vuur. 'Jij...! Jij!'

Ik recht mijn schouders, steek mijn kin omhoog om hem aan te kunnen kijken. 'Wat is er met mij?' zeg ik kalm, en ik sla mijn armen over elkaar.

'Jij hebt tegen me gelogen!'

'Waarover?'

Plotseling kijkt hij om zich heen, alsof hij zich er nu pas van bewust is waar hij is. 'Waar zijn de kinderen?'

'Die zijn met mijn moeder mee,' antwoord ik kalm. 'Wandelen. Waarover heb ik gelogen?'

'Marius!' roept hij, en hij trekt er een gezicht bij alsof het uitspreken van die naam pijn doet.

Ik schrik en deins terug.

Marius. De verrader, de judas.

'Ma-ri-us,' herhaalt hij, en zijn gezicht vertrekt opnieuw in een afzichtelijke grijns.

'Wat is er met Marius?' Ik vermoed dat ik al stukken minder zeker klink dan zojuist.

'Hij heeft me een paar dingen over jou verteld.'

Judas, judas, judas! 'Wat voor dingen?'

Harald staat bijna te schudden van emotie. 'Waarom heb je het nooit verteld, Claire?' roept hij hees. 'Waarom niet?'

'Harald, waar heb je het verdomme over?'

Zijn huid kleurt rood en ik zie de aderen en pezen in zijn nek. 'Dat je... Dat je...' Hij draait abrupt zijn grote lijf van me weg en grijpt een boek van zijn nachtkastje. Smijt het door de kamer. 'Gódver!'

Hoe ongecontroleerder en kwader ik Harald zie worden, hoe rustiger en beheerster ik zelf word. Het is een bijzondere sensatie: ik denk helder, ik zie helder, ik leg razendsnel verbanden.

'Marius is mijn ex van tien jaar geleden,' zeg ik. 'Toen ik jou leerde kennen, had ik hem al twee jaar niet meer gezien. Hij is onbelangrijk. Over hem vertellen was niet noodzakelijk.'

'Niet noodzákelijk? En je vond het...' Zijn stem slaat over van nijd en de spetters komen neer op mijn gezicht. '... ook niet noodzákelijk om me te vertellen dat je in een hóérenkast hebt gewerkt?'

'Nee. Inderdaad.'

Hij schudt ongelovig zijn hoofd en zijn ogen draaien weg

in wanhoop. 'Ze spreekt het niet eens tegen!' Hij balt zijn vuist en stompt tegen de muur. Schreeuwt tegen het behang: 'Het is verdomme gewoonweg wáár!'

Ik zet een stap naar voren. Zeg zo kalm mogelijk: 'Dat leven heb ik achter me gelaten toen ik hiernaartoe kwam. Ik wil er niets meer mee, het is verleden tijd. Voorbij.'

'Voorbij? Nou... Jouw oude leven kwam je verdomme achterna!' Ruzieachtig duwt hij zijn kin naar zijn borst, snuift luidruchtig lucht in en uit zijn neusgaten, zijn ogen puilen bijna uit hun kassen.

Ik heb hem vaker van de kook gezien, maar nog nooit zo heftig. Toch duik ik niet voor hem weg. Ik wijk niet, geen centimeter. Ik ben niet bang van Harald, en ik zal het ook nooit zijn.

'En weet je wat hij van me wilde, die ordinaire pooier van je?'

'Hij was mijn pooier niet.'

'Laat me úítpraten, godver!' buldert hij. Stampvoet op de vloerbedekking. De houten vloer dreunt.

Dan grist hij zijn kamerjas van de dressboy, beent de kamer uit en dendert de trap af.

'Wat wil hij?' roep ik Harald na.

Hij antwoordt niet. Ik haast me achter hem aan naar beneden. In de keuken tref ik hem aan. Hij houdt een glas tegen de ijsdispenser, vult het met water en gaat aan de keukentafel zitten.

Voorzichtig trek ik een stoel tegenover hem onder de tafel vandaan en ga zitten. 'Wat wil hij? Wat wil hij, Harald?'

'Tweehonderdduizend euro,' zegt hij zacht.

Eén keer. Geef me dat.
Ik zweer je dat ik jou daarna niet meer lastigval.
... Erewoord, poes.

'Claire? Hoor je wel wat ik zeg?'

'Ik hoor je,' zeg ik ijzig. 'Tweehonderdduizend euro. Waarom?'

'Dat kan ik beter aan jou vragen, misschien?'

Ik kijk van hem weg, naar de bananendoos. Reddy loert argwanend naar ons, door toegeknepen oogleden. 'Marius heeft me tien jaar geleden een paar tassen met geld in bewaring gegeven en hij denkt dat ik die nog heb.'

'En? Is dat zo?'

Ik kijk Harald recht aan. 'Ik heb tegen Marius gezegd dat hij daarvoor niet bij mij moet zijn, dat ik ze aan Chris heb meegegeven.'

'Wie is Chris?'

'Een vriend van hem.'

'Gelooft hij je niet?'

'Chris is dood en Marius heeft geld nodig. Ik dacht dat hij me geloofde, blijkbaar heb ik me vergist.'

Harald staat op, draait me de rug toe. Legt zijn handen in zijn nek en heft zijn kin. Blijft even zo staan. Ik hoor alleen zijn snuivende ademhaling.

Als hij de stilte verbreekt, klinkt zijn stem zacht, gebroken bijna: 'Wat nu? Wat moeten we nu? Wat moet ik? Ik heb ze niet, Claire. Ik heb geen twee ton. Ik heb niets. *Nada. Nichts. Nothing. Rien du tout.* Platzak zijn we.' Hij laat zijn armen zakken en begint bijna hysterisch te lachen. 'Alles is van Lely. Van de Bank. Alles. Alles is van die... klootzak!'

'Hoezo, álles?'

Hij laat zich terug op de stoel zakken. 'Alles. Het pand van mijn vader. Dit huis. Ik betaal me scheel aan rente. Zakelijk én privé. Ik heb geen rooie rotcent meer te verteren, Claire. Sorry dat ik het moet zeggen, maar de hoogtijdagen voor Ravelijn zijn al een poos voorbij. Ik verkoop te weinig huizen, de kosten zijn te hoog, al jarenlang, het wordt alsmaar erger. En erger.' Hij kijkt op. 'Ik heb die vuile bloedzuiger van een Lely moeten smeken om een extra lening, zodat we het huisje voor je moeder kunnen gaan bouwen. Zodat ze hier kan wonen. Bij jou kan zijn.'

Ik druk mijn vingers in mijn armen totdat het pijn doet en Haralds woorden op hun plek beginnen te vallen. Ik kom uit een gezin waar een vader met schulden mijn levensloop heeft bepaald. En nu blijkt dat ik getrouwd ben met een man die zijn gezin hetzelfde aandoet. Alleen wist ik het niet.

Tot nu toe.

'Ik zie geen uitweg!' jammert hij.

'Moet ik daarom dood?'

Verward kijkt hij op. 'Dood?'

'De advertentie, de speech?' breng ik hem in herinnering.

Hij schudt zijn hoofd. Slaat zijn blik neer. 'Ik weet niet... Ik weet niet wat... Ik dacht aan de verzekering, daar dacht ik aan. Maar ik wilde niet écht... Nee, Clairtje, ik wilde...' Voor mijn ogen stort hij in. Letterlijk en figuurlijk. Het is een afschuwelijk gezicht en ik kijk vol ontzetting toe.

Harald is een grote man, een instituut, een erudiete geweldenaar, en nu hij door zijn knieën op de marmeren keukenvloer in elkaar zakt, lijkt het wel alsof een complete stad op zijn grondvesten staat te schudden, de vestingmuren openscheuren, alle gebouwen instorten en de jammerende kreten van duizenden bewoners zich samenballen in Haralds gehuil. Zijn rug is gebogen, zijn lange vingers klauwen in het rond, op zoek naar houvast.

Het beeld doet me sterk denken aan de Harald die ik leerde kennen, acht jaar geleden, een Harald die bijna uit mijn geheugen was verdwenen. De mooie, intelligente, lieve, maar tegelijkertijd totaal verdwaasde, vereenzaamde en achterdochtige man die ik uit zijn sombere schuur en dito gedachtewereld heb moeten sleuren. Alleen is het nu erger.

Veel erger.

Toen hield hij zijn verdriet en frustratie binnen. Aan de buitenkant was er nauwelijks iets aan hem te merken, de vele tekenen van depressie waren subtiel. Maar ook daarna heb ik hem nooit daadwerkelijk zien huilen. Een traan wegpinken, ja, bij de geboorte van zijn dochters. Een derde keer toen we met Fleur en Charlotte de graven van zijn ouders en grootouders bezochten.

Maar nu zit diezelfde man, dat onwrikbare instituut met zijn zware basstem en één meter tweeënnegentig lange lichaam, op zijn knieën te snikken, met zijn hoofd in zijn handen.

Ik ga op mijn hurken bij hem zitten en sla mijn armen om hem heen.

Als een groot kind kruipt hij tegen me aan, zoekt warmte, legt zijn hoofd tegen mijn borst. 'Ik wil jullie niet kwijt,' fluistert hij tegen mijn borst. 'Ik wil dit leven niet kwijt. Ik… Ik kan niet zonder jou.'

Ik voel zijn lippen bewegen tegen mijn huid, streel zijn haar. 'Rustig maar,' zeg ik, en ik begin te schommelen, naar voren, naar achteren, wieg die grote man in mijn armen. 'Rustig maar.'

'Wat moet ik nou doen?' fluistert hij, als hij zich minuten later uit mijn omhelzing losmaakt.

Ik pers mijn lippen op elkaar en kijk Harald langdurig in zijn ogen. Ik weet niet wat ik daar precies zoek, wat ik hoop of verwacht aan te treffen, maar het is er zo schrikbarend leeg dat ik ervan terugdeins.

49

‘Bedankt voor uw bezoek, mevrouw Van Santfoort.’

Ik knik naar de bankbediende – een twintiger met een vlasbaardje en een te ruim zittend, grijs pak – die de deur overdreven gedienstig voor me openhoudt. Cliënten die een bezoekje aan de kluis brengen zijn blijkbaar geen dagelijkse kost voor hem. Even denk ik dat hij buigt, maar dat moet mijn verbeelding zijn.

Bleke ochtendzon schijnt op de straten. Het is nog te vroeg voor winkelend publiek. Op de pui van een snackbar zit een rijtje duiven naar beneden te koekeloeren. Verderop in de straat gaat een metalen rolluik ratelend open.

Mijn auto staat bij het water geparkeerd. Ik ontgrendel de portieren, zet de Puma-sporttas naast me op de stoel en kijk dan even voor me uit. Haal een paar keer diep adem.

Ik zou willen dat ik me niet nerveus voelde, dat ik net zo koel en onaangedaan kon zijn als vanochtend, toen ik Harald alleen achterliet op de keukenvloer, als een ingestort, weggevaagd dorp. Pompeii. Atlantis.

Ik zet mijn zonnebril op mijn neus en haal het Mariusmobieltje uit mijn jaszak. Zet het aan, voor het eerst in bijna twee weken tijd. Gevoelsmatig lijken het wel maanden.

Geen berichten. Geen gemiste oproepen.

Ik bel het enige nummer dat erin geprogrammeerd staat.

Na vier keer overgaan wordt de telefoon opgenomen.

Hij noemt zijn naam niet. Ik hoor hem alleen maar ademhalen.

'Zit je al in Oeganda?' vraag ik.

'Oeganda...' herhaalt hij, traag. Ik hoor zijn glimlach. Geritsel van lakens, een lome kreun. Hij ligt nog in bed. 'Wat kan jou dat schelen, eigenlijk?'

'Veel. Waar ben je?'

'Waar wil je dat ik ben?'

'Niet te ver weg, bij voorkeur.'

'Je klinkt overstuur.'

'Dat kan wel kloppen.' Ik zwijg langdurig. Dan zeg ik: 'Ik moet je zien.'

'Waarom?'

'Ben je nu al vergeten wat je op de boot tegen me hebt gezegd?'

Het blijft lang stil. Ik luister ingespannen. Nog meer geritsel van lakens. Dan zijn stem, nog steeds dik van de slaap: 'Nee... dat niet. Ik had je alleen niet zo snel verwacht, poes.'

'Waar ben je?'

'Een of ander hotel.'

'Waar?'

'Ik bel je zo terug.' Hij verbreekt de verbinding.

Ik leg het mobieltje in mijn schoot. Vraag me af waarom dit gedrag van hem me nog verrast, want ik zou ondertussen toch wel moeten weten hoe behoedzaam hij is. En als bommenlegger onder mijn huwelijk heeft hij – vanuit zijn perceptie – extra reden om zo omzichtig mogelijk met me om te springen.

Ik leg mijn hand op de sporttas naast me. Laat mijn vingertoppen over het ruwe canvas glijden. Volg de stiknaden langs de rits.

Blijf ik hier wachten op zijn telefoontje, in mijn auto? Zal ik een stuk gaan lopen? Of zal ik wegrijden?

En waarheen dan? Ik kan niet alvast een stuk in zijn richting rijden, want ik weet niet waar hij uithangt. Hij kan wel in het buitenland zitten.

Zuchtend haal ik mijn handtas tevoorschijn, duw de zonneklep naar beneden en kijk in het verlichte spiegeltje. Werk mijn oogmake-up bij, stift mijn lippen met zachte lipgloss. Ik pak een paar dunne schuifspelden uit mijn make-uptasje en duw wat plukken haar terug bij de rest. Spuit er een laag haarlak overheen. Stop mijn spullen weer terug in mijn tas en staar minutenlang naar een troep meeuwen, die rakelings over het grijze wateroppervlak scheren. Vanaf de brug staat iemand brood naar beneden te gooien. Geen enkel stuk bereikt het water.

Net als ik besluit om ergens een kop koffie te gaan drinken, begint het mobieltje in mijn schoot te zoemen.

'Ik zit in Rotterdam,' zegt hij kortaf, en hij geeft een adres op. De straatnaam is me bekend: een drukke, doorgaande weg, in de buurt van mijn ouderlijk huis.

'Ik ben er rond het middaguur,' zeg ik.

'Kom je lopend of zo?'

'Ik moet eerst iets ophalen.'

Hij valt stil. Het lijkt wel alsof hij zijn adem inhoudt.

'Nou... Tot straks dan,' zeg ik.

Een klein uur later loop ik door een verwaarloosd stuk bos dat grotendeels omzoomd wordt door water. Het ligt binnen hinderlijke gehoorsafstand van een drukke snelweg en een spoorlijn. Het geraas van het verkeer overstemt moeiteloos het gekwetter en gezang van de vogels.

Naast films kijken was palingvissen mijn vaders grote hobby. Eentje die geld opbracht bovendien, omdat hij zijn vangsten aan de achterdeur van restaurants in de havenstad verkocht. Dat vissen deed hij uiteraard illegaal en bij voorkeur hier, op een plaats waar de kans op ontdekking heel klein was, en hij ongestoord zijn palingfuiken kon uitzetten en leeghalen.

Hij nam me weleens mee in de schoolvakanties. Later, toen hij niet meer leefde en ik zelf een auto had, bezocht ik dit gebied als ik aan hem wilde denken, of een momentje wilde ontsnappen aan de stadsjungle. Even genoeg had van mensen. Uren kon ik hier rondzwerven, en langs de waterkant zitten kijken naar rondzoemende insecten en watervogels, zonder ook maar een mens te zien.

Natuurliefhebbers en dagjesmensen komen hier namelijk niet. Die bezoeken massaal het gebied dat ten zuidoosten van deze plek ligt, een bekend nationaal park. Veel water, uitgestrekte bossen en stukken moeras die vol staan met wilgen en huisvesting bieden aan bevers – of otters, dat ben ik kwijt. In dat gedeelte zijn talloze wandelroutes uitgestippeld, er zijn musea en restaurants en verschillende rederijen organiseren er rondvaarten.

Hier zijn geen paden, althans geen duidelijk afgebakende, en er staan al zeker geen informatieborden bij. Toch loop ik doelgericht langs de struiken, stap over bemoste stronken van omgevallen bomen heen en kom uiteindelijk uit bij het water. Daar staat een groep wilgen aan de oever. Het zijn er vijf in totaal en ik vermoed dat ze wel honderd jaar oud zijn en al die tijd hun natuurlijke gang zijn gegaan. De stammen hebben enorme diameters en zijn bij sommige exemplaren diep ingescheurd, zo ver dat er natuurlijke holtes zijn ontstaan waar ik als kind volledig in weg kon kruipen.

Ik haal een handzaam pakketje uit mijn sporttas en leg het op de bodem van een van de holtes. Hark met twee handen dorre bladeren en takjes van de grond en strooi die eroverheen. Dan pak ik een opgevouwen vuilniszak uit de zak van mijn jas en verpak er de Puma-sporttas in. Ik buig wat wilgentakken opzij en laat de zak in de holle stam zakken. Hij glijdt zonder al te veel weerstand verder naar beneden, tot hij volledig lijkt te zijn opgeslokt.

50

Schietlood ~ Cilinder met al of niet kegelvormige onderkant, opgehangen aan een dun koordje, waarmee gecontroleerd wordt of een lijn of vlak loodrecht onder een ander punt ligt.

Bron: *Bouwkundige termen*, Dr. E.J. Haslinghuis, 1986

Nummer 130 is geen hotel. Het is een willekeurig huis, met bloeiende vetplantjes in de vensterbank en ophaalgordijnen. Ik ben er al drie keer langsgereden, op zoek naar een parkeerplaats, en ik heb mezelf er dan ook van kunnen overtuigen dat er aan de gevel van de vooroorlogse woning geen bord hangt, of iets anders dat erop wijst dat het een hotel zou kunnen zijn.

Aan het einde van de straat rijdt een bruine Volvo voor mijn neus weg. Ik draai de Freelander meteen in de vrijgekomen plek, mijn rechtervoorwiel bonkt tegen de stoeprand. Ik zet de motor af en ontgrendel met één knop de sloten.

Vrijwel meteen wordt het portier aan de trottoirzijde opengetrokken en duikt Marius op de stoel naast me. Trekt het portier weer dicht. Hij draagt een grof geweven linnen overhemd dat hem goed staat, een jeans eronder. Zijn ogen zitten verstopt achter een hypermoderne, donkere zonnebril.

'Overdrijf je het nu niet een beetje?' zeg ik. Het is niet echt een vraag.

'Wat kom je doen?'

'Praten,' zeg ik.

'We waren toch uitgepraat? Of vergis ik me daarin?'

'Je had beloofd me met rust te laten.'

'Dat heb ik ook gedaan,' zegt hij stellig.

'O, ja?' Ik schud geërgerd mijn hoofd. 'Dus je bent niet bij Harald geweest? Je hebt hem niets verteld?'

'Dat wel, ja,' zegt hij, bijna achteloos.

'Hoe kon je dat nou doen?'

Hij haalt zijn schouders op. Kijkt strak voor zich uit.

'Marius, geef verdomme antwoord! Waarom doe je zoiets?'

Hij zwijgt.

Ik draai mijn bovenlichaam een kwartslag, zodat ik weer recht in mijn stoel zit, en kijk voor me uit. Er trekt een rilling door me heen. Van de hechte band die ik voelde toen we afscheid namen, lijkt niets meer over te zijn. Het is alsof er een volslagen vreemde naast me zit.

Ik fluister zacht: 'Harald dacht erover na hoe hij me een ongeluk kon laten krijgen... Maar hij is niet verder gekomen dan het in elkaar zetten van een overlijdensadvertentie.'

Marius grinnikt, alsof ik hem een grap vertel.

'Het is niet grappig.'

'Hé, luister. Dat die vent van je er zo'n drama van maakt, is zijn eigen keus natuurlijk. Ik heb beloofd dat ik *jou* met rust zou laten. Dat heb ik gedaan.'

Ik sla mijn ogen neer. 'Dit is zó onfair.'

'Er zijn wel meer dingen onfair,' klinkt het geagiteerd.

'Waarom?' Ik zoek zijn blik, maar die is onbereikbaar ver weg, achter de donkere brillenglazen.

'Waarom wat?'

'Waarom ben je naar Harald gegaan? We hadden toch afscheid genomen? Waarom laat je ons niet met rust?'

'Ik moet keuzes maken, poes. Zoals wij allemaal. Jij kiest voor jouw gedoetje. En ik voor mezelf. Zo werken die dingen nou eenmaal. Ik heb dat geld nodig.' Dan verandert zijn toon. 'O, ja, en er kwam nog wat bij: ik was boos op je. *Ik* heb me aan mijn woord gehouden, *jij* hebt glashard zitten liegen. Dus ja, misschien was ik wel meer dan boos. Omdat ik dat niet van je had verwacht.'

Ik wil hem recht op de man af vragen of hij inderdaad Chris heeft vermoord, maar ik durf het niet. Nog niet.

Een paar auto's achter ons is een parkeerwachter boetes aan het uitschrijven. Marius merkt het ook op.

'Zullen we naar dat hotel van je gaan, of zo?' vraag ik.

'Er is geen hotel.' Hij wijst met zijn kin naar voren. 'Rij maar een stukje.'

Ik start de motor, kijk in de buitenspiegel en rijd de straat op, in de richting van de snelweg. 'Het ging je niet om mij, toch?' vraag ik, als we de grootste drukte achter ons hebben gelaten en de auto meer vaart kan maken. 'Het ging je vanaf het begin om geld.'

'Wat je wilt, poes.'

'Stel ik nou zo'n rare vraag?'

'Ik heb geen vraag gehoord.'

'Waarom zocht je me op? Voor mij? Of vanwege het geld?'

Marius kauwt gejaagd op iets, tikt ongedurig met zijn hand op het dashboard en kijkt continu om zich heen. 'Waar gaat de reis naartoe?'

'Godverdomme, Marius!'

Zijn hand ligt opeens in mijn nek en ik voel zijn vingers in mijn vel porren. 'Nu stel ík een vraag.'

'Bekijk het maar.' Ik stuur de auto de grote weg op. Vanaf dit punt is het nauwelijks een kwartier rijden.

Ik voel zijn blik prikken.

'Ik hou niet zo van verrassingen, poes. Dat weet je.' De lichte dreiging in zijn stem ontgaat me niet.

'Ja, dat weet ik.'

'Dus kun je maar beter geen al te grote verrassing voor me hebben. Dat begrijp je toch wel, hopelijk?'

Ik snuif, haal diep adem en zeg dan: 'Als je geld krijgt, laat je ons dan met rust? Óns bedoel ik. Niet alleen mij, of Harald, maar ook de kinderen, de buren, de mensen op school...'

'Je wilt weten of ik verdwijn als je met die twee ton over de brug komt.'

'Ja.'

Als hij vervolgens quasi-lui achteroverleunt is het niet omdat hij me nu ineens vertrouwt, weet ik. Hij heeft alleen zojuist bedacht dat als iets hem niet bevalt, hij de situatie uiteindelijk toch wel naar zijn hand kan zetten. Zo is het altijd gegaan, daarop vertrouwt hij nu weer.

'Dan verdwijn ik, poes,' klinkt het tevreden.

Geld dus.

Het geraas van de snelweg lijkt sterker te zijn geworden. Het dreunt allesoverheersend in mijn oren als we samen tussen de bomen door naar het water lopen. Het is vreemd om hier met Marius te zijn. Ik liep hier altijd alleen, of met mijn vader.

Er passeert een goederentrein. De rails liggen aan onze rechterzijde, net iets dichterbij dan de snelweg. Zo te horen is het gevaarte zwaarbeladen en tientallen wagons lang. Ik kan het alleen maar horen, niet zien. Het bos is te dicht begroeid. We worden omsloten door natuur.

Elke stap die ik zet valt me zwaarder. Ik word met de seconde nerveuzer en ik adem licht en oppervlakkig.

Marius heeft niets meer gezegd sinds we uit de auto zijn gestapt. Eén keer hoorde ik hem vloeken omdat zijn spierwitte K-Swiss vuil worden van de zachte, plakkerige aarde.

De plek waar mijn vader zijn palingfuiken uitzette is nu in zicht. Evenals de groep oude wilgen.

'We zijn er,' fluister ik. De emotie heeft bezit genomen van mijn stem.

'Wát?'

'Daar... Daar is het.' Ik wijs naar het riet en de wilgen.

Marius trekt zijn wenkbrauwen op. Staat daar met zijn smetteloos witte linnen overhemd. Zijn zonnebril zit nu weggestopt in zijn borstzak en hij heeft zijn ogen tot spleetjes geknepen. 'Ik verzet geen stap meer. Waarom heb je dat geld niet gewoon naar de bank gebracht?'

'Omdat het zwart geld is, misschien?'

'In een kluis, poes,' zegt hij betuttelend.

'Kluizen zijn niet altijd veilig. Er zijn er in de afgelopen tien jaar wel meer dan een paar leeggehaald door bankrovers. Hier is het veiliger. Wie gaat hier nou naar geld zoeken?'

'Hmm.'

'Wacht maar,' hoor ik mezelf zeggen. Het is nog vier, vijf passen naar de boom. Hoewel ik me niet kan voorstellen dat hier buiten mij ooit iemand komt, kan ik het niet helemaal uitsluiten, en even ben ik bang dat de spullen zijn weggehaald. De holte in de wilg is vanaf hier niet te zien, die zit aan de kant van het water. De oever is dichtbegroeid en rietstengels strijken langs mijn benen.

Ik kijk in de stam. Een golf van opluchting overspoelt me als ik de grijze plastic zak zie. Ik reik naar voren en pak het uiteinde vast. Trek eraan, haal de zak eruit. En dan het tweede pakje. Mijn handen trillen onbedaarlijk.

Marius staat naar me te kijken, zijn armen over elkaar. Hij

ziet niet wat ik doe. Vanuit zijn positie heeft hij alleen zicht op mijn hoofd en schouders.

'Schiet eens even op, poes.'

Doorgaan. Niet twijfelen.

Ik trek het plastic zakje van het pistool en pak het met trillende handen vast. Steek het dan in mijn zak. Mijn jas hangt meteen scheef, het wapen is veel te zwaar en te groot voor de dunne stof.

Ik zet een schokkerige pas opzij, weg van de wilg, en werp dan de Puma-tas naar Marius.

Hij kijkt ernaar. Grijnst van oor tot oor. Zijn ogen twinkelen. 'Ik wist het! Ik ken je toch. Verdomme. Trut. Al die tijd...'

Hij maakt zich ineens niet meer druk over vuile kleren, valt op zijn knieën en trekt de rits ongeduldig open. Rommelt met zijn handen door de tas, doorzoekt de vakken, maar vindt niets anders dan wat oude kranten en folders, mijn nieuwe dekbedjas en een slap hoedje. Geen ponden. Geen dollars.

Dan staat hij op. Verhitte blik. Zwarte aarde plakt aan de knieën van zijn broek. 'Leeg! Waar slaat dit op?'

'Je koos voor het geld,' zeg ik mat.

'Ik koos voor mezelf.' Hij fronst geërgerd zijn wenkbrauwen. 'Nou, waar heb je die centen? Nog meer spelletjes? Ik ben ze zo onderhand goed beu.'

Ik pak het pistool uit mijn zak. Hoor nu alleen nog het gedruis van de snelweg. Talloze autobanden die over het asfalt razen, een tweede goederentrein, ijzer op ijzer. Of is het mijn bloedsomloop?

'Ik ook,' roep ik, en ik betwijfel of hij me verstaat, maar dat maakt niet meer uit. 'Ik moet ook voor mezelf kiezen.'

Dan haal ik de trekker over.

Ik schrik van de knal die mijn gehoor lamlegt, en van de

onverwacht harde terugslag, waardoor het wapen bijna uit mijn hand wordt geslingerd.

Er verschijnt een donkerrode vlek op het witte linnen, ter hoogte van zijn maag. Marius valt op zijn knieën en legt zijn handen over de wond, de vingers gekromd. Hij kijkt naar zijn buik, naar zijn handen, naar al dat bloed. Kijkt dan naar me op. En weer terug, verbaasd, trillerig, vol ongeloof. Hij ziet het. Hij voelt het. Hij weet het. Maar hij gelooft het niet. Hij moet denken dat hij dit droomt, een nachtmerrie van de ergste soort.

Zelfs ik heb moeite om de realiteit te zien.

Ik loop langzaam achteruit. Het pistool voelt zwaar en warm in mijn handen. Mijn oren suizen en piepen en mijn ademhaling gaat moeizaam.

De verwarring en pijn staan op zijn gezicht getekend. Ik kijk naar zijn ogen, die zichtbaar moeite hebben met scherpstellen en die me blijven zoeken, ogen waarin het vuur in een angstaanjagend snel tempo dooft.

Ik zou willen wegkruipen, me in de holte van de wilg willen verstoppen, met opgetrokken knieën en mijn armen over mijn hoofd. Ik zou mezelf willen omgeven met de sterke bast, beschermende wanden van taai hout, zoals ik dat vijfentwintig jaar geleden deed, toen ik hier speelde dat ik werd achtervolgd door struikrovers.

Maar ik pas niet meer in de holte.

Al heel lang niet meer.

Als zijn ogen wegdraaien na een laatste, bevroren moment van ongeloof, ontzetting en verbijstering, weet ik dat ik dit beeld nooit meer zal vergeten, dat ik het de rest van mijn leven met me mee zal blijven dragen.

Pas als hij minutenlang niet meer heeft bewogen, loop ik naar voren. Ik ga op mijn knieën bij hem zitten, streel zijn wang, die nog warm is maar waaruit alle kleur al is weggetrokken, zijn kaak, zijn wenkbrauwen. Zijn lippen. Grijsblauw nu. Ik buig me voorover, over hem heen, en druk een kus op het voorhoofd van de man die ik zo intens heb liefgehad. 'Ik moest dit doen,' fluister ik. 'Ik moest wel. Dat begrijp je toch?'

Ik zou willen dat ik kon huilen.

Met het wapen in mijn jaszak en de sporttas in mijn hand loop ik terug naar het pad. Een kwartier later kom ik aan bij de auto. Frommel mijn smerige kleren in de tas, trek schone aan en kijk nog eens om me heen. Manshoge rietkragen, scheefgegroeide rijen bomen en verwilderde struiken. Gebulder van voortrazende, vanaf deze desolate plek onzichtbare auto's op de snelweg. Geen mens te bekennen.

Ik verricht talloze handelingen en lijk wel verdoofd, alsof ik geen gevoel meer over heb, alle emoties zijn opgebruikt.

Ik gaf om Marius, zielsveel, en die liefde was oprecht. Ja, Marius was dwingend, veeleisend, controlerend, leugenachtig, dwangmatig, aanmatigend. Maar hij was ook gul, wereldwijs, loyaal, liefhebbend, beschermend, een spannende minnaar, humorvol en hij had zoveel verschillende gezichten en talenten dat ik nooit op hem uitgekeken zou raken. We vochten elkaar het huis uit en maakten het weer goed, urenlang, dagdelen doordrenkt van gepassioneerde liefde en duistere verlangens. *Never a dull moment.*

Als we door een vreemde speling van het lot op een onbewoond eiland terecht waren gekomen, dan weet ik zeker dat we in volle harmonie samen oud hadden kunnen worden, genietend van elkaar op elke dag die ons was gegeven.

Maar we leefden nu eenmaal niet op een eiland.

51

Nadat Marius de tassen bij me had achtergelaten, duurde het uiteindelijk nog langer dan een week voor Chris bij me op de stoep stond. Hij had een verhitte blik in zijn ogen en gedroeg zich uiterst nerveus en onaangenaam.

'Ik moet je iets vertellen,' zei hij. 'Slecht nieuws.'

Ik keek gealarmeerd naar hem op.

'Marius zit in de bak. In Oslo. Hij is gepakt door de kustwacht, met een paar kilo coke en een tas met vuurwapens.'

Ik sloeg mijn hand voor mijn mond. Tranen schoten in mijn ogen. Ik wíst het. Ik voelde al wekenlang dat er iets mis zou gaan, dat er iets ergs met hem stond te gebeuren. 'Is al bekend hoe... Hoe lang het gaat duren?'

'Je kunt hem afschrijven, mop,' zei Chris, en hij schudde triest zijn hoofd. 'Die Scandi's zijn behoorlijk wereldvreemd. Die beschouwen een bak bier al als drugs... Tien jaar, vijftien...' Chris klakte met zijn tong. 'Marius zien we voorlopig niet meer terug.'

Ongemerkt was hij dichter bij me komen staan. Ik had behoefte aan troost, een arm om me heen, en hoewel ik Chris niet eens mocht, zocht ik als vanzelf steun bij hem.

Hij wreef over mijn rug. Fluisterde dat het allemaal goed zou komen, dat ik me geen zorgen hoefde te maken. Want nu Marius er niet meer was, nam hij alles over. Hij moest wel. Er was een business te runnen.

En mij zag hij ook wel zitten. Hij zou voor me gaan zorgen, dat was vanzelfsprekend. 'Wat mij betreft kun je dit huurhuisje aanhouden, mop. Ik betaal het wel. De huur en elektriciteit en zo. En je autootje. Dan kom ik een paar keer per maand bij je langs...'

Zijn handen lagen toen niet meer troostend op mijn rug. Eén hand sloot zich om mijn borst en de andere rommelde aan de sluiting van zijn jeans.

Ik bleef stokstijf staan van ontzetting en afschuw, maar ik geloof niet dat Chris merkte dat ik vanbinnen helemaal stil en koud werd. Ik geloof niet dat iemand het aan me zou hebben gezien of gemerkt.

Ik deed alles wat hij van me vroeg. Zwijgend. Automatisch. Ik zakte op mijn knieën voor hem en sloot mijn ogen. Keek daarna naar hem op, omdat hij dat eiste, maar mijn ogen zagen zijn in extase vertrokken gezicht niet echt. Ze herkenden het amper nog als het gezicht van iemand die jarenlang de beste vriend van mijn vriend was geweest.

Het was de eerste keer dat ik me volledig moest afsluiten voor mijn eigen handelingen. Vier jaar Luxuria, en nooit eerder was het nodig geweest.

Niet in zo'n extreme mate.

Achteraf heb ik hier vaak aan teruggedacht. Waarom ik het allemaal over me heen heb laten komen. Ik had Chris misschien kunnen afleiden en ervandoor kunnen gaan. Ik had hem de huid vol kunnen schelden of hem pijn kunnen doen. Ik had hem die ziekelijke overwinning niet hoeven gunnen, of er toch minstens voor kunnen zorgen dat zijn schofterige actie voor hem een stuk minder aangenaam en bevredigend was verlopen.

Toch kwam ik steeds weer uit op dezelfde conclusie. Verzet zou me niet hebben geholpen. Integendeel. Als ik hem tegenwerkte, dan was de situatie nog verder ontspoord. Dan was het nog veel naarder en smeriger geworden en ook fysiek pijnlijk voor me afgelopen. Hij zou me om te beginnen hebben geslagen, en het daarbij vermoedelijk niet hebben gelaten. Misschien had ik dan nu niet eens meer geleefd.

Doordat ik het op een professionele manier benaderde, deed het me uiteindelijk niet zoveel en vervaagden de geestelijke wonden al snel.

'Nou. Waar heb je het geld?' vroeg Chris, terwijl hij met veel omhaal en gesnuif zijn rits dichttrok.

Ik negeerde hem, liep langs hem heen naar de keuken en waste mijn handen en gezicht in de gootsteen. Liever was ik naar boven gegaan om te douchen en mijn mond te spoelen, maar ik wilde Chris niet zonder toezicht door mijn huis laten zwerven. Bovendien zou hij me dan naar boven kunnen volgen en daar op nieuwe onaangename ideeën komen.

'Ik vraag je iets!'

'Ik heb het naar de bank gebracht.'

Zijn ogen vernauwden zich. 'De bánk?'

'Ja, in de kluis.'

Chris wentelde zich nog volop in zijn dubieuze overwinningsroes. Het kwam waarschijnlijk niet eens in hem op dat ik – een blondje dat wat hem betrof helemaal onder aan de voedselketen bungelde – hem zou durven besodemieteren. Hij krabde aan zijn kin en keek vervolgens op zijn horloge, om bevestigd te zien wat hij al wist en ik natuurlijk net zo goed: dat het zeven uur 's avonds was en de bank dus was gesloten.

'Ik kan het morgenvroeg ophalen,' zei ik.

Hij knikte, keek even naar buiten, knikte nog eens afwezig. 'Dan kom ik morgen terug.'

Kort nadat hij mijn huis had verlaten, trok ook ik de voordeur achter me dicht. In de kofferbak van mijn auto stonden Marius' sporttas en de drie Albert Heijn-zakken. Mijn handtas zat boordevol met geld dat ik had verdiend in Luxuria.

Ik draaide me om en keek voor de laatste keer naar mijn huis. Daarbinnen stond niets van waarde, niets wat ik zou gaan missen. Het was allemaal verleden tijd; spullen en herinneringen, ik moest ze letterlijk achter me laten en me op de toekomst richten.

Mijn toekomst.

Met Marius was voor mij de enige reden om nog aan dit leven vast te houden verdwenen. Er was geen argument meer om hier te blijven rondhangen, alles zou vanaf nu toch alleen maar verder bergafwaarts gaan.

Ik was nog jong. Met meer dan een half miljoen gulden op zak kon ik een nieuw leven opbouwen. Dat was precies wat ik zou gaan doen. Op een andere plaats in het land, in een gebied waar Chris nog nooit van had gehoord en waar de kans dat ik hem of iemand anders uit de Marius-entourage zou tegenkomen, gering zou zijn: gelovige kerkdorpen, kunstenaars en zwarte lange rokken in verstilde landschappen.

Dezelfde bankmedewerker komt op me af gesneld zodra hij me – voor de tweede keer vandaag – binnen ziet komen. 'Mevrouw Van Santfoort, waarmee kan ik u van dienst zijn?'

'Ik moet nog even bij mijn kluis. Ik ben wat vergeten.'

'Uitstekend. Volgt u mij maar.'

Ik loop achter de man aan, mijn hakken tikken op het glanzende travertin. Mijn blik blijft haken aan een paar opgedroogde bloedspatjes op mijn pols. Ik bevochtig mijn duim en wrijf erover. Ze laten zich makkelijk wegpoetsen.

Via een beveiligde tussenhal kom ik in het volgende vertrek. De bankbediende opent de enorme, zware kluisdeur die toegang geeft tot de ruimte waar de grotere privékluizen op uitkomen. 'Als u eruit wilt, mevrouw Van Santfoort, dan drukt u op die knop daar.'

'Zoals altijd,' zeg ik.

Zodra ik de deur in het slot hoor klikken open ik mijn kluis, rits de sporttas open en haal het pistool eruit. Leg het naast de tas op de gladde tafel. Het pistool ruikt sterk naar kruit. Dat valt me nu pas op, in deze klinische ruimte. Misschien ben ik wel de eerste die het daadwerkelijk heeft gebruikt. De eerste die er een kogel mee heeft afgevuurd.

Ik trek de grijze vuilniszak uit de sporttas. Daarin zit de kleding die ik in het bos droeg: mijn jeans, een T-shirt en een dun, lichtblauw vest. Er zitten bloedvlekken op, groene vegen en aarde. In november, de maand dat de inwoners van onze gemeente tuinafval mogen opstoken, zal ik de kleren ophalen om die samen met hout en snoeiafval te verbranden. Nu moet het maar even zo.

Ik stop het wapen in de vuilniszak bij de kleding. Zwijgend kijk ik voor me uit, staar naar de inhoud van de kluis.

In de metalen ruimte liggen bundels bankbiljetten opgestapeld. Na de invoering van de euro heb ik alle tijd genomen om de oorspronkelijke ponden en dollars om te wisselen. Steeds kleine bedragen, minder dan duizend euro per keer, zodat niemand er melding van zou maken. Nu ligt het geld hier al jarenlang veilig opgeborgen, onaangeroerd, samen met nog wat restjes van de opbrengsten uit Luxuria. Een deel van het bedrag dat ik op mijn vlucht heb meegenomen, heb ik in de jaren na mijn ontsnapping gebruikt om mijn nieuwe leven vorm te geven, maar toch is er alles bij elkaar nog bijna tweehonderdduizend euro over.

Ik pak er een paar bundels tussenuit en ruik eraan. Dit

geld was niet bestemd voor Marius. Het was al zeker niet bedoeld voor Chris, en zelfs niet voor Harald.

Het is van mij, van mij alleen, en het zou hier blijven liggen tot ik het écht nodig zou hebben.

Ik zou nooit in dezelfde situatie als mijn moeder terechtkomen. En mijn kinderen zullen nooit de keuzes hoeven maken die ik heb moeten maken.

52

'Hé, mama!' Charlotte springt meteen van de keukenstoel als ze me door de achterdeur binnen ziet komen. Er zitten restjes chocoladepasta rond haar mondhoeken.

Ik til haar van de grond en druk haar tegen me aan. De eerste tranen wellen op, ik haal mijn neus op alsof ik verkouden ben en kijk haar aan door een vochtig waas. 'Liefje,' fluister ik. 'Ik heb je gemist.'

'Waarom was er vandaag geen school?' vraagt Fleur, op een toontje dat doet vermoeden dat ze de hele zaak niet vertrouwt. Ze zit aan de keukentafel met een zwarte bakplaat voor haar neus. Er liggen tientallen hoopjes deeg op. 'Ik vind het maar raar. Papa doet ook raar. En oma is ons de hele dag al aan het entertainen.'

Ik kan er niets aan doen dat ik moet lachen. 'Wat zeg je nou, Fleur? Hoorde ik dat nou goed: oma is ons aan het *entertainen*?'

Ze knikt en grinnikt.

Ik zet Charlotte op de grond, loop op Fleur toe en geef haar een kus op haar wang. 'Grappig,' zeg ik.

'Wat zit er in die tas?' vraagt Fleur.

Ik kijk naar de sporttas alsof ik al was vergeten dat ik hem bij me had. 'O, mijn sportspullen natuurlijk.'

'Was je daarom weg?'

'Ja, ik moest sporten.'

'Oma zei dat je in de stad was. Winkelen en zo.'

Fleur hoeft niet meer naar de rechercheschool, ze kan meteen aan het werk.

'Ja, dat ook.'

'Wat is er nou met papa?'

'Die voelt zich niet zo lekker,' hoor ik mijn moeder zeggen. Ze stapt zojuist de keuken in. 'En hij is te eigenwijs om naar bed te gaan.'

'Hij zit de hele dag al in zijn kantoor,' zegt Fleur.

'Ja, en hij heeft ff-úlke rode ogen!' valt Charlotte haar bij en ze illustreert haar woorden met wijd openstaande ogen waar ze allerlei handgebaartjes omheen maakt.

'Hij is ziek,' zegt mijn moeder.

Mijn dochters kijken me vragend aan. Het is duidelijk dat mijn moeders uitleg niet helemaal serieus wordt genomen.

'Oma heeft gelijk. Papa is een beetje ziek. Laat hem maar met rust de komende tijd. Hij moet beter worden en dat wordt hij niet als jullie het hem moeilijk maken.'

'Dat doen we ni–'

'Charlotte en Fleur,' onderbreekt mijn moeder hen, met een autoritaire stem die ze zelden gebruikt. 'Willen jullie die laatste paar koekjes nog versieren? Dan moet je het nú doen, want ik ga ze over één minuutje in de oven schuiven.'

Braaf kruipen ze terug op de keukenstoelen, werken zich op hun knieën en buigen zich over de hoopjes zanddeeg.

Mijn moeder loopt meteen door naar de woonkamer. Ik volg haar.

'Waar is hij?' fluister ik.

'In zijn werkkamer.'

'Hoe is het met hem?'

'Het gaat. Ik heb hem net nog thee gebracht, hij zat te schaken op de computer.'

'Praat hij?'

'Ja. Hij is wel van slag. Heel erg van slag, als je het mij vraagt, maar wel rustig. Hij heeft ook gegeten, trouwens. Aan zijn bureau.' Ze kijkt me onderzoekend aan, zorgelijk bijna. 'Wat heb je met hem gedaan? Heb je... heb je een verhouding? Dat toch niet, Claire?'

Ik sla mijn blik neer.

'O, Claire. Nee toch?'

Ik schud mijn hoofd. Sla mijn armen om haar schouders. 'Het komt goed, heus, maak je geen zorgen. Ik ga even naar hem toe.' Mijn stem klinkt minder zeker dan ik me voel.

Harald zit achter zijn laptop in een verduisterd kantoor. Bewegingloos. Zijn gezicht gevangen in het grauwe schijnsel van het beeldscherm. Hij kijkt niet op om te zien wie er binnenkomt.

Er is uit het theeglas gedronken, zie ik. Hij is niet apathisch. Goddank. Hier zit een man die zich geen raad meer weet met de situatie en daarom maar helemaal niet meer reageert.

Ik loop naar het raam en zet de shutters open, zodat het zonlicht de werkkamer in stroomt en zachte, gouden strepen trekt over Haralds gezicht en zijn blauwe ochtendjas. Ik zet de sporttas op de grond en blijf staan.

Ik zou hem van alles en nog wat willen vragen, maar op een of andere manier lijkt het me beter om daar nog even mee te wachten. De stilte voelt niet bedreigend of misplaatst, die voelt alleen maar goed.

Ik pak een stoel uit de hoek, zet hem bij het bureau en neem erop plaats. Sla mijn benen over elkaar. Kijk naar hem, neem die grote man, die daar zo roerloos in het leer zit, in me op. Neem vervolgens ruim de tijd om de krankzinnige gebeurtenissen en indrukken van vandaag voor mezelf een plaats te geven, al is het maar een tijdelijke, maar stop daarmee als ik me realiseer dat het me afleidt van waar het werkelijk om draait. Later. Later is er nog genoeg tijd, nadat alles is uitgepraat en we samen de vele lange en moeilijke gesprekken hebben gevoerd die zo hard nodig zijn, die eigenlijk al veel eerder hadden moeten plaatsvinden. En ook nadat we de diepe scheuren in ons gezin en in Ravelijn hebben gerepareerd met het fortuin dat ik uit mijn kluis heb meegenomen.

Ik heb me zelden zo sterk gevoeld. Zo ontzettend duidelijk gezien wat ik wil en waarom. Nooit eerder zijn mijn prioriteiten zo verschrikkelijk zuiver geweest. En er is amper denkwerk aan te pas gekomen, daarvoor heb ik niet eens de tijd gehad, om alles tot in de details uit te denken. Ik heb vrijwel volledig intuïtief gehandeld, *instinctief* misschien wel. Wellicht dat ik daarom zo zeker weet dat ik hier goed aan doe.

Mijn plaats is hier, bij Fleur en Charlotte, bij mijn moeder en Harald en Ravelijn. Ik hoor hier thuis, op 't eiland, want hier wil ik zijn en ben ik nodig.

Harald kijkt op. Weifelend. Bloeddoorlopen ogen die me aarzelend aankijken.

Ik beantwoord zijn blik, bestudeer zijn gezicht. De diepe lijnen tussen zijn neusvleugels en mondhoeken, zijn borstelige wenkbrauwen die ik nodig weer moet bijwerken, de donkerbruine krullen die langs zijn slaap vallen. De ondiepe golven in zijn voorhoofd en zijn hartvormige, zachte lippen.

Ik kan een glimlach niet onderdrukken. Ik hou van deze man.

Ik hou van dit gezin.

Het komt goed. Ik weet gewoon dat het goed komt. Daar ga ik voor zorgen.

She's sowing seeds
She's burning trees

Yes
She's a supergirl

Supergirl – Reamonn

Dank

Annelies & Berry
José, Monique, Leo & Jeanine

Iedereen bij Ambo|Anthos

Het fragment dat Claire voorleest komt uit het jeugdboek
De Griezelbus 4, van Paul van Loon.